Ellen M. Zitzmann

Entschlossen ins Risiko

Die Handlung beruht zum Teil auf wahren Begebenheiten, die sich von 1992 bis 2009 zugetragen haben.

novum pro

www.novumverlag.com

Bibliografische Information
der Deutschen Nationalbibliothek:

Die Deutsche Nationalbibliothek
verzeichnet diese Publikation in
der Deutschen Nationalbibliografie.
Detaillierte bibliografische Daten
sind im Internet über
http://www.d-nb.de abrufbar.

Alle Rechte der Verbreitung,
auch durch Film, Funk und Fernsehen,
fotomechanische Wiedergabe,
Tonträger, elektronische Datenträger
und auszugsweisen Nachdruck,
sind vorbehalten.

© 2021 novum Verlag
2. Auflage

ISBN 978-3-99107-104-4
Lektorat: Dr. Larissa Schieweg,
Bianca Brenner
Umschlagfotos: Rodjulian,
Chernetskaya, Phong Giap,
Tomert | Dreamstime.com
Umschlaggestaltung, Layout & Satz:
novum Verlag

Gedruckt in der Europäischen Union
auf umweltfreundlichem, chlor- und
säurefrei gebleichtem Papier.

www.novumverlag.com

Inhaltsverzeichnis

Am Nil 13

Auf nach Malle 21

Der Sicherheitsmann 49

Schluss, aus, Ende! 159

Anhang 198

Hinweise 208

*Larissa danke ich für ihre großartige Unterstützung.
MK danke ich für die Inspiration.*

*„Können Sie sich nach zwei gescheiterten Ehen vorstellen,
noch einmal eine Beziehung zu beginnen?"
„Natürlich! Ich bin offen für Liebe, für Sex, für alles, was kommt.
Ich muss hoffen und wagemutig sein. Oft fürchten sich Menschen,
Risiken auf sich zu nehmen, weil sie nicht leiden wollen.
Mich kümmert das nicht. Ich bin bereit zu lieben und zu leiden."*

Isabel Allende

*E*ines Tages ging sie der wahren Liebe auf den Grund. Bücher hatte sie mehr als einmal mit zunehmender Neugier gelesen. Zuerst dachte sie über die Beziehung ihrer Eltern nach. Von hemmungsloser Leidenschaft und blinder Verliebtheit konnte keine Rede sein. Vielmehr kamen beide miteinander aus, wegen der Kinder und dem Haus. Besonders herzlich gingen sie sowieso nicht miteinander um, was ihnen wohl nicht so wichtig war. Hauptsache, alles blieb wie es war. Und wie sah die Beziehung ihrer Cousine aus? Das junge Paar lebte unter einem Dach, doch beide gingen getrennte Wege. Die Ehe lebte vom Aushalten und wirkte wie ein hohler Körper, der mit Leben aus dem Fernseher und Internet aufgefüllt war. Ihr Onkel hatte sich arrangiert, wegen der Angst vor dem Alleinsein, gestand er ein. Ihre Freundin Sonja dagegen, ja, sie schwebte wieder im siebten Himmel. Mit Jakob hatte sie den Mann fürs Leben gefunden. Er war liebevoll, zuvorkommend, fürsorglich, erfolgreich. Wer hätte schon ahnen können, dass nach der Verliebtheit kein Held, sondern ein gewöhnlicher Mann vor ihr stehen würde. Ihr Kumpel Joe redete sich hingegen ein, nach Liebe zu suchen, obwohl er meinte, seine Fähigkeit zu lieben verloren zu haben. Joe erzählte von Affären, Alkohol, Depressionen und von seinem Bruder, dessen Tod er nicht überwinden konnte. Frauen waren für ihn eine Ablenkung, ein Mittel gegen die innere Leere. Er sagte, er wolle nicht so enden wie sein Vater: vier Frauen und alle hassten ihn.

Wie stand es aber um sie? Träumte sie noch von der wahren Liebe, einer Liebe, in der es keine Langeweile und Enge gab? Sie erinnerte sich an ihre eigene Liebesbiografie: Mit 19 begegnete sie ihrer ersten großen Liebe in Kalifornien. Doch sie zog zurück nach Europa, um zu studieren. Bald danach verliebte sie sich in einen Studenten und sie zogen in eine gemeinsame Wohnung. Nach sieben Jahren kam die Trennung. Er wollte Familie, Kinder, sie wollte in die Welt hinaus, zog nach München und verliebte sich in einen eigenwilligen Bildhauer, der in Berlin wohnte und die Liebe kompromissloser nahm. Dann kam das Jobangebot in Rom. Sie trennten sich, weil er keine Beziehung auf Distanz führen und sich lieber anderweitig umschauen wollte. Später verliebte sie sich in einen adretten, frisch geschiedenen Anästhesisten. Ihr Glück war perfekt. Doch als der Liebesrausch vorbei war, war auch die Liebe vorbei.

Heute sah sie das so: Häufig stellten sich der Liebe individuelle Interessen und Bedürfnisse in den Weg. Dann musste man sich entscheiden. Sie entschied sich für ihre eigene Geschichte und dachte, der Richtige würde schon kommen.

Wie ein Donner riss sie ein stürmisches Klingeln an der Haustür aus ihrer Gedankenwelt heraus. Das musste Filippo sein. Filippo war anders. Er war außergewöhnlich, unbeschreiblich, vollkommen. Sie wurde schon rot, wenn sie nur an ihn dachte, was ihr gar nicht ähnlich sah. Und gleich, ja gleich würden sie sich in die Arme fallen und eine leidenschaftliche Nacht miteinander verbringen.

Das könnte echt was werden, dachte sie am nächsten Morgen beim Abschied. Die Sonne schien. Der Gesang von Amseln klang an ihr Ohr.

„Ich ruf dich an", rief er ihr zu und eilte zur Tür hinaus. Sie lächelte und meinte, ihr Herz müsste zerspringen vor Glück. Jetzt. Filippo setzte sich ins Auto und startete den Motor. Er griff nach dem Handy, drückte ein paar Tasten und fuhr davon, ohne sich umzudrehen.

Am Nil

Es geschah während einer Nilkreuzfahrt, auf der sie ihren ganz persönlichen Traum von der Liebe erlebte, einen Traum, der mit der Wirklichkeit verschmolz, der sich in ihrem Kopf festsetzte und der andere Liebesmomente überlagerte. Denn die Flut an Vorstellungen über die romantische Liebe, die durch ihren Geist tanzten, passte zu dem, was sie dort erlebte und vor sich sah. Sie fühlte sich unendlich geliebt, begehrt, sicher vor allen schlechten Einflüssen, vor Stress, Frustrationen und den negativen Emotionen von anderen Menschen. Schon beim Check-in erfasste sie dieses Gefühl, als sie ihm zum ersten Mal begegnete und ihr Herz einen riesigen Sprung machte, wonach alles, was sich dort ereignete, unvergessen blieb: Romantische Abendessen unterm Sternenhimmel, frisches Fladenbrot, arabische Dips, Schäferspieße, Melonen. Der leckere Mandelkuchen. Die nächtlichen Abkühlungen im Privatpool. Ausflüge nach Luxor in bunten Pferdekutschen im wiegenden Zuckeltrab. Begegnungen mit Trommlern, Flötenspielern, exotischen Tänzerinnen. Bootsfahrten mit Feluken auf dem Nil bei Sonnenuntergang, der im Abendlicht golden und kupfern glänzte. Mit Anfang dreißig konnte sie sich an keine romantischeren Gefühle zurückerinnern, die sie jemals mit einem anderen erlebt hätte.

Najib war ein junger Mann mit entschlossenem Charakter. Nichts konnte ihn von seinem Vorhaben abbringen, sie zu erobern, die junge Frau aus Europa, die extrovertiert und unbefangen, keinesfalls angeberisch, ihre Lebenslust auszudrücken vermochte. Dem Basketballstar aus Beirut, den sie in Kairo kennenlernte und in Assuan wiedertraf, bot er genauso die Stirn wie dem aufdringlichen Mann auf der Straße.

Besonders heroisch zeigte sich Najib jedoch an jenem Tag, als das Kreuzschiff ohne sie ablegte, irrtümlich, versteht sich, weil sie mit einem Schiffsjungen auf Shoppingtour in Luxor war und über die Schönheit und Lebensfreude in den Straßen der Stadt die Zeit vergaß. Die Märkte in der Altstadt zogen sie in ihren Bann, auch wenn sie weder einen Topf noch einen Esel kaufen wollte. Als sie schließlich vollkommen erschöpft zur Anlegestelle zurückkehrten, war sie weg, die Nora. Farid stand kopfschüttelnd neben ihr und schaute sich besorgt um. Giulia wanderte geistesabwesend herum, ging ans Nilufer, setzte sich auf eine Steinbank und stierte seufzend auf die goldenen Strahlen, die sich im Wasser des Flusses brachen. Nach einer Weile, die sie einfach nur schweigend miteinander verbracht hatten, rappelten sie sich auf. Sie irrten herum, vorbei an hupenden Autos, laut klingelnden Fahrrädern, beladenen Ochsenkarren, bis sich ihnen in einem kleinen Hinterhof-Café eine Gelegenheit zu telefonieren bot. Es wurde schon dunkel und über der Stadt breitete sich ein rötlich schimmernder Abendhimmel aus. Giulia ging zum Tresen und sprach dort einen Mann an, den sie für den Cafébesitzer hielt. Farid war plötzlich weg, wie vom Erdboden verschluckt, so dass ihr die Sache langsam unheimlich wurde. Mit Händen und Füßen erklärte sie dem Mann hinterm Tresen ihre Situation. Und weil sie annahm, er spreche kein Englisch, wirbelte sie mit ihren Händen herum, dass die Worte schneller aus ihrem Mund herauspurzelten, als sie denken konnte. Der Mann sah sie prüfend an und wartete gelassen ab, was da noch alles aus ihr herauskommen sollte. Seinem Blick hielt sie stand, doch sie war sichtbar erleichtert, als er anfing zu sprechen und ihr in einem gepflegten Englisch antwortete: „Verstehe. Bitte hier lang." Leicht berührte er ihre Schulter, schleuste sie in einen hinteren Bereich. Dort zeigte er mit einem Finger auf einen Telefonapparat, der auf einem kleinen Tisch stand. Giulia setzte ihre Sonnenbrille auf, um den gierigen Männerblicken auszuweichen, die ihr aus allen Winkeln des Cafés entgegenschossen. Plötzlich stürmte Farid auf sie zu und zitierte sie lautstark nach draußen. Völlig verdutzt folgte sie ihm. Vor dem Café stand eine Pferdekutsche. Abrupt blieb er vor dieser stehen und wies Giulia ungeduldig an, einzusteigen. Inzwischen hatte sich der Vorfall im Viertel herumgesprochen. Männer scharten sich um die beiden, mindestens fünfzehn an der Zahl, halbwüchsige und gestandene Mannsbilder im mittleren und höheren Alter. Ein Mann stand direkt vor ihr und glotzte sie unentwegt an, als wollte er sie maßregeln und fragen, was eine Frau wie sie, verdammt noch mal, zu dieser Stunde an diesem Ort zu suchen hätte. Um ihn besser sehen zu können, nahm sie ihre Sonnenbrille ab, riskierte einen kurzen Blick nach rechts, merkte, dass Farid bereits in der Kutsche saß und sie mit heftigen Armbewegungen hineinwinkte. Weder verstand sie, was gerade vor sich ging, warum sie da einsteigen sollte, noch wohin sie jetzt fahren würden. Kalte Schauer liefen ihr über den Rücken, als sie sich in die Kutsche setzte. Farid nickte zufrieden. Seine Augen waren dunkel, so dunkel, dass sie kaum seine Pupillen erkennen konnte.

Kurz darauf trabten die Pferde unter dem Gejohle der Gaffer los. Die Fahrt dauerte eine Ewigkeit und Giulias Augenlider wurden schwer. Da das alles jedoch aufregend genug war und Adrenalinstöße durch ihren Körper jagten, so sehr, dass sie in jeder Sekunde hätte reflexartig aus der Kutsche springen können, blieb sie hellwach, erstarrte in ihrer Sitzhaltung, als es unter ihr krachte. „Es sind bloß aufgewirbelte Steine unter dem Kutschenboden", beruhigte Farid sie gleich und lachte. Dabei öffnete er seinen Mund, so dass sie seine strahlend weißen Zähne sehen konnte, die in der Dunkelheit blitzten. Unbeeindruckt fuhr der Kutschenfahrer in einem Höllentempo weiter, über staubiges Straßenpflaster, hinein in einen abgelegenen Park, irgendwo außerhalb von Luxor.

Giulia stieg die Angst bis zum Hals. Sie war dem Ganzen langsam nicht mehr gewachsen, litt wie ein Hund und wusste keinen Ausweg. Farid begann zu erzählen, aber weder konnte sie sich konzentrieren noch seinem schwer verständlichen Englisch folgen. Wie versteinert blieb sie sitzen, lauschte krampfhaft auf die Geräusche, die von draußen in ihr Ohr drangen. Es war tiefe Nacht, als die Kutsche zu stehen kam. Nicht das Gerings-

te war zu erkennen. Nachdem sie aus der Kutsche ausgestiegen waren, kamen zwei Männer auf sie zu und leuchteten ihnen mit ihren Taschenlampen direkt ins Gesicht. „Das sind Polizisten. Die wollen deinen Pass sehen", beruhigte Farid sie schon wieder. Mit zitternden Händen kramte sie ihren Pass aus der Tasche heraus, überreichte ihn einem Uniformierten, der seine Taschenlampe darauf richtete und laut vorlas: „Giulia Orlandini, geboren in Rom."
Der Polizist verzog keine Miene, als er den Lichtkegel seiner Lampe erneut auf ihr Gesicht richtete. Wie angewurzelt stand sie vor ihm, brachte keinen Ton hervor und krallte sich am Arm von Farid fest. Kurz bevor sie das Schiff verlassen hatte, war sie von Najib darum gebeten worden, ihren Reisepass mitzunehmen. Darüber war sie jetzt erleichtert, denn wer hätte vorausahnen können, dass sie heute, mitten in der Nacht, im Nirgendwo von Polizisten danach gefragt werden würde? Wieder stand ein gutes halbes Dutzend dunkler Gestalten um sie herum. Es waren stämmige Männer in langen Gewändern mit eigenartigen Kopfbedeckungen. Giulia krallte sich noch fester in Farids Arm, so dass er vor Schmerz kurz aufschrie. Die Vorstellung, dass diese Typen Krummdolche unter ihren Gewändern herumtrugen, brachte sie fast um den Verstand. Sie zitterte am ganzen Körper.

In diesem Moment fiel ihr, wie aus heiterem Himmel, ein arabischer Satz ein, den sie sich während eines Aufenthaltes in Israel einmal antrainiert hatte, und sie hörte das Gelächter von ihren Freunden in Fassuta, das sie durch diesen ausgelöst hatte. Vielleicht würde er jetzt die Stimmung etwas auflockern können, überlegte sie noch, während er schon aus ihr herausschoss: „Allah hu almawz wayadhak", was in etwa bedeutet: „Gott isst eine Banane und lacht." Augenblicklich wurde es still um sie herum. Mucksmäuschenstill. Alle Blicke waren auf sie gerichtet.

„Du verrücktes Weibsstück", schimpfte sie in sich hinein, „wie ein plumpes Walross plapperst du dumme Sätze nach." Und während sie sich noch wünschte, sich in ein Mauseloch verkriechen zu können, erscholl hinter ihr Gelächter. Sie drehte sich um und sah durch die sternenklare, mondhelle Nacht, wie sich die

Gestalten in den langen Gewändern vor Lachen bogen. Dabei schlugen sie sich immer wieder auf die Schenkel und schnitten Grimassen, dass ihnen fast die Kopfbedeckungen vom Haupt fielen. Farid konnte sich vor Lachen kaum noch auf den Beinen halten und bat sie darum, den Satz zu wiederholen, was ihr Gott sei Dank erspart blieb, denn just in diesem Moment heulte ein mächtiges Schiffshorn auf. Drei, vier Mal, laut und tief. Es war die Nora, die sie gleich erkannten, als diese hell erleuchtet im Begriff war, am Nilufer anzulegen und die Gangway herunterzulassen. Najib stand im Schiffseingang, beobachtete konzentriert das Geschehen und rief ständig Giulias Namen, währenddessen sich immer mehr Touristen auf dem Promenadendeck versammelten, ihnen zuwinkten und bunte Papierbänder vom Schiff herunterwarfen.

In Begleitung der Polizisten gingen sie an Bord. Sobald Giulia die oberste Stufe der Rampe erreicht hatte, eilte Najib auf sie zu und schloss sie in die Arme. Dies war ein inniger Moment, ein Gefühl, das stärker war als alles, was sie jemals zuvor empfunden hatte. Unter den Gästen brach Jubelgeschrei aus. Sie feierten sie mit Standing Ovations und das Klatschen der Hände übertönte alle Geräusche auf dem Schiff.

Giulia spürte, dass Najib vor Stolz und Begeisterung beinahe platzte, sie schmiegte sich an seine Brust, bevor sie sich aus seiner Umarmung befreite. Mit einer Hand hielt sie sich an der obersten Stange der Reling fest und genoss die kühle nächtliche Brise, die ihr erhitztes Gesicht erfrischte. Wie ein Wunder machte ihr das starke Schwanken des Schiffs gerade nichts aus, wohl auch deshalb, weil sie Najib, der bei den Polizisten stand, eingehend dabei beobachtete, wie er mehrere Papiere unterschrieb, die ihm die Polizisten vor die Nase hielten. Als Sohn des Reeders war er für dieses Chaos verantwortlich. Als sie daran dachte, kamen die blanke Nervosität und Unsicherheit zurück, die sie mit allen Mitteln zu verstecken versuchte. Die Männer sprachen leise und ruhig miteinander, bis erneut Gelächter ausbrach. Najib lachte aus vollem Hals und schaute dabei augenzwinkernd zu ihr hinüber. Giulia ging mit einem Achselzucken darüber hinweg, denn

Schwäche, nein, die wollte sie nicht zeigen. Sondern abwarten, wie sich die Dinge weiterentwickelten.

„Ich wusste gar nicht, dass du Arabisch sprichst", scherzte Najib, als die Polizisten weg waren. Und küsste sie sanft auf die Wange und auf den Mund.

„Ähm, ach so, ja, verstehe", antwortete Giulia verlegen und bereitete sich gedanklich auf ein Donnerwetter vor. Stattdessen erzählte Najib seine Version der Geschichte: Dass er vor Angst fast verrückt geworden sei, als klar war, dass sie und Farid nicht an Bord waren. Sofort hatte er die Polizei verständigt und einen Pferdekutschenfahrer beauftragt. Najib hatte eine behördliche Ausnahmegenehmigung erwirken müssen, damit das Kreuzschiff an einer Stelle anlegen durfte, die normalerweise Notfällen und polizeilichen Einsätzen vorbehalten war. Als er mit dem Erzählen fertig war, streckte er seine Arme, in die sich Giulia willenlos hineingleiten ließ, weit nach ihr aus, als wäre es schon immer so gewesen, als würde sich daran nichts mehr ändern können.

Nie verlor Najib auch nur ein einziges Wort darüber, welche behördlichen Anstrengungen er hatte auf sich nehmen müssen und wie viel ihn das gesamte Manöver gekostet hatte. Ihm genügte allein die Tatsache, dass er ihr Herz erobert hatte und sich der Himmel der Liebe über ihnen ausbreitete. „Nie wieder lass ich dich los. Nie wieder möchte ich dich so stark vermissen." Wieder und wieder und wieder wiederholte er diese Sätze an jedem Tag, zu jeder Stunde, berauscht von Glück, berauscht von der Nähe ihrer Körper, die sich aneinanderschmiegten, als wäre es der Ort, wo sie hingehörten. Fast so, als ob sie sich ihr bisheriges Leben nur auf diesen Moment vorbereitet hätten, nur diese Gegenwart zählen würde, wichen sie einander keine Sekunde von der Seite. Doch sie war zerbrechlich, diese Liebe, zerstörbar, wie alles andere auf der Welt, als der Abschied in greifbare Nähe rückte und damit das Schicksal einer Liebe. Ständig flehte er sie an, nicht nach Sharm el Sheikh weiterzureisen, sondern bei ihm und auf der Nora zu bleiben. Aus einem ihr unerklärlichen Grund ließ sie sich von ihren Reiseplänen jedoch nicht abbringen, von dem heiß ersehnten Taucherlebnis, das sie nicht absagen wollte. Rom wurde auch nicht an einem Tag erbaut, tröstete sie ihn, schließlich würde ihr ganzes Leben ja noch vor ihnen liegen.

Am Tag der Abreise machte sie sich früher als geplant zum Flughafen auf und hoffte, so dem drohenden Abschiedsdrama zu entkommen. Doch ihr Plan scheiterte. Najib folgte ihr auf der Stelle, was sie hätte vorausahnen können, da er erfuhr, dass sie das Schiff heimlich und in aller Herrgottsfrüh verlassen hatte. Völlig außer Atem stand er plötzlich neben ihr, in der Abflughalle vor den riesigen Anzeigetafeln, auf die sie gerade starrte. Kein Wort kam über seine Lippen, kein Lächeln, kein Aufblitzen seiner Augen. Blankes Entsetzen sprach aus seinem Gesicht und grenzenlose Enttäuschung. Natürlich hätte er ihr Vorwürfe machen können. Natürlich hätte er ihr nicht hinterherlaufen müssen. Natürlich hätte er ihr kein Geschenk in den Rucksack stopfen müssen, das sie erst im Flugzeug aufmachen sollte, wie er sie gebeten hatte. Schluchzend fiel ihm Giulia um den Hals, ahnungslos, ob es ihr oder sein Schmerz war, der gerade in ihrer Brust explodierte und sich gnadenlos durch sie hindurchfraß. Eng umschlungen standen sie in der Abflughalle, ihre Gesichter am Hals des anderen vergraben. „Ich liebe dich. Und ich verstehe nicht, warum du gehst." Aus seinen dunklen, tränennassen Augen sprach pure Hilflosigkeit. Sie war wie hypnotisiert, wie benommen, fühlte sich hundeelend, als sie in ihnen ertrank. Dann küsste er sie, ein letztes Mal, zärtlich auf ihren Mund und verschwand in der Menschenmenge, ohne sich umzudrehen, ohne ein Wort. Fast ohnmächtig vor Schmerz ging sie zum Flugschalter, checkte ein und nahm ihre Bordkarte in Empfang.

Im Flugzeug öffnete sie das kleine Päckchen, das sie in ihren Händen gehalten und eine Weile andächtig betrachtet hatte. Sie hatte ein mulmiges Gefühl und erschrak mächtig, als sie eine zierliche goldene Kette herausnahm, an der ein pinkfarbener Edelstein und ein Zettel baumelten, auf dem stand: „Für den Notfall und wenn dir mal Geld für etwas fehlt."

Lange wurde sie durch eine köstliche Sehnsucht nach ihm verzehrt. Lange wünschte sie sich an den Ort zurück, wo alles begonnen hatte. Und immer, wenn sie seine Briefe las, waren sie zurück, die unvergesslichen Traummomente am Nil. „Mein Herz kann es kaum aushalten", schrieb Najib, nach fast einem Jahr der Trennung: „Ich renne in die Disco auf der Nora, lege unser Lied auf und lasse mich forttragen, in deine Arme, in eine Welt voller Glück, Freude, Leichtigkeit. Der Schmerz nimmt kein Ende, meine Sehnsucht bleibt unerfüllt. Deine Wärme und Liebe fehlen. Dich zu gewinnen überstieg meine Vorstellung. Dich zu verlieren übersteigt meine Kraft."

Auf nach Malle

Fast fünfundzwanzig Jahre war das nun her, und es konnte immer noch vorkommen, dass sie von der wahren Liebe, der Märchenhochzeit, dem Heiratsantrag am Strand träumte: von ihrem Traummann, der in den Sand schreibt: „Willst du mich heiraten?" Und davon, dass sie endlich hingebungsvoll darauf antworten kann: „Ja, ich will." Dass die Sehnsucht nach der romantischen Liebe reichlich seelische Qualen verursachte, blendete sie konsequent aus, auch, wie sehr sie sich nach tief empfundener Seelenverwandtschaft und lebenslangem Herzensglück sehnte, danach, dass der Traummann das Leben perfekter, leichter, reicher machen würde. Jetzt war dieses Gefühl wieder da. Die Liebe bot ihr eine weitere Chance, eine Chance, zu hoffen, zu träumen.

Sie konnte es kaum erwarten, ihn zu treffen, unglaublich neugierig darauf, wie er wohl aussehen mochte nach all der Zeit. Obwohl ihr bewusst war, dass es nie eine Leidenschaft zwischen ihnen gegeben hatte, auch kein Verlangen. Und dann, an einem kühlen Abend im August 2015 stand er tatsächlich vor ihr. Sie erkannte ihn sofort, als er auf der anderen Straßenseite aus dem Wagen stieg, an seinem Gang, dem glattrasierten Gesicht, seiner Körperhaltung. Der hochgewachsene, superschlanke Mann sah immer noch gut aus, und in seinem gestreiften Anzug wirkte er wie jemand, der es geschafft hatte. Nach Jahren der Funkstille fühlte sich die Situation seltsam an. Vertraut und doch fremd.

Leichten Schrittes überquerte er die Straße, mogelte sich zwischen hupenden Autos hindurch auf die andere Seite. Es war ein eindrucksvoller Auftritt, mit dem er seine Klasse bewies. Sie lächelte ihm zu. Als er endlich neben ihr stand, stieg ihr ein elegant maskuliner Geruch in die Nase. Es war eine angenehme Melange aus Körpergeruch und Eau de Parfum. Mit einem Küsschen rechts und einem Küsschen links begrüßte er sie. Ja, sie wusste, dass ein Kuss auf die Wange alles bedeuten konnte: Freundschaft, Liebe, Begehren.

„Du humpelst wie eine alte Frau", sagte er auf dem Weg zum Italiener, noch bevor sie das Restaurant betraten. „Willst du mir den Appetit verderben?", antwortete sie und konnte nicht verhindern, dass sich ihre Flirtlaune in Luft auflöste. Im Stillen fragte sie sich, ob sie seine Direktheit einer alten Vertrautheit oder einer plötzlichen Unsicherheit zu verdanken hatte, während Lucas seinen Fauxpas wohl selbst merkte – und dass sein Kommentar nicht gerade dazu angetan war, romantische Gefühle zwischen ihnen aufkommen zu lassen. „Sorry", entschuldigte er sich kleinlaut, und seine Stirnfalten verrieten ihr, dass er sich auf etwas anderes konzentrierte, vielleicht auf das, was sich zwischen ihnen ereignet hatte, dachte sie und merkte, wie sie wieder aufflammten, die romantischen Gefühle. Was auch der Grund dafür war, dass sie nach dem Essen ziemlich rasch das Lokal verließen und er ihr in seinem Wagen eiligst hinterherfuhr. Es war Neumond. Freude und Glück hängen dann in der Luft, sagt man, anders als bei Vollmond, der Gemütern Leben und Freiheit einhauchen soll.

Zögerlich gingen sie die Treppe zu ihrer Wohnung hoch. Lucas wirkte etwas unschlüssig, stammelte ein paar unverständliche Worte vor sich hin, ging schnurstracks zum Fenster, als er das Wohnzimmer betrat. Dort öffnete er beide Fensterhälften und schaute ein wenig verwirrt in die kalte Sommernacht hinaus, während sie noch versuchte, das Gefühl einer pulsierenden Erotik zurückzuerobern, weil der Mann, der lässig in der Fensternische lehnte, der Richtige war, für den Augenblick. Lucas sah aus wie immer, nur seine Gesichtszüge waren ernster geworden.

Das Leben, dachte sie. Sie nahm das aufgeschlagene Buch auf dem Tisch in die Hand und betrachtete es, um ihre plötzliche Unsicherheit zu überbrücken. Nachdem sie sich wieder gefangen hatte, wusste sie, was zu tun war: Zielgerichtet ging sie auf ihn zu, so als hätte sie es auf ihn abgesehen.

Neugierig blickte er ihr entgegen. „Betrachte mich als Lustobjekt", hauchte sie ihm freiheraus ins Ohr. Wo sie diese Worte herhatte, ehrlich, das wusste sie nicht. Sie waren in Windeseile ausgesprochen, stark und selbstbewusst. Lucas drehte sich um, schlang seine Arme um ihre Taille, zog sie enger an sich heran. Dies hätte ein inniger Moment sein können. Doch etwas störte sie, etwas, was aus ihrem Inneren kam. Sie hielt kurz inne und fragte sich, ob sie das auch wirklich brauchte, was sie gerade wollte? Zugegeben, sie hatte dick aufgetragen, als sie im Restaurant sagte, dass es ihr entfallen sei, ob sie jemals etwas miteinander gehabt hätten. Natürlich wusste sie, dass sie weder in einer erotischen noch in einer Liebesbeziehung zueinander gestanden hatten. Als sie sich kennenlernten, musste sie den schnellen Tod ihrer Eltern verkraften, obendrein das Scheitern einer langjährigen Partnerschaft. Sie hatte andere Dinge im Kopf, nur keine neue Bindung, kein neuer Schmerz. Auch weil sie die Sehnsucht in die Welt hinaustrieb und nicht hinein in die Enge einer Paarbeziehung. Wie es aber um ihre Sehnsucht nach romantischer Verbundenheit tatsächlich stand und ob es noch etwas aus der Vergangenheit gab, das in ihr rumorte, darüber wollte sie in diesem Augenblick nicht nachdenken. Vielleicht wollte sie mit ihrem kessen Spruch aber auch nur damit reinen Tisch machen, was Mädchen und Frauen in den 70ern eingeredet wurde. Dass sie nämlich nicht versuchen sollten, von sich aus den Erregungsverlauf in der Erotik zu beeinflussen, sondern es besser wäre, wenn sie sich ihren Gefühlen voll und ganz hingeben würden, ohne dabei auch nur im Geringsten aktiv zu werden.

Lucas war überraschend in ihr Leben getreten, mit einer WhatsApp-Nachricht:

Hey, wir haben uns ewig nicht gesehen. Wie geht's? Lg. Lucas.

Zu der Zeit wohnte sie bei Mark, der sie nach ihrer Knieoperation bei sich aufgenommen hatte. Die Tage verliefen harmonisch, sie genoss ihr Leben in vollen Zügen, auch ohne eine feste Liebesbeziehung, was sie nicht dem Schicksal zuschrieb, sondern vielmehr ihren eigenen Entscheidungen. Es war nicht ihr Ding, das Schicksal zu bemühen, weil das bequem und undankbar machen kann. Nein, sie war eine tatkräftige Frau, eine Berufsoptimistin, stark genug, das eigene Tun und Wirken zu verantworten. Diese Lebensweisheit stammte von ihrem Vater, der sein Tun und Wirken stets verantwortet und den Mut aufgebracht hatte, sich unvorhergesehenen Ereignissen zu stellen, nach Lösungen und Alternativen zu fahnden. Was kein Wunder war, denn das Leben hatte von ihm eine hohe Flexibilitätsbereitschaft abverlangt, die er schon als blutjunger Soldat an der russischen Front unter Beweis hatte stellen müssen, dann, wenn er nicht wusste, gegen wen, für wen und wozu er kämpfte.

Bin im Gefängnis, tippte sie später auf ihr Handy ein und schickte die WhatsApp-Nachricht an Lucas. Sie hatte es schon lange aufgegeben, auf Mails oder Textnachrichten im Sekundentakt zu antworten. Derartige Verhaltensweisen nutzten sich blitzschnell ab, ganz zu schweigen davon, dass sie seit Alex nicht mehr darüber nachdenken wollte, weshalb sich manche Leute schnell meldeten, andere wiederum gar nicht. Zudem ersparte ihr diese Einstellung das Herumschleichen um ihr eigenes Handy, sobald sie selbst eine Nachricht verschickt hatte.

Gefängnis?, fragte er leicht verwirrt.

Wegen meinem Knie, antwortete sie, schickte zur Klärung ein Foto vom operierten Knie mit Drainagen und Verband hinterher.

Ach so. Na ja, bei dir weiß man ja nie. Sie wusste, was Lucas damit meinte.

Beinkrank trifft auf beinkrank, scherzte er und schrieb, dass er ebenfalls angeschlagen sei und einen tauben Oberschenkel hinter sich herschleppen würde.

Oh. Wie das?

Eine dumme Bewegung beim Sport. (Lach)

Tja, die dummen Bewegungen. Gute Besserung.

Lucas war ein Frauenschwarm und ein seltenes Exemplar von einem Mann, der sich im harten Investment-Business behauptete und sich dennoch eine mitfühlende und verständnisvolle Art bewahrt hatte. Als sie Mark in der Küche mit Töpfen hantieren hörte, überfiel sie ein mächtiges Hungergefühl. Wie toll meine augenblickliche Daseinslage doch ist, dachte sie. Mark kochte, putzte, kaufte ein, erledigte Botengänge und nahm ihr den lästigen Alltagskram ab, jene Dinge eben, die sie einbremsten und viel Energie kosteten.

Wenn wir wieder fit sind, feiern wir. Maßlos. Erzähl mir von dir, las Giulia auf ihrem Handy, als Mark aus der Küche herausrief, dass es vegetarische Spaghetti alla Carbonara geben und er anstatt Speck Zucchinistücke dazugeben würde.

Ein Leben auf der Reise, tippte sie schnell ein, bevor sie mit ihren Krücken ins Esszimmer hüpfte, wo schon ein großer Topf mit Spaghetti auf dem Tisch stand. Mit Mark wurde es nie langweilig, denn er konnte weltmeisterlich Witze erzählen, ohne eine Miene zu verziehen, wie jetzt am Esstisch, währenddessen sie sich eine Gabel Spaghetti nach der anderen in den Mund schob: „Eine Frau steht an einer Felsklippe. Ihr Mann sitzt im Rollstuhl. Vor ihr das offene Meer. Die Frau hält den Rollstuhl fest. Sehnsüchtig schaut sie aufs weite Meer hinaus und sagt leise: ‚Man muss loslassen können!'"

Mark erzählte nicht nur Witze, sondern erfand sie auch und präsentierte sie in einem Comedy Club. Das Klavierspiel war aber seine größte Leidenschaft. Und jeden Tag übte er auf der stummen Klaviatur, bis spät in die Nacht hinein, Werke von Beethoven oder Chopin. Es konnte also vorkommen, dass er noch mitten in der Nacht abspülte, mit Geschirr herumklapperte und Giulia aus dem Tiefschlaf riss. Als Strohwitwer musste er seinen Haushalt alleine meistern. Seine Frau zog nach Kalifornien zurück, um ihren alten und kranken Vater zu pflegen. Die beiden führten notgedrungen eine Fernbeziehung, mit der Mark mehr schlecht als recht zurechtkam. Daran änderten auch die vielen gegenseitigen Besuche nichts, die er als Trailer Visits bezeichnete. Mark hegte bürgerliche Erwartungen an die Ehe. Er war davon überzeugt, dass eine Kombination aus Zuneigung, Leidenschaft und Sexualität zwei Menschen auf ewig zusammenschmiedete, weshalb er sich selbst strengen Moralvorstellungen unterwarf. Theoretisch. Mark war ein wahrer Freund, ein Weggefährte für Giulia. Mit ihm zog sie durch Nachtclubs und Bars, besuchte Kunstausstellungen, Konzerte, Opernaufführungen, spielte Squash und absolvierte einen Tauchkurs, bei dem er fast abgesoffen wäre, weil ihm der Sauerstoff in fünfundzwanzig Meter Tiefe ausging, er notaufsteigen musste.

Da diese Freundschaft frei von sexuellen Erwartungen war, war sie auch frei von Eifersucht und Stress. Außerdem waren seine eheliche Ordnung und Bindung an seine Ehefrau so stark, dass man hätte meinen können, er hätte dadurch jegliche Angst davor verloren, seine Liebe für Diane könnte am Ende doch nicht ausreichen oder an Hindernissen und Bedrohungen zerbrechen, die sich ihr unweigerlich in den Weg stellten.

Psychologen wissen zwar nicht, ob es so etwas wie Liebe im romantischen Sinne gibt, in der psychologischen Praxis beobachten sie verschiedene Elemente, die eine gute Paarbeziehung auszeichnen: Sexuelle Anziehung, Zärtlichkeit, Fürsorge, Eifersucht und Angst, den Partner wieder zu verlieren beziehungsweise zurückgewiesen zu werden. Sie fanden heraus, dass sich Sex, emotionale Bindung und Pflege sowohl in einer Zweierbeziehung finden lassen – in der Sex mit einem Partner, an den man tief emotional gebunden ist, ausgeübt wird, und man deshalb bereit ist, sich um ihn beziehungsweise sie vorbehaltlos zu kümmern – als auch verteilt auf verschiedene Personen, auch wenn dies dem Ideal der romantischen Liebe und dem ewigen Mantra von der naturgegebenen Monogamie des Ehelebens zu widersprechen scheint.

Nach zwei Wochen meldete sich Lucas mit einer neuen Textnachricht. Giulia war inzwischen zu Hause, zurück in ihrem Singleleben und gottfroh darüber, durchschlafen zu können, ohne nächtliches Geschirrklappern.

Wie geht's deinem Knie?, fragte Lucas.

Gut. Danke. Fliege am Sonntag nach Mallorca. Treffe mich mit Freunden auf einer Finca. Und du?

Pfingstferien. Hurra. Barcelona, Ibiza.

Gaudì, Miró, Picasso.

Nee, Vino, Tapas, Ramblas.

Also Partyleben! Im Promiclub „Hi Ibiza" an der Playa d'en Bossa?

Vielleicht, muss aber nicht sein.

Es gibt noch andere Dinge nicht, schrieb Giulia beiläufig, die gerade Mails beantwortete, zwischendurch auf ihr Handy sah, und sich noch nach seinem Oberschenkel erkundigte.

Der muss intensiver stimuliert werden, schrieb Lucas wie aus der Pistole geschossen und schickte lachende Emojis hinterher. *Wandern hilft,* schrieb sie zurück und versuchte gar nicht erst, den Satz zu Ende zu schreiben, denn sie wusste genau, dass Andeutungen mehr auslösen können, mehr innere Erregung. *Uups, der Gedanke gefällt.* Lucas ging jetzt wohl in seiner Fantasie jene erregenden Gedanken durch, die ihn sexuell stimulierten, überlegte sie. Vielleicht stellte er sich superschlanke und supergeile Frauen mit entblößten, langen Beinen und Mega-Brüsten vor, die sich ihm mit gespreizten Beinen bereitwillig hingaben. *Der Gedanke sorgt für große Bewegung. Bis bald, hoffe ich.*

Giulia glaubte an die Liebe auf den ersten Blick. Nicht, weil sie dieses Feuer kannte, sondern weil sie sich normalerweise schnell verliebte, Momente erfuhr, in denen ihr ganzer Körper und jede einzelne Zelle von einer unstillbaren Sehnsucht erfasst war. Mit Lucas war das anders, entspannter, trotz der vielen lasziven Fotos aus Barcelona, mit denen er sie offenbar stimulieren wollte. Es waren Situationen aus dem Hotelzimmer, als er sich vor dem purpurrot gefärbten Abendhimmel auf einem roten Sofa in seiner ganzen Länge ausstreckte, die Arme hinter dem Kopf verschränkt. Oder Situationen beim Flanieren auf der Las Ramblas, bekleidet mit einem schwarzen Designerhemd, bei dem die oberen Knöpfe geöffnet waren und das lässig über seine Jeanshose hing. Das hellgraue Haar war für sein Alter ungewöhnlich dicht und sein schmales Gesicht wie eh und je glattrasiert.

Giulia war in den mallorquinischen Bergen, weit weg von Touristenströmen, Yachten, Virus-Mücken, Schlagerhanseln und Ballermann-Saufgelage. Ja, es gab sie noch, Orte auf der Insula terribilis, wo man sich in völliger Isolation aufhalten konnte, nichts hörte, außer sich selbst.

Mit einem wachen und einem schlafenden Auge verbrachte sie die Tage in wildromantischer Berglandschaft. In dieser Entspanntheit war sie drauf und dran, sich auf Lucas einzulassen, während unmerklich eine alte Herzenswunde berührt wurde, von der sie glaubte, sie wäre längst verheilt. Seelische Verletzungen können tief in einen hineinsinken, das wusste sie. Klar war auch, dass die letzte Liebe schwer zu verdauen war. Fünf Jahre waren seither vergangen, und es schien, dass ihr Vertrauen in eine neue Beziehung noch nicht zurückgekehrt war, was sie jedoch nicht davon abhielt, sich der neuen Liebe zu öffnen. Denn sie hatte Hoffnung, immer noch Hoffnung auf eine wohlwollende Resonanz in einer Liebesbeziehung. Etwas, was mit Alex nur schwer möglich gewesen und am Ende völlig aus dem Ruder gelaufen war. Alles war auf sexuelle Steigerung, Verfügbarmachen und Kontrolle ausgelegt, auf lähmend einschränkende Erlebnisse.

Lucas dagegen schien offen für das, was sie ausmachte, für das, was ihr Leben war. Er interessierte sich für ihre Geschichten, wie für diese doch ganz besondere im brasilianischen Dschungel, die sie ihm in allen Details und in mehreren Sprachnachrichten erzählen musste: „Wie üblich saß Coy auf dem Felsspitz mit seinem Jagdgewehr am oberen Rand des Beckens, in das sich der Wasserfall von den steilen Felsen in ein strahlendes Blau ergoss. Und wie üblich hielt er Ausschau nach allem, was sich drumherum bewegte. Wie jeden Abend genoss ich die frische Abkühlung im brodelnden Becken am Fuß des Wasserfalls, tat ein paar Schwimmzüge, tauchte unter dem Wasserfall auf, der mit unglaublicher Kraft auf meinen Kopf prasselte. Verschwommen nahm ich wahr, wie Coy und seine Tochter plötzlich ein paar hektische Worte wechselten, worauf sich Telma nach mir umdrehte, noch hektischer zu winken begann und mir etwas Unverständliches entgegenschrie, während ich seelenruhig unter dem Getöse stehen blieb. Nachdem ich keine Reaktion zeigte, schwamm sie mit entschlossenen Zügen bis zu mir herüber, zeigte dabei immer wieder mit dem Finger nach oben. Nach sechs, sieben Brustlängen hatte sie mich erreicht und schrie mich an: „Jaguar, Jaguar!" Ihr Vater stand zu der Zeit am unteren Rand des Beckens und zielte mit seinem Jagdgewehr im Anschlag auf eine Stelle über uns. Mit einem ruhigen Handzeichen forderte er uns auf, aus dem Wasserbecken herauszukommen, worauf ich wie eine Rakete aus dem Pool herausschoss und so schnell ich konnte den schmalen Pfad zurück zur Hütte hinunterlief. Weder schaute ich zurück noch wusste ich, ob und was hinter mir her war. Es war der Lauf meines Lebens und so mancher Sprinter hätte Mühe gehabt, mir zu folgen, wohl aber nicht ein Jaguar, der auf dem Felsvorsprung sitzen blieb und das Theater leidenschaftslos beobachtete, wie Coy mir später berichtete, wobei er noch ergänzte, dass die Bisskraft eines Jaguars zweimal so hoch sei wie die eines Löwen und er seine Beute mit einem Biss durch die Schädeldecke töten würde. „Ein grausamer Tod", sagte Coy abschließend mit ernstem Gesicht. Der Arzt, der seit vielen Jahren im Urwald tätig war und weit gefährlichere Abenteuer überstanden hatte, unterhielt sich noch am Abend mit den heimkehrenden Yanomamis über diesen Vorfall, die sich sofort wieder aufmachten, um nach der Wildkatze zu suchen. Am nächsten Morgen erfuhren wir dann, dass das Tier zwar unauffindbar war, sie aber seine Fährte gefunden hätten und davon ausgingen, dass der Jaguar zur Wasserstelle zurückkehren würde, weil, wie sie vermuteten, er auf der Suche nach einem neuen Revier sei. Coy, der meine Kleidungsstücke am Beckenrand einsammelte und mir hinterhertrug, verbreitete die Geschichte meines Dschungellaufs überall im Indianerdorf, was zur allgemeinen Belustigung beitrug. Die Begegnung mit der Raubkatze schien ihn weniger aufgeregt als amüsiert zu haben. Nach seiner Theorie wollte sich das Tier ausruhen und in Ruhe gelassen werden. Außerdem würden Jaguare Menschen nur dann angreifen, wenn sie von ihnen gereizt oder in die Enge getrieben würden. Da diese Gefahr von mir nicht ausgegangen sei, sei die Katze auch nicht in Verteidigungsnot geraten. Auf meine Frage, warum er dann mit seinem Gewehr im Anschlag am Wasserfall gestanden und auf die Katze gezielt hätte, meinte er lachend: „Reine Vorsicht, Mädel, reine Vorsicht."

„Hast du im Dschungel deine Jaguar-Mentalität entdeckt?", fragte Lucas sie, nachdem er sich die Sprachnachrichten angehört hatte.

„Du meinst die Mentalität einer Einzelgängerin, die sich mit einem Mann nur zur Paarung einlässt und ansonsten weite Reviere bevorzugt, um nicht in Abhängigkeit zur Beute zu geraten?", fragte Giulia zurück und meinte, dass wirtschaftliche Abhängigkeit und gesellschaftliche Konventionen in der Liebe auch nicht mehr viel ausrichten, wenn echte Gefühle fehlen würden. Heutzutage würde man eine Beziehung doch nur noch aus purer Romantik eingehen, wenn sich die Liebe richtig gut anfühlen und es unter der Bettdecke knistern würde. Weil das dann aber doch eher die Ausnahme sei, suche man ständig nach aufregenderen Dingen.

Giulia hämmerte die Sätze auf ihr Handy ein, ohne dass sie das Geschriebene ein zweites Mal durchlas oder korrigierte. Der Zustand, in dem sie sich gerade befand, machte sie besonders resonanzfähig. Gedanken sprudelten nur so aus ihr heraus, Ideen und Gedanken, die nicht auf vorgekauten Vorstellungen beruhten, was für gewöhnlich passierte, wenn sie sich in einem Flow-Zustand befand und ihre unterbewussten Energien nutzen konnte. Es war ein beglückendes Gefühl, so ganz ohne Angst vor den eigenen Erwartungen.

Weiß nicht, was du meinst. Ehrlich, darüber habe ich noch nicht nachgedacht. Lucas schickte ihr ein ‚LACH'. Von der Geschichte schien er ziemlich beeindruckt.

Für Leute wie Coy ist das Alltag, simste sie, und dass sie so den Unterschied von Furcht und Angst kennengelernt hätte.

Wie? Was?, fragte Lucas verwirrt.

Als ich zum ersten Mal an einem Anti-Gewalt-Training in einem amerikanischen Hochsicherheitsgefängnis teilnahm und mit zwanzig Strafgefangenen in einem Stuhlkreis saß, überfielen mich diffuse Ängste, wofür es keinen konkreten Anlass gab. Ich wurde unsicher und bekam Atemnot, was sie mir ansahen. Die Gefangenen verhielten sich daraufhin besonders freundlich und zuvorkommend. Ich meine, diffuse Ängste lähmen doch nur und führen zu problematischen Handlungen. Die Angst vor Überfällen beispielsweise kann dazu führen, dass Menschen ihre Häuser nicht mehr verlassen, auch wenn das Risiko, Opfer eines Überfalls zu werden, gleich null ist. Wir alle haben mit diffusen Ängsten zu tun: Der Angst vor einem dritten Weltkrieg, einer globalen Seuche, vor Terror, Flüchtlingen. Es ist eine sehr mächtige und dunkle Angst, auch wenn man weiß, dass sie objektiv nicht existieren kann. Im Unterschied

dazu bezieht sich Furcht auf eine bestimmte Situation, auf eine konkrete Bedrohung, wie es mir im Dschungel erging.
Aha. Wieder etwas gelernt. Ich bleibe dabei, das, was du machst, ist mutig. Ich würde mir vor lauter Angst in die Hose machen.
Na ja, übertreibe nicht. Mit den sogenannten gefährlichen Insassen kann man einfacher zurechtkommen als mit den sogenannten normalen Leuten, die fuchsteufelswild draußen herumlaufen, wahllos auf andere schießen, sie niederstechen.

Während Giulia diese Sätze eintippte, merkte sie, dass sich Insassen und Jaguare ähnelten: Beide Spezies verfügen über vielfältige Eigenschaften, mit denen sie sowohl in der Wildnis als auch in Gefangenschaft überleben können. Im Kampf ums Überleben müssen sie sich ausnahmslos den vorherrschenden Bedingungen anpassen, mit Einsamkeit klarkommen, Reviere verteidigen, durchhalten und Feinde bekämpfen.

Du hast viel erlebt, antwortete Lucas und war voller Bewunderung für Giulia. Eine Frau, die man bewundert, begehrt man nicht, dachte sie, fragte stattdessen, ob er denn Kinder hat.
Einen Sohn.
Weitere?
Nicht, dass ich wüsste. Aber bei uns Männern weiß man ja nie. Wir sind doch viel lieber auf der Jagd, als dass wir uns an eine Frau auf ewig binden lassen (Lach).

Kurz danach erhielt sie ein Selfie von seinem nackten Oberkörper.

Giulia war eine eigenständige Frau. Sie konnte selbst denken, womit sich Männer schwertun können, weil diese Frauen schwer zu kontrollieren sind und der männliche Habitus leicht unter die Räder kommen kann, also das, was man gemeinhin unter Männlichkeit versteht, vom Gang bis zur Körperhaltung, vom Denken bis zum Handeln. Es ist immer dasselbe, dachte sie gleichermaßen anklagend wie wehmütig: Sobald eine Frau selbstständig und unabhängig auftritt, bekommen es Männer mit der Angst zu tun. Sie erinnerte sich an die deutsche Frauenrechtlerin Helene Stöcker und an ihr Essay *Unsere Umwertung der Werte,* das sie einmal verschlungen und dessen Kernaussagen sie sich gemerkt hatte. Stöcker schrieb, dass sich mit starken Frauen, die sich aus Konventionen befreien, eine neue Menschheit entwickeln könne – vorausgesetzt, Männer sind willens und fähig, Macht und Einfluss an Frauen abzugeben. Da dieser Prozess aber nicht ohne Kampf und Tragik vonstattengehen würde, setzte sie sich für die Veränderung des Mannes ein, der seine emotionalen, verletzbaren Seiten anerkennen müsse. Giulia bewunderte Stöcker, die sich bereits vor einhundert Jahren für eine neue Liebe zwischen Mann und Frau eingesetzt hatte. Mann und Frau hätten demnach die Aufgabe, entsprechende Fähigkeiten zur Entfaltung der eigenen Persönlichkeit zu entwickeln, wofür man schließlich das ganze Leben hindurch Zeit hätte. Für die Frau würde das in erster Linie bedeuten, jeglichen Druck abzuschütteln, der sich für gewöhnlich in Abhängigkeits- und Unterordnungsverhältnissen aufbaut, wofür man starke, stolze und freie Männernaturen benötigen würde, weil nur solche Männer den Mehrwert der wechselseitigen Überlegenheit in einer Liebesbeziehung erkennen und anerkennen würden.

Es dämmerte, langsam schimmerte der Pool in blauem und türkisfarbenem Licht. Es war ganz still. Krebsschwänze und bunte Gemüsespieße lagen auf dem Grill. Hundegebell setzte ein. Ohne Grillen ist der Sommer für viele nicht denkbar und Giulia lief beim bloßen Anblick der mediterranen Speisen das Wasser im Mund zusammen.

Sie dachte an Agatha, die weiße Hausgans ihres Großvaters, die jeden Nachmittag auf die Minute genau um halb vier in die Küche hereinspazierte, laut schnatterte, bis er ihr Tee in ihren Trinknapf goss und sie ganz fest an sein Herz drückte. Agatha war Großvaters Lieblingsgans. Vielleicht waren es die Erinnerungen an die Kindheit, die sie später im Leben zur Vegetarierin werden ließen, zur Pescetarierin, genauer gesagt. Denn Fisch und Meeresfrüchte verschmähte sie nicht, schon gar nicht, wenn sie so verführerisch und frisch auf dem Grill lagen. Überdies hatte sie damit aufgehört, an sich selbst zu hohe Ansprüche zu stellen, da seelenlose Leistungsgesellschaften auf Dauer ihren Tribut fordern: durch steigende Umsatz- und Zielvorgaben, sinkende Fehlertoleranzen und den sich automatisch verschlechternden menschlichen Beziehungen. Das moderne Leben verlangt viel, fand sie, in dem oft nichts anderes übrig bleibt als Leere und diffuse Ängste, die die Liebesfähigkeit und Lebensqualität einschränken. Ängste können leicht verunsichern und unfähig machen, das Leben selbst in die Hand zu nehmen, auf sich zu achten und zu versuchen, auf zukünftige Vorgänge gezielt Einfluss zu nehmen, gewünschte Entwicklungen bewusst herbeizuführen und zu gestalten. Im Leistungsrad drehen sich viele Dinge: Arbeit, Konsum, Stress, Frustrationen, Schlafstörungen, Lustlosigkeit. Sie achtete auf ihre innere Ausgeglichenheit, auf ihre seelische Balance, jetzt gerade, als sie in den Abendhimmel schaute, ihre Augen geschlossen hielt, schwebte. Etwaige existenzielle Fragen über die Zukunft, Liebe, Karriere waren weit weg. Leichtfüßig tanzte sie zwischen den Extremen: zwischen Leistung und Trägheit, Intimität und persönlicher Freiheit.

Als sie wieder zu sich kam, schnappte sie sich ein paar Bücher, die in ihrer Reichweite lagen. Mit der Kopfleuchte vor der Stirn begann sie zu lesen. Rasch überflog sie ein paar Seiten in einem Buch, legte es zur Seite, griff nach dem nächsten Buch, konzentrierte sich auf die gelb markierten Textpassagen, in denen es um Individualisierung, Digitalisierung, Automatisierung, gesellschaftliche Veränderungsprozesse und veraltete romantische Einstellungen ging wie: Den ersten Kuss soll man nur an die zukünftige Mutter der eigenen Kinder vergeben. Erfüllung in der Liebe und Erotik findet man nur in der Ehe. Menschen, die ohne festen Partner leben, sind zu bedauern. Derartige Einstellungen wirbelt der gesellschaftliche Veränderungsprozess gerade heftig durcheinander, dachte sie, und dass sich die Fixierung auf einen Partner beziehungsweise eine Partnerin immer mehr erschöpfen wird, weil sich das sexuelle Begehren im Internetzeitalter emanzipieren wird. Und Sex auch passieren kann, ohne dass daraus gleich eine romantische Bindung entsteht. Karl Marx wies in seiner Streitschrift *Der achtzehnte Brumaire des Louis Bonaparte* auf den Alp der Gehirne hin, also auf überlieferte Einstellungen, die Menschen daran hindern, ihre eigene Geschichte zu gestalten. Stattdessen beschwören sie die Geister der Vergangenheit herauf, wenn sich gesellschaftliche Veränderungen anbahnen. Mit alten Methoden die Herausforderungen von neuen Epochen zu bewältigen, war aber nicht nur für Marx der falsche Weg. Helene Stöcker brachte ähnliches Gedankengut bereits hervor und schrieb, dass sich Dynamik und Wechselseitigkeit in den Liebesbeziehungen auf Augenhöhe nur durch eine neue Menschheit und mit einer neuen Männlichkeit gestalten lassen.

Es ist doch unumgänglich, die alten Geister, sprich die alten Einstellungen, hinter sich zu lassen, sie zu hinterfragen, das Neue zu erkennen, sich diesem anzuvertrauen, sagte Giulia leise vor sich hin und hoffte, dass in der heutigen Umbruchszeit das Interesse am Denken und Verstehen wachsen würde. Philosophisches war eine Art persönliche Entwicklungshilfe für Giulia. Sie lernte dadurch, klarer zu denken, besser zu verstehen, über den eigenen Tellerrand hinauszuschauen und sich in einer befreienden Weise mit ihren Gefühlen auseinanderzusetzen. Mit Hilfe der Philosophie suchte sie nach eigenen Antworten auf die Geschehnisse, nach glaubwürdigen Antworten, die sich besser verdauen ließen, weniger kränkten, Herz und Verstand erweiterten.

Giulia griff nach dem nächstbesten Buch, das in der Nähe ihres Liegestuhls lag, und wurde schon auf der ersten Seite mit Frankls Sinnlehre konfrontiert, so dass sie den dringenden Impuls verspürte, sich vom Pool in eine ruhige Fensternische in der Finca zurückzuziehen. Sie erhob sich, ging die Stufen zur Finca hinauf und ließ sich mit dem Buch auf ein Sofa fallen. Viktor Frankl war überzeugend in dem, was er schrieb und wie er sich ausdrückte, dachte sie und verkroch sich mühelos in seine Gedankenwelt, in der sie mit ihm schon lange auf Du und Du stand. Obwohl sie schon viel über seine Logotherapie gelesen hatte, war vieles neu. Etwa seine Ausführungen über Lust und sexuelle Befriedigung, und dass die Befriedigung des sexuellen Triebes zwar Lust und Freude bereiten, niemals jedoch ein Gefühl von wahrer Liebe schenken würde.

Frankl bezeichnete Eifersucht als einen erotischen Materialismus, der mit der Degradierung des jeweiligen Partners zu einem Lust- und Liebesobjekt einhergeht, mit Ansprüchen an Eigentum und Ware, und er schlussfolgerte, dass in einer echten Liebesbeziehung für so eine Emotion kein Platz wäre, schon gar nicht für eine Eifersucht, die sich im allerschlimmsten Fall auch noch auf die Vergangenheit einer Person beziehen würde. Eifersucht würde eine gefährliche Dynamik enthalten, schrieb er, die zwangsläufig zu körperlicher, seelischer Gewalt und zu Liebesentzug führen würde. Treue sei zwar ein wichtiges Kriterium für die wahre Liebe, doch das könne nur die Aufgabe für den Liebenden sein und nicht eine Forderung an den Partner. Denn sobald man Treue erzwingt, gerät der andere in eine Protesthaltung. Giulia erinnerte sich, wie sie sich schon oft aus dem Bauch heraus für oder gegen eine neue Liebesbeziehung entschieden hatte. Ein Blick genügte, ein erster visueller Eindruck, und es war um sie geschehen. Wie unreif und unachtsam manch eine ihrer Entscheidungen war, wurde ihr nach und nach bewusst, wobei sie sich eingestand, dass doch jede noch so dumme Entscheidung für ihre Entwicklung brauchbar war. Heute hatte sie keine Angst vor dem Scheitern mehr, da sie erfuhr, dass es immer weiterging, bereit zu neuen Taten.

Durchs offene Fenster beobachtete sie Clarissa und Manuel beim Grillen. Dabei stieg ihr der Geruch von Holzkohle und Fisch in die Nase. Die beiden grillten für ihr Leben gern, was ihr momentan entgegenkam, da sie Zeit für sich und andere Dinge hatte. Ihr schien es fast so, als ob die beiden die Welt um sich herum vergaßen und miteinander auf eine Weise kommunizierten, für die es nur ein Wort gab: Jetzt.

Mara ging mit ihrem Handy im Garten spazieren und wie jeden Abend telefonierte sie mit ihrer Tochter, die gerade durch ihre erste Liebesenttäuschung ging. Giulia nahm sich zwei Pralinen aus der Schachtel, die auf dem Wohnzimmertisch stand, da sie plötzlich wilder Hunger überfiel. Sie hatte sich zwar vorgenommen, vor dem Abendessen nichts zu essen, schon gar keine Süßigkeiten, und doch tat sie es: Sie gehorchte ihrem Hungergefühl und steckte Praline Nummer drei und vier in den Mund. Ob und wozu sie diese Schleckereien jetzt brauchte, war ihr, ehrlich, vollkommen egal. Sie hatte Appetit darauf und basta. Zum Glück stand die Schale mit den Cashewnüssen um ein paar Armlängen zu weit von ihr entfernt, so dass es unmöglich war, an sie heranzukommen. Giulia setzte sich auf, schlug ein Bein über das andere, schloss die Augen, schob sich stattdessen Praline fünf in den Mund und genoss den Geschmack der kunstvoll verzierten Kugel mit Nougat-, Ganache- und Marzipan-Füllung. Ihre Hände verschränkte sie hinter dem Kopf. In Gedanken hing sie dem nach, was sie gerade gelesen hatte, was sie sich gemerkt hatte, beispielsweise, dass Menschen unweigerlich Veränderungen bei sich selbst und im Leben anstoßen, wenn sie sich auf eine neue Liebesbeziehung einlassen. Dass oft schon das Suchen nach einer neuen Liebeserfahrung ausreichen würde, die persönliche Entwicklung voranzutreiben, selbst dann, wenn man jahrein, jahraus mit der gleichen Person unter einem Dach zusammenwohnt. Und dass eine bewusste Entscheidung ausreichen kann, aus der alltäglichen Routine auszusteigen.

Psychologen unterscheiden zwei positive, voneinander unabhängige, nicht identische Wege der Persönlichkeitsentwicklung. Positiv, weil kein Weg schlechter oder besser als der andere ist: Den Wohlbefindungsweg und den Weisheitsweg. Auf dem Wohlbefindungsweg verfolgt man das Ziel, dass es einem selber und den anderen Menschen im Umfeld gut geht. Auf diesem Weg will man den erreichten Lebenszustand halten und setzt sich nicht dem Risiko aus, durch eine Veränderung oder Neuorientierung das persönliche Glück zu riskieren. Auf dem Weisheitsweg will man das große Ganze verstehen und sich zum Wohle aller Menschen weiterentwickeln. Menschen, die diesen Weg einschlagen, gehen über das Wohl der eigenen Person, ihres Umfeldes und über die gegenwärtigen Situationen hinaus. Wie lange Menschen dem jeweiligen Weg verhaftet bleiben, ist unklar. Es wird angenommen, dass Menschen zwischen den einzelnen Wegen hin und her wechseln und erst dann bereit sind, über sich selbst und die Welt nachzudenken oder sich neu zu orientieren, wenn sie Schicksalsschläge erleiden. Mit ziemlicher Sicherheit gelangen diese Menschen eine Weile auf den Weisheitsweg. Im Gegensatz zu denjenigen, bei denen alles glatt läuft, weswegen sie wenig Anlass verspüren, etwas zu verändern. Veränderung kostet Energie. Auch weiß man nie, ob und wie sie gelingen und wohin sie führen wird. Von daher verharren Menschen lieber in den alten Rollen und bauen sich ihre Lebenslogik drumherum auf oder reden sich ihren Lebenslauf schön. Doch die Motivation und der Wille für eine Veränderung können jederzeit aufbrechen, vorzugsweise im mittleren Erwachsenenalter, wenn man mit Lebenssinnfragen konfrontiert wird und sich nagenden Fragen stellen muss: Soll es das gewesen sein? Kommt noch was Neues, Aufregenderes, Sinnvolleres?

Veränderungen waren für Giulia normal. Sie hatten sich in ihrem Leben häufig ereignet, meist ohne Vorwarnung, sozusagen von heute auf morgen, und ihr genügend angstmachende Gefühle beschert, weil sie Menschen und Liebgewonnenes hatte loslassen und eine gewisse Leere in ihrem Leben hatte aushalten müssen. Aber Tatsache war nun mal, dass es in ihrem Herzen Dinge und Bedürfnisse gab, für die sie einen Partner brauchte. Einen Sehnsuchtsmann. Einen wie Lucas, mit dem sie ihre erotischen Bedürfnisse ausleben, Berührungen und Zärtlichkeiten austauschen konnte. Auch wenn bloß alles wieder leere Worte waren und sich nichts Beständiges einstellen würde: In der sich anbahnenden Romanze war sie bereit, Risiken einzugehen, und es war ihr piepegal, was dabei herauskommen würde. Denn das Gefühl, das in ihr hochkam, wenn sie an Lucas dachte, war einfach wunderbar. Sie konnte es unmöglich beiseiteschieben. Giulia klappte das Buch zu. Ihr Hungergefühl wich der sexuellen Lust, die sich verstärkte, je mehr sie ihren Fantasien über Lucas freien Lauf ließ. Mit einer Hand fuhr sie unter ihr Sommerkleid, über die Seide und Spitze ihrer Unterwäsche.

„Ach, hier bist du. Hab dich überall gesucht. Das Abendessen ist fertig." Erschrocken zog sie ihre Hand zurück und setzte sich kerzengerade auf.

„Waaaaaas. Was ist los?"
Clarissa stand vor ihr und hielt ihr einen gegrillten Gemüsespieß vors Gesicht. Sie sagte:
„Ganz nach deinem Geschmack, scharf und kalorienarm."
„Genau", erwiderte Giulia darauf, lächelte in sich hinein und folgte ihr ohne Widerrede in die Küche.

Auf dem Küchentisch stand eine riesige Schale mit in kleine Dreiecke geschnittenen gegrillten Wassermelonen und den gegrillten Krebsschwänzen obendrauf. Daneben eine Platte mit den Gemüsespießen, ein frischer Sommersalat mit Tomaten, Gurken, Pfirsichen, Erdbeeren, frisches Baguette und Weißwein. Nicht sehr viel später saßen alle vier um den Küchentisch herum. Clarissa wollte von Giulia wissen, womit sie sich die Zeit vertrieben hatte. Worauf Giulia zu erzählen begann, ohne Punkt und Komma, was die anderen nicht zu stören schien. Im Gegenteil, sie fingen an, über die Liebe, Romantik, Sehnsucht zu diskutieren, wie lange die romantische Liebe mit den Vorstellungen von einer monogamen Ehe die wahre Liebe, ihre freie Lust und Leidenschaft wohl noch dominieren würde? Und warum sich Menschen überhaupt noch darauf einlassen, auf Erwartungen an die ewige Treue und Bindung?

An diesem Abend floss viel Wein, sehr viel Wein. Und es wurde viel gelacht, über die eigenen Tragödien und Komödien in der Liebe. Clarissa berichtete, dass sie mit einundzwanzig den Vater ihrer Tochter traf, nachdem sich ihre Mutter scheiden ließ und sie in eine andere Stadt umgezogen waren. Es geschah an einem regnerischen Nachmittag im Stadtzentrum, als plötzlich ein gut aussehender Mann vor ihr stand. Damals war sie einsam, fühlte sich fremd in der neuen Stadt. Und als er dann seine Jacke um ihre Schultern legte, war es um sie geschehen. Kurz darauf war sie schwanger, brach ihr Jurastudium ab und zog mit ihm in eine gemeinsame Wohnung. Sie wollte sich ganz und gar auf ihre Mutterrolle konzentrieren. Doch der Traum vom trauten Heim und ewigen Glück zerbrach, als sie zwei Wochen vor der geplanten Hochzeit und vier Monate vor der Geburt ihrer Tochter den Zukünftigen in flagranti im Schlafzimmer erwischte. Daraufhin sagte sie die Hochzeit ab, was sie zuvor niemals für möglich gehalten hatte. Clarissa tat sich schwer mit dem Erzählen und meinte, dass ihr Auserwählter das Ganze leichter nehmen konnte als sie, weil er kurz danach eine andere geheiratet hatte. Später erst, beim Aufräumen, und als ihr die Hochzeitseinladung in die Hand fiel, hatte sie dann herzhaft lachen müssen. Ihr war nicht nur bewusst geworden, dass sie die ganze Schmach überwunden hatte, sondern dass diese Ehe eine katastrophale Fehlentscheidung gewesen wäre. Zwei Jahre später ist sie dann mit einem anderen Mann, einem Schiffskapitän, zusammengekommen, mit dem alles besser lief. Auch ist er ein großartiger Stiefvater gewesen. Doch als sie wieder mit ihrem Jurastudium anfing, ist es zu Eifersucht und Gewalt gekommen. „Lange Zeit habe ich gehofft, die Lage würde sich wieder beruhigen. Aber seine Wutausbrüche nahmen zu." Clarissa trank einen kräftigen Schluck Wein und kramte ein Taschentuch hervor. „Mir fiel auf, dass ich genau dieselben Fehler machte wie meine Mutter, die meinem Vater ständig verzieh und sich in eine immer gefährlichere Gewaltspirale hineinbewegt hatte." Clarissa gelang es, nach Jahren des Martyriums, sich von ihm scheiden zu lassen, sie beendete ihr Jurastudium, baute sich einen großen Freundeskreis auf und zog mit einem Neuen zusammen, dem heutigen Mitbewohner, wie sie ihr Beziehungsverhältnis bezeichnete. „Das romantische Getue wird uns noch lange beschäftigen. Wenn man die heute 30-Jährigen nach der Liebe fragt, dann stellen sie sich ihr Leben mit ihrem Partner genauso vor, wie wir es taten: mit ein bis drei Kindern, einem Häuschen am Stadtrand und Haustieren. Die perfekte Idylle also", erwiderte Manuel. „Doch nur so lange, bis die eigenen Kinder geboren sind", unterbrach ihn Clarissa, bevor sie ein Hustenanfall am Sprechen hinderte. Ein Teil von einem Krebsschwanz steckte in ihrer Kehle.

„Sozialmediziner sagen, dass Ehe- und Lebenspartner über mehr Lebensgesundheit und Freude verfügen würden", behauptete Giulia und klopfte ihrer Freundin auf den Rücken. Clarissa bewegte sich nicht und atmete gegen einen erneuten Hustenreiz.

„Aber nur dann, wenn man den sogenannten Richtigen oder die sogenannte Richtige gefunden hat, ein wechselseitiges Wohlwollen in der Beziehung herrscht", warf Manuel ein und erzählte seine Geschichte: „Meine Ex und ich hatten uns schrecklich ineinander verliebt. Schnell zogen wir zusammen und schnell wurden zwei Kinder geboren. Meine Frau hatte dann viel Arbeit mit den Söhnen und dem Haushalt. Und ich war als Architekt viel beschäftigt und unterwegs beziehungsweise fix und fertig, wenn ich zu Hause war. Meine Sehnsucht nach einem kuscheligen Heim, Hund, Kindern und Garten war in meinen Dreißigern sehr groß. Nicht so bei meiner Frau, die sich stärker nach der weiten Welt sehnte, wie sich nach und nach herausstellte. Sie wollte einfach hinaus in die Welt, etwas erleben. Manuel lächelte Mara an, schaute ihr dabei tief in die Augen: „Auf lange Sicht konnte das also nicht funktionieren, meine Ehe musste schiefgehen. Mich aber leichtfertig zu trennen, nein, das wollte ich nicht, schon wegen der Kinder. Doch meine Frau war innerlich zerrissen, und ihr Drang, etwas zu erleben, nahm stetig zu. Irgendwann hatte ich dann eingesehen, dass es keinen Sinn mehr machte, auf Biegen und Brechen zusammenzubleiben. Nur, etwas einzusehen, zuzulassen und zu überstehen, ja, das sind ganz verschiedene Dinge." Manuel gönnte sich eine kleine Verschnaufpause, ließ seinen Blick über den Tisch schweifen, bis er auf Maras Gesicht verharrte. „Für mich war die Scheidung sehr schmerzhaft", fuhr er leise fort, „und es hat gedauert, bis ich damit zurechtgekommen bin und offen darüber sprechen konnte."

Clarissa nahm eine Pfanne aus dem Schrank und stellte sie auf den Herd. „Hmm", sagte sie nachdenklich, „ich wusste ja nicht, nichts wusste ich über diese Geschichte, Manuel."

Mara wich dem konzentrierten Blick von Manuel aus, schaute zu Giulia hinüber, bevor sie zu erzählen begann: „Ich war ja so verliebt. In dem gut aussehenden Mann, der mit Anfang zwanzig schon mit seinem eigenen Auto vorfuhr, sah ich meinen Traummann. Doch schon bald wurde mir das alles zu eng, auch weil ich von meinen Freundinnen immer wieder zu hören bekam, dass sie auf der Piste waren, das Leben und die Liebe krachen ließen. Ich wollte das auch, und das Gefühl, etwas zu verpassen, stieg in mir hoch. Ich war bei der Geburt meiner Tochter 22. Kaum war ich raus aus meiner Familie, ging ich rein in meine eigene Familie. Das war definitiv falsch. Und damit war ich bald überfordert. Weil ich aber ewige Treue, Liebe und Fürsorge vor dem Traualtar geschworen hatte, wollte ich die Verantwortung für meine Entscheidung übernehmen, was eine Zeitlang gut ging. Mein Mann war ein wunderbarer Ehemann, ein liebender, treuer Gatte, geradezu wie aus einem Bilderbuch. Doch mir fehlte mein eigenes Leben, das ich ja erst noch erfahren musste, meine Ziele, meine Talente. Und ich wollte finanziell auf eigenen Beinen stehen, es aus eigenen Kräften schaffen, fing deshalb mit einer Banklehre an. Als ich mit meiner Tochter schwanger war, war der Gedanke, mich zu trennen, bereits sehr stark. Ich wusste, dass ich handeln musste, um nicht Gefahr zu laufen, die nächsten fünfunddreißig Jahre in dieser Ehe zu versauern. Mit dreißig sagte ich schließlich: Stopp, das reicht! Meinem Mann sagte ich, dass ich mich scheiden lassen will, worauf er ziemlich schnell, verunsichert und enttäuscht, die gemeinsame Wohnung verließ. Aber das war für uns beide das Beste. Mit meiner Tochter, damals war sie elf, sind wir so verblieben, dass Mama und Papa immer für sie da sind und die Scheidung nicht ihre Sache oder gar ihre Schuld ist. Das alles ging reibungsloser über die Bühne, als ich es zunächst befürchtet hatte. Und weil mein Mann abends kaum da war, fiel die väterliche Abwesenheit weiter auch nicht auf."

Manuel nickte zustimmend und nahm den Gesprächsfaden wieder auf: „Du erinnerst mich an meine Exfrau. Und jetzt weiß ich auch, warum ich dich nie wirklich aus meinen Gedanken streichen konnte. Immer kommen Bilder von unserer Schulzeit. Richtig magisch."

Ein verlegenes Lächeln huschte über das Gesicht von Mara. „Soso", sagte sie selbstbewusst. „Damals, das war doch nichts weiter als eine Schwärmerei. Eine, die kommt und geht. Eine, die sich nach einer gewissen Zeit automatisch wieder auflöst. Das hat doch mit Liebe nichts zu tun."

Manuel war in einen Strudel aus Freundschaft und Verlangen geraten. Einerseits wollte er das endlich einmal loswerden, andererseits die Freundschaft mit Mara nicht aufs Spiel setzen.

„Verliebtsein ist wie Zucker", lenkte Giulia ab. „Zucker soll angeblich nicht nur das Leben, sondern auch noch die Liebe versüßen. Ohne, dass man es merkt, aktiviert Zucker das Belohnungszentrum im Gehirn. Man fühlt sich einfach nur wohl." So erging es mir nach dem Genuss der Pralinen, dachte Giulia, als plötzlich sexuelles Verlangen da war. Und es war kein Wunder, dass sie danach fragte, wer denn jetzt Lust auf etwas Süßes hatte. Sie lachte schelmisch und ihre weißen Zähne blitzten im Kontrast zu ihrer braungebrannten Haut.

„Apropos Süßes", sagte Manuel auf dem Weg zum Gefrierschrank. „Manchmal reicht schon ein Stück Zucker aus, um sich zu verlieben. Neulich, auf meinem Flug nach Kopenhagen, las ich in einem Magazin, dass Zucker nicht nur Energie liefern, sondern auch Vorurteile reduzieren soll."

„Echt?", fragte Clarissa, während Manuel weiterredete und die Packung mit dem Schokoladeneis auf den Tisch stellte.

Sofort öffnete Giulia den Deckel und schöpfte einzelne Portionen in vier kleine Schalen. „Körpervorgänge beeinflussen unser Verhalten, wie man weiß, vor allem bei großem Hunger, großer Kälte und Schmerz."

Mara nahm sich etwas Eis auf dem Finger und schleckte ihn ab. „Mmh lecker", urteilte sie.

Manuel beobachtete sie dabei eindringlich, er ließ sie nicht aus den Augen und sagte: „Genau, das meinte ich", und fuhr fort, dass Zucker auch einen Einfluss auf moralische und intime Entscheidungen zu haben scheint und darauf, in wen wir uns verlieben. Ein schneller Herzschlag und eine intime Situation, die wie Zucker wirken, können angeblich dazu führen, dass man sich Hals über Kopf verlieben kann. Donald Dutton und Arthur Aron hätten das in ihren Experimenten nachgewiesen. Dabei hätten sie eine Kollegin vor zwei unterschiedlich gebaute Brücken positioniert, mit dem Auftrag, vorbeigehende männliche Spaziergänger anzusprechen und sie zu bitten, eine kurze Geschichte über den Einfluss der Natur auf die Kreativität zu schreiben. In Wirklichkeit sei es aber um den Einfluss von körperlicher Aufregung auf die Attraktivität ihrer Kollegin gegangen. Die Experimente seien einerseits auf einer massiven Betonbrücke, andererseits auf einer Hängebrücke in schwindelerregender Höhe durchgeführt worden. Die Kollegin hätte den Auftrag gehabt, den Spaziergängern im Anschluss ihre Telefonnummer unter dem Vorwand zu überreichen, ihnen das Experiment telefonisch dann eingehender erklären zu können, wenn sie sie anrufen würden. „Was meint ihr, was ist dabei herausgekommen?" Manuel schielte in die Runde, goss sich ein weiteres Glas Wein ein, prostete Mara und Giulia zu.

„Sag schon", forderte ihn Clarissa auf, die gerade das Küchenfenster sperrangelweit öffnete, um den Duft der Gartenkräuter hereinziehen zu lassen. „Erheblich mehr Männer, die von der Forscherin auf der Hängebrücke angesprochen worden waren, riefen an. Die Forscher zogen die Schlussfolgerung, dass die Männer den Nervenkitzel, der durch die Hängebrücke ausgelöst worden war, der Attraktivität der Frau zugeschrieben hätten und sich deshalb stärker zu ihr hingezogen fühlten. Dagegen befanden sich die Wanderer auf der Betonbrücke in keiner körperlichen Aufregung zu ihr. Das Experiment wurde wiederholt, da die Forscher ausschließen wollten, dass es sich bei den Anrufern nicht nur um bloße Abenteurer und Draufgänger handelte, um Männer also, die sowohl ein Faible für das Überschreiten von Hängebrücken als auch für das Verführen von Frauen hatten. Im zweiten Versuch wurden die Spaziergänger in der Mitte und nicht am Anfang der Hängebrücke angesprochen. Auch hier riefen die Männer, die die Kollegin auf der Hängebrücke ansprach, häufiger an. Womöglich hat man also nicht nur Herzklopfen, weil man sich verliebt hat, sondern man verliebt sich, weil man Herzklopfen hat, das durch etwas ganz anderes ausgelöst wird, etwa einer Hängebrücke. Wie findet ihr das?", beendete Manuel seinen Monolog.

Mara nickte zustimmend, ohne einen weiteren Kommentar abzugeben. Sie schien diese Information erst einmal verdauen zu müssen. Giulia hingegen versuchte zu verstehen und fasste in eigenen Worten zusammen: „Wenn ich das richtig verstehe: Körpergefühle, die durch äußere Effekte erzielt und durch Äußerliches stimuliert werden, können demnach Liebesentscheidungen beeinflussen, egal, ob man wirklich zueinander passt oder nicht. Also, Selbstoptimierung, ICH-Ausstellung im Netz, Lügen und Scheinheiligkeiten in der Liebe können auf der Suche nach dem perfekten Partner und den perfekten Kindern wie eine Hängebrücke wirken, Herzklopfen verursachen, den Reiz zwischen zwei Menschen stimulieren und die Sehnsucht steigern." Giulia verschränkte die Arme und schaute fragend in die Runde.

„Wow, wow, wow", antwortete Mara, „nach dieser Theorie wäre das Gefühl des Verliebtseins, das man auf einen anderen Menschen projiziert, eine Einbildung, ein bloßes Gedankenkonstrukt, das tatsächlich nicht existiert und mit dem eigentlichen Menschen nichts zu tun hat."

Clarissa kam an den einfachen Küchentisch zurück und servierte eine süße Chilisoße zum Eis, die sie in aller Eile zubereitet hatte. Dann schob sie sich einen großen Löffel voll mit Eis und Sauce in den Mund, zuckte wegen des süß-scharfen Geschmacks kurz zusammen, bevor sie schwer seufzte: „Oh, herrje, Zucker für die Liebe? Wenn das so leicht wäre." Nachdenklich fuhr sie fort: „Liebe ist heute doch eine Gratwanderung zwischen Leistungszwang, Vernunft und selbstzerfleischender Sehnsucht. Etwa bis 40 habe ich psychologische Bücher über die Liebe gelesen. Wilhelm Schmid, Bertold Precht und wie sie alle hießen. Diese Bücher habe ich verschlungen, hoffte inständig, eines Tages den Mann zu finden, mit dem ich ansatzweise meine Vorstellungen von Romantik erfahren konnte. Leider hat mich die Realität eingeholt. Vielleicht", scherzte sie, „hat auch nur die Hängebrücke gefehlt, prickelnde Liebesmomente, die Herzklopfen verursachen, mir den Schweiß auf die Stirn treiben?" Schallendes Gelächter brach aus, als hätte Clarissa gerade einen genialen Witz erzählt. Sie führte ihre Ausführungen fort, nachdem sich die Aufmerksamkeit wieder auf sie gerichtet hatte. „In meinen Vierzigern habe ich dann einen wahren Spießroutenlauf erlebt mit laufenden Neuanfängen und Zurückweisungen. Und heute? Ach ja, mit meinem lieben Mitbewohner, mehr geht nicht, landete ich in einer Sackgasse. Eine gute Beziehung verlangt eben mehr als Süßholzraspeln und dummes Geschwätz. Warum ich ihm dann noch wie eine tapfere Soldatin an der Seite stehe. Ähm?" Clarissa stand auf und holte die nächste Packung vom Schokoladeneis aus dem Gefrierschrank. Sie lachte, perlend, frei, als sie zurückkam und sagte: „Aber vielleicht, vielleicht würden ja prickelnde Gefühle zurückkehren, wenn er sich vor mir mal mitten auf eine Hängebrücke stellen würde, in schwindelerregender Höhe?" Alle lachten, noch lauter als zuvor, und die Köpfe glühten.

Kurz vor Mitternacht zog sich Giulia in ihr Zimmer zurück, denn sie wollte allein sein mit ihren Sehnsuchtsgefühlen. Aus der obersten Schublade des Nachttischs holte sie ihr Notizbuch heraus, setzte sich auf das Bett, über dem ein aufgebauschter Baldachin aus weißer Baumwolle schwebte. Dann blätterte sie so lange durch die Seiten, bis sie eine leere weiße Seite fand. Wahllos griff sie nach einem Stift. Natürlich hatte sie sich verändert. Wie um Himmels willen hatte Lucas so einfach behaupten können, sie hätte sich nicht verändert? Er hatte doch gar keine Ahnung von ihrem Leben. Fünfzehn, zwanzig Jahre hatten sie keinen Kontakt zueinander gehabt, und damals, ja damals waren sie weniger Freunde als eben nur Bekannte gewesen. Giulia gingen tausend Dinge im Kopf herum in der nächtlichen Stille, die sie sanft umhüllte und sich langsam auf ihr Haupt niederlegte. In aller Ruhe betrachtete sie den Baldachin über sich und dachte intensiver über ihre Liebesbeziehungen nach. Fragen und Zweifel türmten sich vor ihr auf, auf die es weder Antworten noch Lösungen gab. Abläufe und Entwicklungen vorhersehen, wer kann das schon, wenn man selbst dazu nicht in der Lage ist?, fragte sie sich. Schlussendlich kommt es doch auf Neugier an und auf die Bereitschaft, sich neuen, ungewohnten Situationen zu stellen. Nur allzu oft bildete sie sich eine gewisse Sicherheit im Leben wie in der Liebe ein. Viel zu lange hatte sie darauf vertraut, dass die Liebe zwischen zwei Menschen einfach nie enden kann.

Seit Wochen chattete sie mit Lucas, und beide, wie es schien, genossen einfach das Gefühl, dass es den anderen gab. Lucas erwies sich als geduldig und ausdauernd, wie ein Hyänen-Männchen auf der Suche nach einem Weibchen. Giulia dachte an gescheiterte Liebesbeziehungen, an das, was nicht verheilt war. Seit Alex war sie von einer Bindungsunlust erfasst. Es dauerte lange, sehr lange, bis sie wieder Halt in ihrem neuen Leben fand. Sie schrieb und schrieb und schrieb. Im Nu waren die Seiten im Notizbuch voll. Schreiben war ihr Ding, dabei war sie ihrem Wesen nahe. Als Teenagerin hatte sie unzählige Stunden auf ihrem Zimmer verbracht, um sich das Liebesfeuer von der Seele zu schreiben. *Mich verwirrt die Liebe. Sie kommt zerstörerisch und selbstsüchtig daher.* Diese Sätze hingen in ihrem Gedächtnis fest.

Mit Ende zwanzig stieg sie aus einer langjährigen Beziehung aus. Für den leidenschaftlich liebenden, zu anhänglichen Partner war das ein Desaster. Es kam zu Machtkämpfen, Streit und Wut. Es war ein grausames Spiel, dem sie damals nicht gewachsen war und das sie noch weniger verstand. Kein Mensch warnte sie vor dem Gift, das sich in Liebesbeziehungen einschleichen kann, sobald sie von extremen Emotionen dominiert werden. Die Beziehung scheiterte schließlich so spontan, wie sie gekommen war. Nie war es für Giulia einfach, ihre Sehnsucht nach der weiten Welt und intimer Nähe unter einen Hut zu bringen. Die Schuldigen waren die anderen, die, die sie besitzen wollten und Eigentumsrechte anmeldeten. Dagegen motivierten sie ihr Vater und männliche Freunde dazu, in die Welt hinauszugehen, was sich in der Partnersuche als ziemlich verwirrend herausstellte, da sie annahm, dass starke, selbstbewusste Männer starke, unabhängige Frauen bevorzugen würden. Mit Fernbeziehungen wollten ihre Liebespartner meist nichts zu tun haben. Anderen wiederum war die intime Nähe zu viel. Es dauerte lange und es flossen viele Tränen, bis ihr klar war, dass eine Liebesbeziehung mit einer konventionellen Engführung für sie nicht in Frage kam.

Sozialwissenschaftler erklären das so: In den alten Geschlechterrollen, die per se über ein mächtiges Beharrungsvermögen verfügen, entwickeln sich asymmetrische Beziehungsverhältnisse und gegenseitige Abhängigkeiten. Partner nehmen dabei entweder die Mutter- oder die Vaterrolle ein, hemmen sich wechselseitig in ihrer Persönlichkeitsentwicklung. Das alte Rollenverständnis zwischen Mann und Frau besagt, dass die tief verankerte und einverleibte Sehnsucht nach romantischer Liebe nur durch das Fortbestehen des alten Geschlechterrollenmodells befriedigt werden kann, also in einer heterosexuellen Paarbeziehung mit Ewigkeitsgelübde, Trauschein, biologischen Kindern. *Dabei lässt sich die wahre Liebe nicht in ein vorgefertigtes und gesellschaftlich auferlegtes Konzept zwängen*, schrieb Giulia in ihr abgegriffenes Notizbuch. *Und weil der wahren Liebe immer etwas Schamhaftes, Reines, Geduldiges und Selbstloses innewohnt, sollte jede Liebeserklärung dahingehend hinterfragt werden, ob und wie lange sie über den Moment hinaus gültig ist oder sein kann. Andererseits wäre doch jede Liebeserklärung schamlos und egoistisch, von deren Aufrichtigkeit ein Mensch im selben Moment, in dem sie gemacht wird, nicht überzeugt wäre. Wäre es anders, dann wäre ein „Ich bin (sehn-)süchtig oder bedürftig nach dir" ehrlicher und selbstloser. Und was die Sexualität angeht, so geht es doch vorrangig um das Ausleben der eigenen Lust. Im Koitus vergessen sich Männer, vor allem aber ihre Partnerin, mit der sie sich vergnügen, wodurch die Erwartung an den sexuellen Akt für den Mann nichts weiter als die Befriedigung der eigenen Wollust ist, in der Hoffnung, die Frau zu schwängern, zu dominieren und an sich zu binden* ... Zig Gedanken flossen ihr durch ihre Finger aufs Papier. *Allerdings*, schrieb sie weiter, *gibt es wohl keine Frau, die ihrem Mann in Gedanken noch nie untreu war und erwartungslos den sexuellen Akt über sich ergehen lässt. Zu Unrecht werden Frauen in der Literatur als gehirnlose Beute dargestellt, was nur einer veralteten männlichen Fantasie entspricht, keinesfalls der Realität. Frauen können in der Liebe wilder und zügelloser sein, als man es ihnen zutraut, und keineswegs sind sie im Umgang mit Liebes-Notlagen unbeholfen. Vielleicht fürchten sich Männer insgeheim davor, weil sie wissen, dass sie mit starken, unabhängigen Frauen nur schwer oder gar nicht mithalten können. Dabei scheint zwischen Mann und Frau alles sehr einfach, zumindest in jungen Jahren: Man sieht sich, gefällt sich, verliebt sich, zieht zusammen, setzt Kinder in die Welt, richtet sich ein Heim ein. „Die Liebe vereint für immer." Der Satz wird einem doch lange genug eingetrichtert. Sollte die Wahrheit über den Zustand einer Liebesbeziehung dann ans Licht kommen, sich herausstellen, dass die Partner heimliche Liebschaften unterhielten, sich anlogen, aneinander vorbeilebten, die Ehen nur auf dem Papier fortbestanden, wegen wirtschaftlichen Zwängen, den Kindern und anderen Abhängigkeiten, dann ist das Ehemodell der ewigen Liebe in Schwierigkeiten. Oder eine neue Netflix-Serie geboren.*

Giulia war über diesen Einfall erstaunt. Und er erinnerte sie an die amerikanische Fernsehserie Dallas, die sie in den Achtzigern verschlungen hatte. Damals hatte sie keine Ahnung, warum sie wie gebannt vor dem Fernseher hockte, wenn Dallas lief. Doch heute wusste sie, dass Serien sich gut für die Flucht in eine Ersatzwelt eignen. Denn sie stellen einen Bezug zur eigenen Lebenswirklichkeit her und bauen somit sehr schnell emotionale Bindungen zwischen den Zuschauern und den Darstellern auf. Mit offenen Fragen und ungelösten Problemen werden Spannung und Bindung über eine lange Zeit hinweg aufrechterhalten und Langeweile in realen Beziehungsverhältnissen ausgeglichen. Endlose Fortsetzungsgeschichten können also wie eine Hängebrücke wirken, dachte sich Giulia ein Gedankenexperiment unter dem Baldachin aus, während sie sich es in der Kissenecke am Ende des Bettes bequem machte. Sie legte sich eine Hand auf ihre Stirn, als wollte sie die Gedanken unbedingt festhalten, um daran anzuknüpfen. So fragte sie sich, ob es nicht besser wäre, die Entwicklung der eigenen Persönlichkeit ins Visier zu nehmen, sprich größer, besser, klüger, selbstloser zu werden, anstatt in Ersatzwelten zu flüchten und die Befriedigung persönlicher Bedürfnisse anderen zu überlassen. Es sind große Fragen, auf die man erst im Laufe des Lebens Antworten findet. Vielleicht.

Giulias Mund war vollkommen ausgetrocknet und ihre Lippen fühlten sich seltsam taub an. Es war still und sie hörte nur ihr eigenes Atmen. Sie hatte den Zugang zu ihrer Seele gefunden und das machte sie frei.

Der Sicherheitsmann

Jetzt, mitten in der Nacht, musste sie an den Mann denken, von dem sie dachte, er wäre der Mann fürs Leben: stark, selbstsicher, souverän. Ein Mann, der bei riskanten Manövern über sich hinauswachsen und mit offenen, unsicheren Verhältnissen klarkommen konnte. Sie dachte zurück an jene Liebe, die in ihr tiefste Seelenschichten bewegte, blieb jetzt im Moment der Erinnerung innerlich jedoch so unbeteiligt, wie es eine Katze beim Kratzen war.

Der Brief versprühte eine derart prickelnde Erotik, dass er selbst so sehr davon ergriffen war, dass er ihn, verwirrt und erregt zugleich, immer wieder las. Es machte ihn atemlos, wie aufregend sie schrieb, wie sehnsuchtsvoll zugleich. Und dieser Brief, dieser in aller Eile geschriebene Brief ließ glühende Leidenschaft zwischen ihnen aufkommen.

Sie lernten sich, etliche Monate zuvor, auf einer Sicherheitskonferenz in Hamburg kennen. Über dreihundert Leute waren gekommen. Im Vortragssaal waren alle Stühle belegt, bis auf den, der zufällig neben ihr stand. Der stattliche Mann fiel ihr sofort auf, wie er am Eingang stand und sich umschaute, als ob ihm das ganze Brimborium großes Vergnügen bereitete, so stolz und wagemutig stand er dort. Weit über vierzig kann er nicht sein, überlegte sie. Sein dunkles Haar war kurz geschnitten, im Nacken und um die Ohren ausrasiert. Er sah gut aus, obwohl er nur einen ganz gewöhnlichen Anzug trug. Und dann kam er geradewegs auf sie zu, setzte sich auf den einzig leeren Stuhl neben sie. Giulia nickte freundlich, begrüßte ihn mit Namen, warum auch immer. Schmunzelnd kramte er die Tagungsbroschüre aus der Plastiktüte hervor, die er zuvor unter dem Stuhl verstaut hatte. Mit dem Finger zeigte er auf eine Stelle. Sie las: Dr. Alexander L. Wessner. Wie peinlich, dachte sie, und bemerkte, dass ihn dies nicht weiter zu stören schien. Vielleicht hatte er sich aber auch nur daran gewöhnt, mit einem bekannten Gewaltforscher verwechselt zu werden, dem er sehr ähnlich sah. Ihre Blicke trafen sich. Ihr schoss ein glühend heißer Blitz bis tief in ihr Herz. Sie wusste nicht, wie ihr geschah, schaute beschämt woanders hin. Er rutschte derweil unruhig auf seinem Stuhl hin und her, lehnte sich zurück, zupfte mit den Fingerspitzen am Hemdkragen herum und berührte sie. Einmal. Zweimal. Unabsichtlich. Nur mit Mühe konnte er ruhig sitzen bleiben, während ihr Herz immer heftiger pochte.

Dann stand er auf, ging zum Rednerpult und kehrte auf halbem Weg um. Er murmelte: „Hab den Spickzettel vergessen."

Wieder trafen sich ihre Blicke. Wessner schien Gefallen daran gefunden zu haben. Er trat ans Rednerpult, warf seinen Macher-Blick ins Publikum und begann seine Rede über die innere Sicherheit im Land in ungewöhnlich deutlicher Form. Aufkommende Fragen beantwortete er spontan, bereitwillig in der sich anschließenden Podiumsdiskussion mit Vertretern aus Wissenschaft, Wirtschaft, Politik, in der sich manche für rigorose Sicherheitsmaßnahmen und eine totale Videoüberwachung auf allen öffentlichen Plätzen einsetzten. Andere dagegen, zu denen Wessner zählte, warnten vor drakonischen Sicherheitsvorkehrungen, weil diese nicht automatisch zu mehr Sicherheit führten, sondern diffuse Ängste und Verteidigungszwänge bei den Menschen schüren würden.

Als Wessner das Podium schließlich verließ, half ihm auch seine stattliche Erscheinung nichts: Er ging in der neugierigen Menge unter, umringt von Journalisten, die ihm Mikrofone vors Gesicht hielten. Wessner kam nur schwer im Saal voran. Viele waren aufgestanden, reckten die Köpfe nach ihm, stellten sich auf Zehenspitzen und wollten mit ihm sprechen. Es sind wohl Menschen aus der gebildeten Mittelschicht, die sich für gewöhnlich säkular, liberal und weltoffen geben. Manche schienen vor vielen Jahren sogar als Einwanderer ins Land gekommen zu sein, hatten sich in Deutschland eine gute und gesicherte Lebensgrundlage geschaffen, gingen vielleicht auf höhere Schulen, studierten, gründeten Familien, machten Karriere, überlegte sich Giulia in der Zwischenzeit. Mit Wessner wäre sie nur allzu gern ins Gespräch gekommen, weil er in seinem Vortrag den in Europa wenig bekannten amerikanischen Sicherheitsexperten Gavin de Becker zitiert hatte, den sie an der Universität von Los Angeles in einem Seminar über die Vorhersehbarkeit von Gewalt kennengelernt hatte und dessen Forschungen bahnbrechend waren.

Da ein Herankommen an Wessner unmöglich schien, blätterte sie gelangweilt in den Broschüren, die auf einem Informationstisch auslagen, eilte dann zum Buffet, auf dem Kuchenstücke appetitlich angerichtet waren. Sie legte sich gerade ein Stück Apfelkuchen auf den Teller, als das Unmögliche geschah: Breitbeinig, lässig, seine rechte Hand in der Hosentasche vergraben, stand er plötzlich vor ihr, und er war nah, viel zu nah.

„Ähm, jetzt, ähm", stammelte Giulia ein paar verlegene Worte und hielt ihm, noch immer vollkommen durcheinander, das Kuchenstück unter die Nase. Wessner genoss sichtlich die Situation und das Gefühl von Überlegenheit, während Giulia völlig aus dem Konzept kam, in Wortfetzen und abgebrochenen Sätzen sprach. „Wollte mich, ähm, mich über Ihre Arbeit." Wessner sah sehr männlich aus. Nicht anbetungswürdig, nicht schön oder süß, einfach unglaublich attraktiv und wirklich männlich. Er war groß, etwas größer als sie, hatte breite Schultern und wirkte ein wenig widerspenstig mit der Haarsträhne, die ihm ständig in die Stirn fiel. In seinem Blick lag Kraft, wahnsinnig viel Kraft, und Angriffslust, der sie nicht standhalten konnte. Er schien es gewohnt zu sein, dass ihm Frauen zu Füßen lagen, es war ihm anzumerken.

Giulia zwang sich ruhig zu bleiben und überlegte krampfhaft, was sie als Nächstes sagen oder tun könnte. In diesem Moment klingelte ihr Handy. Sichtlich erleichtert griff sie danach, verließ den Raum und ließ Wessner in der Menge stehen, die sich erneut um ihn scharte.

Clarissa war dran. Sie wollte wissen, wann sie zum Abendessen nach Hause kommen würde. Sie hatte extra und anlässlich ihres Besuches Freunde eingeladen. Nach dem kurzen Telefonat mit Clarissa kehrte sie in den Vortragssaal zurück und hoffte, Wessner dort wieder anzutreffen. Doch er war spurlos verschwunden, unauffindbar, wie vom Erdboden verschluckt. Ihr Gesicht glühte vor Erregung. Sie ging in die Toilette, wo sie die heißen Wangen mit kaltem Wasser bespritzte. Als sie ihr Spiegelbild betrachtete, wurde ihr das dumme Verhalten erst richtig bewusst, über das sie sich maßlos ärgerte. Sie redete sich daraufhin ein, die Sache wäre gelaufen, rief Clarissa an und sagte, dass sie gleich zum Essen kommen würde.

Clarissa kannte sie aus ihrer Schulzeit. Damals waren sie beste Freundinnen und unzertrennlich. Nächtelang trieben sie sich auf der Reeperbahn herum, nachdem sie wegen ihrer großen Liebe nach Hamburg umgezogen war. Clarissa war ein paar Jahre älter als sie, und Giulia hatte es ihr zu verdanken, dass sie schon als Teenagerin das kennenlernen konnte, was eine Großstadt zu bieten hat: Theater, Kino, Kneipen, Discos, Bars. Singend, tanzend, beschwipst und sehr neugierig entdeckte sie, ein Mädchen vom Lande, das pulsierende Großstadtleben, war fasziniert von der Anonymität, dem Lässigen, der Wildheit.

Die Gäste saßen schon am Tisch, als Giulia zur Wohnungstür hereinkam. „Na, alles gut?", fragte Clarissa fröhlich und stellte ihr Manuel und Mara vor. „Wir planen gerade den nächsten Kurzurlaub nach Malle", erklärte Clarissa, und dass sie schon seit einiger Zeit regelmäßig im Frühsommer zusammen dorthin fahren würden. „Kannst ja mal mitkommen", schlug sie beiläufig vor, ging in die Küche und kam kurz danach mit einer riesigen Schüssel gegarter Nordseekrabben zurück, die sie mit einer Wucht mitten auf den gedeckten Wohnzimmertisch neben die Weißweinflasche stellte. Sofort begannen alle drei geschickt die Krabben zu pulen und sich das Fleisch hastig in den Mund zu schieben. Clarissa strahlte wie die Sonne, was man von Giulia nicht gerade behaupten konnte. Sie hörte der Konversation am Tisch nur mit halbem Ohr zu, da sie unentwegt an Wessner denken musste, an die verpatzte Chance, und sie fragte sich zum hundertsten Mal, ob sie ihn jemals wiedersehen würde.

Es war lange her, dass sie eine Begegnung dermaßen aufgewühlt hatte, und sie war heilfroh, dass sich die Aufregung mit der Zeit wieder legte. Dass jenes Gefühlsfeuer nicht spurlos an ihr vorüberzog, wurde ihr bewusst, als ihr die leicht zerknitterte Tagungsbroschüre mit ein paar dunkelbraunen Flecken beim Stöbern nach Dokumenten auf ihrem Schreibtisch in die Hände fiel. „Die Flecken müssen vom Kuchen sein", murmelte sie leise und erinnerte sich an ihr schreckliches Missgeschick. Interesselos blätterte sie ein paar Seiten in der Broschüre um, dann wieder zurück, bis ihre Augen an einer Stelle mit einer handschriftlichen Notiz hängen blieben. „CALL ME", stand in Großbuchstaben auf der ersten Seite unter seinen Kontaktdaten. Sie konnte nicht glauben, was sie da las. Wessner hatte sich tatsächlich etwas einfallen lassen, und das in der unübersichtlichen Menschenmenge. Sie war total durcheinander, noch mehr erstaunt darüber, wie ihr diese Aktion hatte entgehen können. Für eine ganze Weile brachte sie ihre Verblüffung aus dem Konzept, zu allem Überfluss war in Sekundenschnelle das Gefühlsfeuer wieder da. Und je mehr sie sich dagegen wehrte, desto mächtiger wurde es. Krampfhaft überlegte sie, wie sie nun am geschicktesten vorgehen konnte. Immerhin waren fast drei Monate vergangen. Plötzlich fiel ihr ein, dass sie ein gemeinsames Thema verband: Die Forschungen über den Nutzen der Angst in gefährlichen Situationen von Gavin de Becker, der in Hunderten von Fallanalysen herausgefunden hatte, dass das menschliche Alarmsystem nicht nur vor Gefahren schützen, sondern diese auch vorhersehen kann. Das ist ein guter Anknüpfungspunkt, dachte Giulia, die keinesfalls aufgesetzt und platt daherkommen wollte.

Schnell fischte sie Beckers Buch *Mut zur Angst – wie Intuition uns vor Gewalt schützt* aus dem Bücherregal heraus, las markierte Stellen zwei-, dreimal, bis sie an ein paar Stellen mit wesentlichen Kernaussagen hängen blieb. Sie nahm ein leeres Notizbuch vom Schreibtisch, setzte sich in ihren gemütlichen Ohrensessel und fasste das Gelesene Satz für Satz in eigenen Worten zusammen. Der Stoff erschloss sich ihr erst, als sie alles im Anschluss noch einmal durchlas: Für den Sicherheitsexperten ist Angst eine menschliche Ressource, mit der unmittelbare Gefahrensituationen intuitiv einschätzbar sind, und sie kann potenziellen Opfern helfen, aus gefährlichen Situationen rechtzeitig herauszukommen beziehungsweise gar nicht erst hineinzugeraten. Die Intuition ist der Zugang, der Schlüssel. Sie warnt vor Gefahren, führt durch unangenehme, riskante Situationen hindurch und liefert wichtige Hinweise zur Risikoeinschätzung, vornehmlich in Situationen, in denen die Gefahren hinlänglich bekannt sind, beim Betreten des Territoriums einer gewalttätigen Gang etwa, oder wenn man in einer problematischen (Liebes-)Beziehung ausharrt. In derartigen Situationen nimmt man intuitiv und schon lange Zeit vor einem bevorstehenden lebensgefährlichen Übergriff Gefahrenmomente wahr, ignoriert und verdrängt jedoch für gewöhnlich alle Hinweise. Drohungen und Versprechen, die nun einmal leichter ausgesprochen sind als eingehalten werden, werden dagegen viel zu ernst genommen. Die Intuition hilft uns, mit Ängsten umzugehen. Je mehr man ihr vertraut, desto weniger ist man der Angst hilflos ausgeliefert und desto weniger fürchten sich Menschen davor, den Liebespartner oder die Liebespartnerin zu verlieren. Ängste tragen nämlich dazu bei, dass man sich rechtzeitig um Liebesstörungen kümmert und sich darum bemüht, Beziehungsprobleme aufzuarbeiten. So gesehen wirken Ängste positiv und harmoniestiftend.

Als Einstieg in den Brief ließ sich dieses Thema hervorragend nutzen, um auf subtile Art und Weise persönliches Interesse an seiner Person durchsickern zu lassen. Wem sind Amouren nicht willkommen, wenn sich eine neue Gelegenheit dazu anbietet. Schließlich läuft das Leben in Momenten einer sich anbahnenden Romanze nicht wie das Tackern einer Nähmaschine neben einem her, im schlimmsten Fall an einem vorbei, dachte sie sich aus, stellte das Buch ungefähr dort, wo es gewesen war, wieder ins Regal, nahm Blatt und Kuli in die Hand und legte los.

Die geschriebenen Sätze, wovon ein paar durchaus poetische Kraft hatten, ergaben sich wie von selbst und flossen treffend, wie ganz selbstverständlich aufs Papier. Der letzte von Hand verfasste Brief, in dem sie Interesse an einer Romanze bekundet hatte, lag Jahre zurück. Auch, weil das im digitalen Zeitalter aus der Mode gekommen war. Da sie ihre Leidenschaft fürs Schreiben schon als Kind gehabt hatte, und, je älter sie wurde, umso mehr den Drang dazu verspürte, wusste sie sich auf die Weise auszudrücken, viel besser als es ihr je mit einer Mail oder einer SMS möglich gewesen wäre. Als Vielschreiberin war sie echt verschossen in ihre Texte: Texte über das Leben, den Tod, die Liebe, die sie in ihrer ganz persönlichen Schatzkammer, ihren Notizbüchern, aufbewahrte. In einer Mail oder Textnachricht machte sie sich nicht die Mühe, Gedanken so auszuformulieren, dass sie stimmig waren und überzeugen konnten. Weder rang sie um ein Wort noch suchte sie nach einer alternativen Vokabel, einem Synonym, um etwas noch treffender, raffinierter, kunstvoller auszudrücken. Textnachrichten mussten schnell gehen, manchmal aufgepeppt durch Emojis, die mit dem, was einen Menschen, eine Beziehung ausmachten, nichts zu tun hatten, auch dann nicht, wenn man eine Schreib-App benutzte. Als sie fertig war, überflog sie einzelne Seiten, beschloss, auf ein probeweises Lesen zu verzichten, da sie meinte, einen wirklich guten Brief geschrieben zu haben.

Giulia wurde von einer wilden Huperei auf der Straße aus ihren Gedanken gerissen. Sie warf einen Blick auf die Uhr und erschrak gewaltig. Denn sie musste sich beeilen, wenn sie den Termin am Justizministerium nicht verpassen wollte. In Windeseile sammelte sie ihre Unterlagen zusammen, stopfte sie in ihre Aktentasche und zog ein schlichtes blaues Kleid an. Den Brief, von dem sie sich eine neue Liebe, einen neuen Traum mit einem Sehnsuchtsmann erhoffte, steckte sie in einen Umschlag, adressierte ihn an die Behörde zu seinen Händen, klebte genügend Briefmarken darauf und eilte zum Haus hinaus. Draußen fiel leichter Regen, was sie nicht davon abhielt, zu Fuß zum Bahnhof zu laufen. Erst einmal brauchte sie frische Luft und musste sich bewegen.

Aufregend und stimulierend sind doch Briefe, in denen sich Männer emotional öffnen, dachte sie in der Regionalbahn, die langsam anfuhr und immer weiter beschleunigte, bis die Bäume und Häuser an ihr vorbeiflitzten. Selbst die Autos auf der Straße schienen rückwärts zu fahren. Männer, die eine Gefängnisstrafe verbüßen oder sich in Kriegs- und Krisengebieten befinden, tun das. Sie schreiben Gedichte, verfassen Essays, verschicken innige Liebesbriefe, die der Schreibintensität in der Epoche der Romantik in nichts nachstehen, überlegte sie, als der Zug anhielt. Nichts Geringeres erwartete sie von ihrem Wunschpartner, als dass er sich ihr in gleicher Weise emotional öffnen, Gefühle mit ihr teilen konnte. Darüber dachte sie nach, während sie den Fahrgästen beim Ein- und Aussteigen zuschaute. Dabei kamen ihr Liebespoeten in den Sinn, Männer, die für romantische und einzigartige Liebesmomente ausdrucksstarke Worte fanden. Leonard Cohen war so ein Liebespoet in der Musik, der mit einer Grandezza über die Liebe und Sehnsucht singen konnte, ohne dass es peinlich und kitschig wurde. Er schrieb Balladen über den Verlust und das Verlangen und wurde damit im 20. Jahrhundert berühmt. Kurz vor dem Tod seiner geliebten Marianne schrieb er ihr einen gefühlvollen Abschiedsbrief, in dem er versprach, dass er ihr bald folgen und sie wiedersehen würde. In Anbetracht dessen, dass Menschen vor dem Zeitalter der deutschen Romantik weder die romantische Liebe noch Liebesbotschaften kannten, wäre es von daher tragisch, wenn ein Kulturgut wie der handgeschriebene Liebesbrief verschwände.

Giulia schaute nachdenklich zum Fenster hinaus. Ein paar Fahrgäste dösten vor sich hin. Andere tippten auf ihre Handys ein, und die junge Frau neben ihr plapperte ohne Punkt und Komma von persönlichen Dingen in ihr Handy, überzeugt davon, sie würde niemanden stören und die anderen Fahrgäste würden gerne mithören. Giulia konzentrierte sich auf ihre innere Gedankenwelt und darauf, dass im Romantik-Zeitalter das Verfassen eines Liebesbriefes das bevorzugte Ausdrucksmittel der gebildeten Schichten war, da sie über ein sprachliches Ausdrucksvermögen verfügten, geschult waren, sich dem Müßiggang hingeben konnten. Und weil es zu der Zeit keine andere Form gab, Gefühle an die geliebten Menschen zu transportieren. Die Liebesbriefwelle, die sich vom Ende des 18. Jahrhunderts bis in das 19. Jahrhundert hinzog, war demzufolge ziemlich heftig: Jede noch so kleine Empfindung musste notgedrungen aus der Schreibfeder auf ein Blatt Papier fließen, um dem Sehnen und Schmachten, dem Säuseln und Frohlocken nach dem Liebespartner freien Lauf zu lassen und um nach Herzenslust zu flirten, Gefühle zu hinterfragen und zu analysieren. Für all das schien es damals keine weltliche Grenze zu geben: Die Liebesbriefe waren voll mit ausgeprägten Stimmungsschwankungen, beschrieben Gefühlslagen von himmelhochjauchzend bis zu Tode betrübt. Es wurden nicht nur Heiratsanträge gemacht, sondern partnerschaftliche Krisen verarbeitet, der Schmerz einer Trennung oder einer Zurückweisung artikuliert. Liebesbriefe verdanken ihre tiefe Tragik und Faszination ja nicht dem Beginn einer Liebesbeziehung, sondern ihrem Ende. Sie überdauern also jede Liebesbeziehung. Wie die meisten Menschen konnte sich Giulia an ihren ersten Liebesbrief erinnern, weil sie ihn wieder und wieder las, nicht einmal, zwanzig, dreißigmal. Als Teenagerin ließ sie sich ihre Liebesbriefe postlagernd zuschicken. Auf keinen Fall durften sie in die Hände ihrer Eltern geraten, das wäre viel zu peinlich gewesen. Aber das Glück, das sie empfand, nach Tagen oder gar Wochen einen weiteren Brief in den Händen zu halten, war einzigartig und keinesfalls vergleichbar mit dem Glück auf dem schnellen elektronischen Kommunikationsweg, fand sie.

Die Regionalbahn erreichte den Münchner Hauptbahnhof pünktlich, der, wie immer, voller Menschen, laut und hektisch war. Giulia stieg aus, lief im Zickzack an einfahrenden, schrill quietschenden Zügen vorbei, überholte andere Reisende, die schwere Koffer hinter sich herzogen, und eilte schließlich zum nördlichen Ausgang des Bahnhofs. Den Brief an Wessner steckte sie schnell in einen Briefkasten, bevor sie es sich anders überlegen konnte. Das Ministerium war nur noch ein paar hundert Meter entfernt, so dass sie rechtzeitig eintraf, um den vereinbarten Termin wahrzunehmen.

„Kommen Sie herein, Frau Orlandini", sagte der Sektionschef der Abteilung Strafvollzug, als sie sein Büro betrat, und bot ihr gleich einen frisch dampfenden Espresso an. „Ohne Zucker, wie üblich?", fragte er freundlich und Giulia nickte.

Das Gespräch dauerte nicht lange, da Berger unerwartet ein anderer Termin dazwischengekommen war. Knapp und kurz teilte er ihr deshalb mit, dass das Ministerium die Durchführung der Anti-Gewalt-Trainings im Jugendstrafvollzug weiter befürworten und dafür die Kosten übernehmen würde.

Giulia war erleichtert, das zu hören, da sie in der vor vier Wochen stattgefundenen Präsentation vor Gefängnisdirektoren der bayerischen Jugendstrafanstalten weit ausgeholt hatte. Gleich auf der ersten Folie hatte sie auf den Führungsbericht eines jugendlichen Straftäters verwiesen, der wegen Beleidigung und Körperverletzung eine Jugendstrafe von einem Jahr und drei Monaten verbüßt hatte, danach eine Jugendstrafe von einem Jahr und neun Monaten hatte antreten müssen und eine weitere von zwei Jahren und sechs Monaten. Während der Haftstrafen hätte sich an seinem Verhalten nichts geändert, stand darin. Und er sei im überdurchschnittlichen Maße verhaltensauffällig. Die Anzahl seiner Disziplinarmaßnahmen hätte sich von 18 auf 30 erhöht, wegen massiver Störung des geordneten Zusammenlebens, wiederholter Beamtenbeleidigung, Bedrohungen und Nachtruhestörung. Insgesamt wäre er wegen seiner psychischen Verfassung nicht in der Lage, an seiner Resozialisierung mitzuarbeiten, da er sich als eine völlig haltlose, chaotische Persönlichkeit mit Sucht- und Gewaltanteilen zeige. Ohne weiteren Kommentar verwies Giulia auf der zweiten Folie auf die Bibel, und dass man darin nicht lange blättern müsse bis zum ersten Mord. Einem Mord mit Folgen, auf die weitere Entwicklung von Kain bezogen, der der Legende zufolge wegen seines ruhelosen Wesens und seiner eingeschränkten Lebensverhältnisse persönliche Fähigkeiten entwickelte, die ihn zum ersten Städtebauer in der Geschichte machten. Mit diesem Schlenker wollte sie verdeutlichen, dass jugendliche Straftäter Potenzial, Fähigkeiten und Talente haben, mit denen sie ihre Lebenslaufentwicklung zum Positiven ändern können, egal wie aussichtslos manche Fälle erscheinen mögen. Und dass sie dazu gestalterische Spielräume benötigen sowie eine wohlwollende, ehrliche, eindeutige Unterstützung und Ermutigung, weil nicht alle gleich stark und widerstandsfähig seien und es unter den Jugendlichen, wie bei allen Menschen, knorrige, gebeugte und windgepeitschte gebe. Grundsätzlich käme es aber auf das persönliche Fundament an, auf das die Jungen und junge Männer aufbauen und sich verlassen können. Nach etwa 30 Minuten beendete Giulia ihre Präsentation mit den Worten: „Das Jugendgerichtsgesetz räumt für soziale und psychologische Betreuungsmaßnahmen bei einer Jugendhaftstrafe genügend Spielräume ein. Und die gilt es zu nutzen."

Der Brief an Wessner blieb nicht ohne Wirkung: Am Tag darauf erhielt sie eine Mail. Dort stand in Großbuchstaben: *ATEMLOS VERSCHLANG ICH IHREN BRIEF. ES IST NICHT GERADE ALLTÄGLICH, DERART HEISSE POST ZU ERHALTEN.* Als sie das las, war ihr Verlangen nach diesem wildfremden Mann zurück. *Ich hoffe, ich habe Sie nicht in Brand gesteckt*, antwortete sie auf seine Worte, die sie an nichts anderes mehr denken ließen als an ihn. Doch sie wartete vergebens. Statt einer Antwort folgte Schweigen, ein zermürbendes, wochenlanges Schweigen, für das Kafka in seinen Briefen an Milena faszinierende Worte fand: „Liebe Frau Milena, von Prag schrieb ich Ihnen einen Zettel und dann von Meran. Antwort bekam ich keine. Nun waren ja die Zettel keiner besonders baldigen Antwort bedürftig, und wenn Ihr Schweigen nichts anderes ist als ein Zeichen verhältnismäßigen Wohlbefindens, das sich ja oft in Abneigung gegenüber dem Schreiben ausdrückt, so bin ich ganz zufrieden. Es ist aber auch möglich – und deshalb schreibe ich – daß ich Sie in meinen Zetteln irgendwie verletzt habe […] oder, was freilich noch viel schlimmer wäre, daß der Augenblick ruhigen Aufatmens, von dem Sie schrieben, wieder vorüber und wieder eine schlechte Zeit für Sie gekommen ist. […] wie könnte ich raten? – sondern frage nur."

Geduldig wartete Giulia einige Tage, wollte Wessner im Glauben lassen, sich doch nicht zu sehr nach ihm zu verzehren. Außerdem heißt es, dass der, der warten kann, seine Zeit beherrschen, sich auf das Wesentliche konzentrieren und sich nicht vom täglichen Allerlei ablenken lassen würde. Und es heißt, dass es sich lohnen würde, auf die große Liebe zu warten, weil man sie im wartenden Zustand besser erkennen und annehmen könne. Doch Giulia spürte, dass sie sich ihm damit insgeheim auslieferte, seinen Regeln, seinem Kontroll- und Machtfeld, und entschied sich deshalb, ihrer Intuition zu folgen und wie Kafka zu fragen anstatt zu raten, warum oder weshalb er sich nicht meldete.

Sind Sie noch am Leben?, fragte sie ihn direkt in einer Mail und hoffte, das Schweigen zu durchbrechen.

Klar lebe ich noch. Melde mich morgen. Wessner meldete sich zwar nicht am nächsten Tag, dafür am übernächsten. Und es war diese Herumdrückerei, die ihr imponierte, weil sie der Sache etwas Geheimnisvolles und Unsicheres verlieh, und ihr einen Hauch von Abenteuer vermittelte.

Laura hatte einmal behauptet, dass Männer, derer man sich nie ganz sicher sein könne, attraktiver und sexuell anziehender seien als jene, die einem beständig zur Verfügung stehen würden. Wie recht sie doch hatte. Denn welcher Mann legt sich schon zu Beginn einer Liebesbeziehung fest und taktiert nicht, um sich interessant zu machen.

Hallo Unbekannte im Süden. Keine Angst, dein heißer Brief hat mich nicht überfordert, schrieb er im Ton des vertrauten und werbenden Du, worauf ihre Fantasie mit ihr durchging und sie innerlich völlig aufwühlte. Fortan träumte sie von der ersten Berührung, vom ersten Mal. Von nun an gingen E-Mails und SMS zwischen ihnen hin und her. Monatelang tauschten sie Nettigkeiten aus, schrieben freimütig über dieses und jenes. Über jede noch so kleine Nachricht, die in ihrem Postfach oder auf ihrem Handy eintraf, jauchzte sie vor Freude, höchst empfänglich über jedes „*Hallo, wie geht's?*", „*Denke gerade an dich*", „*Wünsche dir einen schönen Tag*".

In Giulias Kopf entstand ein eigener kleiner Raum, völlig von der profanen Welt des Alltags abgeschottet, in dem sie sich nach Wessner verzehrte und hoffte, dass es ihm genauso erging und sie sich bald treffen würden. Wozu es schließlich auch kam, auf einer Geschäftsreise nach Rotterdam, die sie im Auftrag einer amerikanischen Firma unternahm, und bei der sie einen Stopover in Hamburg einlegte.

Wie Amerikaner nun mal sind, aktiv, leistungsstark, hemdsärmelig, wurde Giulia noch während eines Seminars an der *University of California Los Angeles* ein Jobangebot vom CEO einer Krisenmanagementfirma in Atlanta, der sich unter den Seminarteilnehmern befand, unterbreitet. Das kam Giulia nicht ungelegen, war ihr doch kurz zuvor ein Verlagsvertrag in Wien nach einem Firmenverkauf gekündigt worden. Da sie aber weder über ihren bedauernswerten Zustand nachgrübeln noch Däumchen drehen oder in Selbstmitleid verfallen wollte, nutzte sie die Zeit und entschloss kurzerhand, in Weiterbildung zu investieren. Es war pure Intuition, die Giulia dazu veranlasste, ihre Rücklagen einzubringen, um an dem Seminar über die Vorhersehbarkeit von Gewalt mit dem Gewaltforscher Gavin de Becker teilzunehmen, bei dem es um die praktische Anwendung seiner Forschungsansätze ging. Der CEO kam in einer Pause auf sie zu und fragte sie schnörkellos, direkt, ob sie sich denn vorstellen könne, für ihn zu arbeiten. Es ging um die Implementierung eines sozialen Notfallprogramms in die Strukturen eines internationalen Chemiekonzerns in Rotterdam. Zwar wusste Giulia nicht, worauf sie sich da genau einließ, aber ihre Kompetenzen reichten dafür aus, schätzte sie selbst grob ein.

Zudem war sie an berufliche Herausforderungen gewöhnt, sah dabei die Chancen und weniger das Risiko. Sie konnte sich noch genau an das wohlige Gefühl erinnern, als sie nach München zurückflog und es kaum fassen konnte, wie schnell sich das Pendel wieder drehen konnte, wenn man offen und wagemutig bleibt. Die Aufgaben, die sich ihr danach stellten, waren vielfältig und interessant. Mehrmals im Monat flog sie nach Rotterdam und zweimal jährlich nach Atlanta, um an Konferenzen teilzunehmen. Sie lernte ein bis ins letzte Detail ausgeklügeltes Erste-Hilfe-Programm für psychosoziale Maßnahmen kennen, das nach schweren Betriebsunfällen, Explosionen, Überfällen oder anderen kritischen Ereignissen in einer Firma zum Einsatz kam, führte Schulungen für Mitarbeitende und den internen Krisenstab durch und baute einen externen Beraterstab auf, der für die Durchführung der Maßnahmen vor Ort zuständig war. Obendrein konnte sie die Erfahrungen für andere Projekte nutzen, die sich später ergaben.

Und jetzt bot ihr das amerikanische Projekt auch noch einen privaten Nutzen. Nicht nur, dass sich die Flüge nach Rotterdam mit einem Stop-over über Hamburg verbinden ließen, sie und Wessner hatten ein gemeinsames Thema, mit dem sich Letzterer tagein, tagaus beruflich herumschlug: Vorhersehbarkeit der Gewalt.

Bei stürmischem Wetter erreichte sie an einem Sonntagabend den Hamburger Flughafen. Ihr Handy klingelte schon, als sie den Flugmodus auf ihrem Handy ausgeschaltet hatte. Wessner war dran. Er hieß sie willkommen in seiner Stadt, wie er betonte, und meinte, dass er sich auf sie freuen würde. Dabei klang er nervös und aufgeregt.

In dieser Nacht war an Schlaf nicht zu denken. Giulia drehte sich von einer Seite zur anderen, stand auf, lief im Hotelzimmer herum, schaltete den Fernseher ein, aus, ein, aus. Am nächsten Morgen kroch sie deshalb wie gerädert mit dunklen Schatten unter den Augen aus den Federn. Sie duschte heiß, dann kalt und nahm ein leichtes Frühstück im Hotelzimmer zu sich. *Was soll ich nur anziehen? Soll ich Lippenstift auftragen, vorher noch zum Friseur gehen?*, grübelte sie schon Stunden vor dem Treffen mit Wessner. Sie konnte keinen klaren Gedanken fassen, weshalb sie auch jeglichen Versuch unterließ, ihre Präsentation vor dem internen Krisenstab in Rotterdam noch einmal durchzulesen oder zu überarbeiten. Giulia war eine Perfektionistin, also kannte sie die Inhalte aus dem Effeff. Da ihre Konzentration an diesem Vormittag jedoch keinen Cent wert war und sie immer wieder in Grübeleien verfiel, beruhigte sie die Tatsache, dass sie dieses Mal in Rotterdam auf die Unterstützung von einem amerikanischen Kollegen hoffen konnte, der extra aus Chile anreiste.

Giulia zog sich ein dunkelblaues, flatteriges, knielanges Kleid an und legte dezentes Make-up auf. Das Hotel verließ sie früher, da sie noch zum Friseur gehen wollte. Auf dem Weg zu seinem Büro kam sie am Michel vorbei, wie die Sankt-Michaelis-Kirche von den Hamburgern genannt wird. Spontan ging sie hinein, zündete eine Kerze an und blieb ein paar Minuten andächtig davor stehen, nur ein paar Schritte entfernt von ihrem Sehnsuchtsmann. Giulia war nicht religiös, doch ihr Wunsch nach immerwährender Liebe sollte an diesem Ort direkt in den Himmel transportiert werden. Die wahre Liebe kommt, wenn man reif dafür ist, sagt man. Und dann soll sie einem wie aus heiterem Himmel zufallen? Giulia fragte sich, ab wann man denn dafür reif genug sein soll. Hätte sie wie die Buddhisten stets in paläontologischen Zeiträumen denken können, dann hätte sie für diese Reife alle Zeit der Welt gehabt, weil weitere irdische Leben folgen würden und sie weiter üben könnte, um zu dieser Liebesreife zu gelangen. Wenn sie aber auf ihr zeitlich begrenztes Leben blickte, dann konnte nur ein besonderes Schicksal oder ein mächtiger Zufall dazu beitragen, dieser Liebe zu begegnen.

Kein Sieger glaubt an den Zufall, behauptete Nietzsche. Vergleicht man die eigene Existenz dagegen mit einem gigantischen, unwahrscheinlichen Lottogewinn, da beim Akt der Zeugung überall im Universum die Würfel fallen, dann dürfte die Begegnung mit der wahren Liebe in nur einer Lebensspanne genauso unwahrscheinlich sein. Sollte einem doch die wahre Liebe begegnen oder zufallen, so wie ein Lottogewinn, dann könnte der Zufall Schicksal sein und Nietzsche hätte Recht mit seiner Behauptung. Wohl dem, der sich mit einem ruhigen, angepassten und weniger aufregenden Leben zufriedengibt. Diese Paare können realistischer, großzügiger, toleranter miteinander umgehen und unabhängig voneinander ihren Interessen nachgehen, überlegte sie, während sie die Kirche verließ und auf das Gebäude zusteuerte, in dem Wessners Büro war.

Schon bald erreichte sie den Klinkerbau, in den er, wenn er im Büro war, stets durch dieselbe Tür hineinging. Die schwere Eisentür am Haupteingang öffnete sich automatisch und fiel sofort wieder mit einem lauten Krachen hinter ihr ins Schloss. Inzwischen war es frühsommerlich heiß geworden, und sie war froh, als sie die kühle Eingangshalle betrat. Aus ihrem Augenwinkel sah sie einen Portier, der rechts von ihr hinter einer Glasscheibe saß. Eilig trat sie vor diese und spähte lächelnd hindurch. Sogar durch das dicke Glas konnte sie seine Unlust erkennen, die ihm förmlich ins Gesicht geschrieben war. Leicht missmutig fragte er, bei wem er sie denn anmelden solle. „Bei Dr. Alexander Wessner", entgegnete Giulia freundlich.

Augenblicklich richtete sich der Portier kerzengerade auf und sah sie zum ersten Mal richtig an. „Wen darf ich melden, gnädige Frau?", fragte der Portier, der sogleich zum Telefonhörer griff, eine Nummer einstellte und auf Antwort wartete.

„Orlandini, Giulia Orlandini", antwortete sie, während er mit der linken Hand auf den besonderen Fahrstuhl auf der anderen Seite zeigte:

„Dritter Stock, nehmen Sie den Paternoster, oben werden Sie dann abgeholt."

Dem Fahrstuhl wird nachgesagt, überlegte sie, derweil sie einen passenden Moment zum Einsteigen abwartete, dass er sich positiv auf das Betriebsklima auswirken kann. Es soll sogar Leute geben, die ein paar Hausrunden damit fahren, um ihren aufgestauten Ärger loszuwerden. Wie im wahren Leben rumpelt es auch im Paternoster gewaltig, bevor er dann weiterfährt, in die andere Richtung. Das Gedankenbild erinnerte sie schon wieder an Nietzsche und an seine Ausführungen von der ewigen Wiederkehr des Immergleichen, dem kein Mensch entkommt, nicht im Leben, nicht in der Liebe.

Giulia war mit einem mulmigen Gefühl in den Umlaufaufzug eingestiegen und heilfroh, den richtigen Zeitpunkt zum Aussteigen erwischt zu haben. Im dritten Stock wurde sie schon von einem anderen Uniformierten erwartet, der sie in einen gesicherten Bürotrakt bringen sollte, wozu es nicht kam, weil Wessner plötzlich und unerwartet vor ihr stand, wie einst im Vortragsraum.

Der Mann scheint ja voller Überraschungen zu sein, dachte Giulia und brachte nur ein karges „Hallo" raus. „Ah, jetzt weiß ich wieder, wie du aussiehst", begrüßte sie Wessner mit einem festen Händedruck. Galant überspielte er ihre Unsicherheit, während ihr wieder Kafkas Sätze einfielen, der einmal in einer ähnlichen Situation an Milena schrieb, dass er sich „…an ihr Gesicht eigentlich in keiner bestimmten Einzelheit erinnern kann. Nur wie Sie dann zwischen den Kaffeehaustischen weggingen, Ihre Gestalt, Ihr Kleid, das sehe ich noch."

Giulia tat sich schwer mit dem Duzen. Wessner wirkte fremd und kühl auf sie. Ihm hingegen schien das nichts auszumachen. Er eilte voraus in sein Büro, vorbei an seiner Sekretärin, die hinter ihm herrief, was sie den Herrschaften denn anbieten dürfe, Kaffee, Tee.

„Tee, bitte", antwortete Wessner laut und bot Giulia einen Platz an seiner rechten Seite an, bevor er sich auf einen Stuhl am Kopfende des Tisches setzte. Das Büro war hell und freundlich, der Fußboden mit einem warmen Holzboden ausgelegt, und alles roch noch ein wenig nach Farbe und Holz. Sie schaute durchs Fenster auf die Büros auf der anderen Seite. Ihr Blick streifte umher und blieb an den winzigen Kameras hängen, die auf dem Dach gegenüber langsam hin- und herschwenkten.

„Wie du siehst, bewachen wir uns selbst", witzelte Wessner und grinste breit.

Giulia lächelte. Ihr Blick streifte suchend durch sein Büro und blieb an einem Foto mit zwei hübschen Mädchen hängen, das auf seinem Schreibtisch stand. Die Ältere mit den feinen Gesichtszügen trug schulterlanges Haar. Sie war vielleicht 15 oder 16 Jahre alt. Die Jüngere, eine etwa Achtjährige, hatte dunkelblondes Haar, mit zwei geflochtenen Zöpfen und stechend hellblauen Augen.

„Deine Töchter?", fragte Giulia aus dem Bauch heraus. Erst in diesem Augenblick wurde ihr bewusst, dass noch eine wichtige Frage zwischen ihnen offen war, die nach seinem Familienstand. Zugegeben, die Antwort auf ihre bereits ausgesprochene Frage wollte sie eigentlich nicht wissen, und noch weniger interessierte sie sein Familienstand. Aber jetzt, wie es schien, kam sie nicht mehr drumherum.

„Ja, das sind meine Töchter, 9 und 16 Jahre alt."

Giulia blickte auf seine Hände. Wessner trug keinen Ring. Vielleicht war er geschieden, verwitwet oder lebte in Trennung, stellte sie sich insgeheim vor, nachdem ihr Blick zum dritten Mal im Büro herumwanderte und nach einem Foto von seiner Frau suchte, das nirgendwo aufzuspüren war. Giulia rutschte mit dem Stuhl etwas nach hinten, als seine Sekretärin mit einem Serviertablett hereinkam. Lieblos stellte sie es auf den Tisch, verließ den Raum, ohne ein Wort zu sagen. Auf dem Tablett standen eine zierliche Kanne aus Keramik mit heißem Tee, zwei Teebecher, eine Zuckerdose und zwei winzige Fruchtschnitten. Wessner war gerade dabei, ihr Tee einzuschenken, als seine Sekretärin von draußen hereinrief: „Ach ja, dass ich es nicht vergesse, bevor ich gehe, Ihre Frau hat angerufen und bittet Sie um einen Rückruf."

Autsch.

Wessner verfiel in Stockstarre und bemerkte nicht, wie der Tee über den Tisch, auf ihr Kleid und dann an ihren Schenkeln hinunterlief. Als er sich wieder gefangen hatte, hantierte er unbeholfen mit Papiertaschentüchern, warf im Eifer mit seinem Ellenbogen die Teekanne um, die zu Boden fiel und krachend zerbrach. Das Durcheinander hätte nicht größer sein können.

„Ist das Chaos dem Hamburger Wetter geschuldet? Oder weil du jetzt weißt, dass ich verheiratet bin?" Wessner war genervt, schüttelte immer wieder den Kopf, zuckte ratlos mit den Schultern.

Schon seit Monaten tauschten sie Mails aus und glühten dem Tag der ersten Begegnung entgegen. Nun diese Schlappe. Diese verdammte Realität.

Giulia ging zum Fenster. Sie öffnete eine Fensterhälfte und schnappte nach Luft, während sie direkt in eine Kamera auf dem Dach gegenüber blickte. Was die jetzt wohl aufnehmen wird? Es war ein fürchterlicher Albtraum, der sich gerade in dem Chefbüro abspielte. Dennoch hatte sie sich eingebildet, dieser Mann wäre zu haben, obschon er nichts zur Klarstellung der Situation beitrug, aus gutem Grund, wie sich später herausstellen sollte.

Die romantische Liebe erfährt eine Abkühlung, sobald erste Herzenskämpfe ausgefochten werden, und spätestens dann, wenn Sachen herauskommen, die dem anderen vorenthalten wurden. Nur ungern dachte Giulia jetzt über derartiges Allgemeinwissen nach. Nicht nur, weil sie es mit einem ersten Herzenskampf zu tun hatte, kaum dass diese Liebe angefangen hatte, sondern es ein glasklarer Moment in der sich anbahnenden Romanze war, in dem sie sich hätte umdrehen und das Büro verlassen sollen, was sie nicht tat, weil sich an ihrer Gefühlslage nichts, rein gar nichts geändert hatte. Wessner, der wie ein geschlagener Hund auf seinem Stuhl am Tisch sitzen blieb, gefiel ihr gut, wahnsinnig gut, so dass sie diesen Gefahrenhinweis massiv wegdrückte. Durch nichts und niemanden wollte sie sich den Abend verderben lassen. Und mehr als alles andere in der Welt wünschte sie sich seine Nähe und das Gefühl von purer Ekstase. Dieses Verlangen entsprach zwar nicht ihrem Stil, doch sie konnte das triebgesteuerte Lustwesen in sich, das von Minute zu Minute immer mehr die Oberhand gewann, kaum noch unterdrücken. In diesem Moment lenkte Wessner ein und kam zu ihr ans Fenster. „Darf ich dich dennoch oder gerade deswegen zum Abendessen einladen?"

Wessner war der Alte, selbstsicher, stark, wagemutig. Ohne Widerrede willigte sie ein, nicht, weil ihr keine andere Wahl blieb, sondern weil sie das wollte. Sie wollte mit ihm zusammen sein und sie wollte das, weil sich Tag für Tag Tausende in ähnlichen Situationen befanden. Menschen, die sich nach einem Seitensprung, nach einem Liebesabenteuer sehnten, nach einer Abwechslung vom Alltag, bei dem sich der ganze Körper in Aufruhr befand, waches Leben durch die Adern floss. Warum wir dann doch tun, was man besser hätte bleiben lassen sollen, ist vielleicht dem Umstand geschuldet, dass wir einfacher gestrickt sind, als wir es wahrhaben wollen, und unvernünftiger dazu. Sobald wir den Alltag verlassen und einen winzigen Schritt ins Ungewisse tun, sind die Sinne geschärft und der Mut geweckt. Wir fühlen unsere Freiheit und den unwiderstehlichen Reiz, dem berauschenden Sehnsuchtsgefühl zu folgen. Wir erreichen den Gipfel, spüren die Wellen und stürzen hinein – in den Matsch. Giulia hinderte sich daran, diese Gedanken weiterzudenken, als Wessner ihr in den Mantel half und sie das Büro zusammen verließen.

Mit seinem Wagen raste er durch Hamburgs Straßen, vorbei am legendären Fischmarkt, dem Hafen, der Reeperbahn. Nicht umsonst wird die grüne Metropole am Wasser als eine der schönsten Städte Deutschlands bezeichnet. Und als waschechter Hanseat war er sehr stolz auf seine Stadt und wurde nicht müde, Giulia alles haargenau zu erklären.

Er führte sie in ein Restaurant im Portugiesenviertel, in dem sie sich bei Tapas und selbstgezapftem Bier näherkamen, so nahe, dass sich Wessner bald nicht mehr zu helfen wusste. Sein Blick schweifte umher, und das, was er hinter und neben sich sah, brachte ihn immer mehr ins Schwitzen. Da war die vollbusige Frau am Nebentisch mit dem offenherzigen Dekolleté. Gleich dahinter die Brünette im cremefarbenen Kostüm mit dem verführerischen Lächeln. Blitzartig stand er völlig überfordert auf, entschuldigte sich und eilte hinaus, um eine zu rauchen, wie er sagte. Wessner rauchte viel, und wie jeder Raucher wollte er vielleicht genauso gerne sterben, wie er leben wollte. „Aus klein, ähm, wird groß", scherzte er, als er zurückkam und beinahe in Flammen aufging, weil sich eine Anzugstasche mit der brennenden Kerze am Nebentisch verfing und er sich nur mit großer Mühe auf den Beinen halten konnte. Sein Wortwitz gefiel Giulia, weil Männer für gewöhnlich in ähnlichen Situationen ein eher grobschlächtiges Vokabular verwenden, von Druck oder dicken Eiern sprechen würden. Wessner indes bewies Humor, er konnte über sich selbst lachen und über seine Unbeholfenheit noch dazu. Sein Gesicht nahm dabei die Züge eines kleinen Jungen an, der es kaum erwarten konnte, die Geschenke unterm Weihnachtsbaum auszupacken, die er vor seinem inneren Auge sah.

Männer und Frauen träumen davon, beim Sex einmal nicht den Ton anzugeben, sexuelles Feuer und Lebensnähe wieder zu spüren, wenn es in den etablierten Beziehungen erloschen war.

Für Mark war Sexualität ein Near-Life-Erlebnis, im Gegensatz zum Near-Death-Erlebnis, weil man sich mit einem erfüllten Sexualleben ein kleines Stück vom Himmel herunterholen und frei seine Lust nach Bindung kommunizieren könne, begründete er. Beim Sex genießt man Wohlgefühle, wie man sie von der Mutterbindung her kennt. Somit ist Sexualität nicht nur Lust, sondern Kommunikation, worüber kaum jemand nachdenkt. Für Männer scheint Sex der Hauptgrund für eine feste Beziehung zu sein. Und sollte es nach der Etablierung einer Beziehung keinen Sex mehr geben, dann ist sie auch schnell am Ende, die Beziehung. Dagegen kann Sex für manche Frauen auch ein Pfand für den Einstieg in eine Beziehung und ein häufig angewandtes unbewusstes Motiv für den Erhalt einer solchen sein. Ein Pfand, wie Sexualtherapeuten meinen, im Tausch für Bindung, Versorgung und Sicherheit. Wofür will ich mein Pfand einlösen?, fragte sich Giulia und entschied sich innerlich für Nähe, war aber am ersten gemeinsamen Abend beim besten Willen nicht in der Lage, diese Frage auch nur annähernd zu beantworten. Vielmehr beschäftigte sie die Frage, ob und wie sie unter der Bettdecke zusammenpassten. Zwar blickte sie auf wenig total missglückte sexuelle Erlebnisse zurück, doch den Frust kannte sie, der sich einstellte, wenn man unbefriedigt aus dem Bett stieg, in dem man sich gerade mit einem anderen vergnügt hatte. Nun stand ihr diese Prüfung wieder bevor, und deshalb trichterte sie sich ein, dass nach den üblichen oberflächlichen Konventionen zwischen ihnen nichts schiefgehen konnte. Weil: Er war größer, älter, gut aussehend, gebildet und erfolgreich. Seine Präsenz erfüllte jeden Raum, den er betrat, mit einer Aura des Selbstvertrauens und Wissens einer unanfechtbaren Autorität.

„Jeder Akt des Leidens, sei er klein oder quälend groß, stellt in irgendeiner Weise die Liebe auf die Probe", hauchte sie ihm ins Ohr, als sie das Lokal verließen und sie darüber nachdachte, weshalb ihr dieser Mann so sehr gefiel und was es war, das ihr gefiel. War sie eine Genshopperin, wie Biologen Frauen bezeichnen, die sich um den Zeitpunkt ihres Eisprungs bevorzugt von einem maskulinen Sexualpartner mit einem höheren gesellschaftlichen Status befruchten lassen? Seis drum. Gerade umfasste ein Alphatier ihre Taille und animierte sie zum Samba-Tanzen auf den Straßen im Portugiesenviertel. Wessners flotter Hüftschwung war es dann, der sie schließlich überzeugte, weil er mehr war als ein Indiz dafür, dass das, was ihr mit ihm bevorstand und was sie wollte, perfekt sein würde.

„Lady, hier entlang", flüsterte er, zog sie näher zu sich heran und streichelte ihren Hals, worauf sie geradewegs in seine Arme flog. „Alex", stöhnte sie leise, als ihre Lippen auf den seinen lagen, sie den Mund öffnete und jegliche Anspannung verlor. Wie leicht ihr jetzt das vertraute Du fiel. Er öffnete seine Lippen und ihre Zungen fanden zueinander. Es war ein junger Kuss, frisch genug, um nicht lange auf einen anderen zu warten.

Alex öffnete die Beifahrertür seines Wagens und wartete, bis sie eingestiegen war. Dann setzte er sich ans Steuer, schaute kurz in den Rückspiegel, strich sich übers Haar und fuhr wie ein Irrer los. Er trat so heftig aufs Gas, dass sie befürchtete, er würde jede rote Ampel missachten, die ihn ausbremste.

„Fahr langsam. Was, wenn uns die Polizei erwischt?", ermahnte sie ihn.

„No risk, no fun." Alex raste förmlich durch die Straßen, während er auf ihre langen, schlanken Beine schielte.

Der Himmel verdunkelte sich und ein Gewitter zog auf, so schnell, dass es bereits in Strömen regnete, als er auf den Hotelparkplatz fuhr. Mit einem Ruck stieß er die Fahrertür auf und rief ihr zu: „Bleib im Wagen. Ich hole den Schirm aus dem Kofferraum."

„Nicht nötig. Den habe ich in Hamburg immer dabei", antwortete Giulia und stieg ebenfalls aus. Der Kofferraumdeckel stand sperrangelweit offen, als sie sich neben ihn stellte und die vielen leeren Weinflaschen sah, die dort herumlagen.

„Wer hat so viel Durst?", fragte sie beiläufig und lenkte ihre Gedanken auf das, was kommen sollte, auf das, was sie wollte, auf Sex. Während Alex seinen rechten Arm um ihre Schultern legte und sie sich an ihn schmiegte.

In diesem Moment war Giulia weit weg von jeder Normalität, jedem Alltag, weit weg von dunklen Geheimnissen. Schweigend fuhren sie mit dem Hotellift in den fünften Stock, gingen Hand in Hand den Flur zum Zimmer entlang.

Als sich die Zimmertür hinter ihnen schloss, fielen sie wie zwei Wölfe übereinander her, rissen sich die Kleidungsstücke vom Leib und verstreuten sie überall im Zimmer. Giulia ließ sich nach hinten auf das schmale Bett fallen, und Alex beugte sich über sie, nah genug, um ihre Brüste zu berühren. Seine Hände glitten über ihre Haut. Und seine Berührungen raubten ihr den Atem. Er bewegte sich in ihr, während seine Hände ihre Brustwarzen massierten und sie vor Lust aufstöhnte. Jede noch so zarte Berührung sandte Stromschläge durch ihren Körper, die ihr durch alle Glieder fuhren, vor allem zwischen die Beine. Dorthin, wo sie sich am meisten nach seiner Berührung sehnte, nach der Explosion von Gefühlen. Alex zog sie an sich, so dass ihr Verlangen noch heißer aufflammte. Wie einfach es doch war, sich ihm hinzugeben, ihm zu vertrauen, voll und ganz.

Nackt und verschwitzt lagen sie nebeneinander, wiederholten den Rausch, am nächsten und nächsten und darauffolgenden Tag, bis sie nach Rotterdam weiterreiste. Giulia war davon überzeugt, dass perfekter Sex etwas mit Liebe zu tun haben muss. Auch wenn sie sich ihre eigene Perspektive dazu konstruierte und sich nicht sicher war, auf was sie sich in der Sexualität einließ: Auf Lust und Freude? Auf Leid und Schmerz? Sie wusste, dass es in diesem Gefühlskarussell unweigerlich zu Frustrationen und Konflikten kommt, umso mehr, wenn Frauen ihre Partner erobern, was Männer gerne übersehen. Und genau das wurde ihr bestätigt, in einem Artikel aus der Primatenforschung, den sie auf dem Flug nach Rotterdam zufällig in einem Fachmagazin las. Darin stand, dass Primatenforscher herausgefunden hätten, dass es die Primatenweibchen sind, die den Männchen zügelloser und wilder nachstellen und sie zum Sex ermuntern würden. „Warum sollte es bei den Menschen anders zugehen als bei unseren Verwandten in der Tierwelt?", fragte sich Giulia und nippte an ihrem Kaffee, den ihr die Stewardess gebracht hatte.

Die meisten Menschen erinnern sich ein Leben lang an das erste Mal, ungeachtet dessen, wie sie darauffolgende erotische Erlebnisse bewerten. Und doch gibt es immer diesen einen Moment, dem jedes Paar auf Gedeih und Verderb ausgeliefert ist, am Anfang einer Romanze und beim ersten Mal. Es ist der Moment, in dem sich ein anderer Mensch in einer intimen Atmosphäre nackt auszieht, auf den anderen dabei anziehend oder abstoßend wirkt. Und es ist ein gefahrenvoller Moment, weil es danach zwischen zwei Menschen bergauf oder bergab gehen kann. Giulia war erleichtert und froh darüber, diesen Moment mit Alex bravourös bestanden zu haben. Für sie war das ein gutes Zeichen. Und je mehr sie daran dachte, umso mehr wollte sie ihn. Giulia war verliebt − verliebt in einen verheirateten Mann, um dessen privates Umfeld sie sich nicht scherte, nicht heute und nicht morgen.

Hallo, liebe Giulia, wünsch dir eine gute Nacht in Rotterdam. Hoffentlich kommst du mit deinen Aufgaben voran, simste Alex am späten Abend.

Ich umarme dich, ganz fest. So schön, so lebendig, antwortete sie darauf.

Stell mir die Umarmung gerade vor. Bin sehr glücklich.

Mir ist kalt ohne dich. Ich sehne mich nach deiner Wärme.

Dich wärmen? Genau das würde ich jetzt gerne tun. Und das wäre wunderschön.

Du bist mir auf eine wundersame Weise sehr nahe.

Bin sehr glücklich, dir nahe zu sein. Wünsche süße Träume. Küsse und eine herzliche Umarmung von der Küste.

Es waren Worte und Momente, die sie für immer festhalten wollte, in der romantischen Verliebtheitsphase, in der sich einerseits besonders intensive Gefühle der Zuneigung aufbauen, andererseits eine Einengung des Bewusstseins vonstattengeht, was zu Fehleinschätzungen führen kann, betonen Psychologen. Fehler und Probleme des anderen können nämlich in der Verliebtheit, die kein Dauerzustand ist, übergangen oder als besonders anziehend erlebt werden. Die Verliebtheitsphase kann über einen längeren Zeitraum andauern, manchmal über Jahre bestehen, aber auch wieder schnell abflauen, sich auflösen, sogar die wahre Liebe übersehen. Gefühle des Verliebtseins können einseitig erlebt werden und müssen nicht notwendigerweise vom anderen erwidert werden. Eine weniger intensive Form der Verliebtheit ist die Schwärmerei: für berühmte Sportler, Musiker, Schauspieler, den Gemeindepfarrer. Als Teenagerin schwärmte Giulia für den Formel-1-Weltmeister Francois Cevert, der auch als der französische James Dean bekannt war. Cevert starb mit nur 29 Jahren im Training zum Großen Preis der USA. Als die Nachricht von seinem Tod in den Medien verbreitet wurde, überfiel sie eine unerklärbare Traurigkeit.

Zweifellos begann mit Alex eine spannende Zeit. Es war ein Liebesabenteuer, das zu den stärksten Gefühlserlebnissen ihres Lebens zählte. Und was sie im Nachhinein trotzdem positiv zu bewerten wusste, hing ihr währenddessen oft genug wie Blei um den Hals. Verglich sie den Liebesverlauf mit einem Elektrokardiogramm, dann wies die Summe der elektrischen Aktivitäten auf starke Herzrhythmusstörungen hin: Es gab keine Rast, kein Ausruhen, keinen Triumpf.

Mit einem Brief fing diese Liebe an, und sie dauerte sechs Jahre. Meist trafen sie sich in Hotels in Hamburg, die mit XXL-Betten ausgestattet waren. Alex saß im Ehegefängnis – ohne Aussicht auf Vollzugslockerungen oder Freigang. Giulia hingegen war Single und frei genug, sich Freiräume zu nehmen und sie zu gestalten. Ein Umstand, der zwischen zwei Menschen kniffliger war, als sie es zunächst angenommen hatten. Alex war aufmerksam, liebevoll und sehr humorvoll. Anfangs. Auch steckte er voller Ideen und Überraschungen. Und trotz seines vollen Terminkalenders holte er sie jedes Mal vom Bahnhof oder vom Flughafen ab.

Hallo Alex. Ich stehe mit einem orangefarbenen Regenschirm vor dem Bahnhofsplatz. Kann dich leider nirgendwo sehen, simste Giulia einmal. Das norddeutsche Schmuddelwetter, der ständige Regen und die Nässe, machten ihr nichts mehr aus. Die sonderbar wohligen und warmen Gefühle in der Magengegend waren angenehm genug, um die äußeren Bedingungen zu übersehen.

Wo genau?, simste Alex, der auf der anderen Seite am Hamburger Bahnhof wartete.
Da, wo die Busse vom Flughafen ankommen.
Spann deinen Regenschirm auf, damit ich dich erkennen kann.

Seine Wortgewandtheit, sein Witz und sein Charme entfalteten seine größtmögliche Wirkung, sobald er vor ihr stand, sie küsste und mit seinem spitzbübischen Lächeln das Ruder in die Hand nahm, wie jetzt, als er sich den Regenschirm schnappte und ihn schützend über ihr Haupt hielt.

„Wo kommst du her?", wollte er auf dem Weg zum Auto wissen.
„Aus Bremen."
„Wieso aus Bremen?"
„Nun, weil ich mit Laura ein paar Tage an der Nordsee war. Nach dem Notfalleinsatz in Wilhelmshaven brauchte ich Ruhe und Entspannung. Habe ich dir das nicht geschrieben?"

Alex nickte, wurde daraufhin jedoch wortkarg, so dass sie ihm jedes Wort aus der Nase ziehen musste. Ihre diversen Einsätze und Projekte schienen ihm über den Kopf zu wachsen, zumal er schlicht keine Ahnung hatte, was sie genau tat, weder Fragen stellte noch Lust hatte, wie sie vermutete, sich darüber Klarheit zu verschaffen.

Giulia war mit einem Kollegen in einer amerikanischen Kranenfirma in Wilhelmshaven tätig, bei einem Notfalleinsatz nach einem Betriebsunfall, bei dem es Tote und Verletzte gegeben hatte. Immer, wenn sie einen Notfalleinsatz annahm, musste sie mit einem Kollegen binnen vierundzwanzig Stunden vor Ort sein und wusste nie, wie lange sie dort bleiben würde. „Der Einsatz kostete Kraft. Ich musste erst wieder zu mir kommen, denn." Mitten im Satz hielt sie inne und fragte: „Hörst du mir überhaupt zu?" Wie jeder Mensch wünschte sie sich Aufmerksamkeit, wenn sie etwas loswerden musste, und wollte über ihr berufliches Engagement nicht im luftleeren Raum monologisieren. Doch weil Alex erschöpft aussah, so als hätte er etwas aufgegeben oder die Hoffnung darauf verloren, verzieh sie ihm diesen Umstand sofort.

„Ja, nee, ähm, entschuldige, ich bin ziemlich müde. Fährst du heute Abend nach Bremen zurück?", wollte er darauf wissen und sah sie mit einem Blick an, der schwer auszuhalten war. Nichts war ihr vertraut, und das, was vertraut war, war verschwunden. „Ja. Ich muss zu einer Nachbesprechung nach Wilhelmshaven. Entschädigungszahlungen für die betroffenen Mitarbeiter und Familienangehörigen müssen mit dem Firmenmanagement verhandelt werden. Doch wenn ich schon mal in der Gegend bin, will ich dich auch sehen. Kriegen wir das hin?" Giulia setzte sich auf den Beifahrersitz.

Alex drehte das Radio auf volle Lautstärke, nahm einen letzten Zug und schnippte die Zigarette aus dem Fenster. Dann fuhr er los. „Ja, das kriegen wir hin." Die Spannung von den Tagesereignissen schien von Alex abzufallen und seine Laune verbesserte sich deutlich. Er fuhr zum Restaurant Bavaria-Blick, das sich unter dem Dach der Bavaria-St.Pauli-Brauerei befand, wo man zu Spitzenpreisen dinieren und einen traumhaften Ausblick auf den Hafen genießen konnte. Alex fuhr über die Reeperbahn, bog in die Davidstraße ein und parkte direkt vor der Brauerei. Während sie aßen, sprachen sie fast ausschließlich über seinen Lieblingssport: Fußball. Alex schimpfte über den Trainer und lobte die Mannschaftsleistung. Über ihre Beziehung, die in letzter Zeit ins Stocken geraten war, verloren sie kein Wort.

„Ich bin kein Haustier!", unterbrach sie ihn plötzlich heftig und redete drauflos, dass ein Mann, der für sie in Frage käme, auch mit sich alleine zurechtkommen müsse. Daran könne sie nichts ändern. Sie sei beruflich viel unterwegs und hätte sich draußen in der Welt ein eigenes Leben aufgebaut.

„Genau das fordert meine Frau von mir", antwortete Alex völlig überraschend und prüfte mit einem kurzen Blick ihre Reaktion, ob sie wusste, was er damit gemeint haben könnte. Zweifellos tat sie das. Und zweifellos lag mit dieser Antwort eine gewisse Wahrheit auf dem Tisch, eine Wahrheit darüber, was beide in einer Liebesbeziehung brauchten, sich wünschten und wem das Alleinsein mehr zu schaffen machen würde.

„Soso, deine Frau." Giulia, die sich ganz sicher war, so wenig wie möglich über sein Eheleben erfahren zu wollen, schwieg, was für sie untypisch war. An diesem Abend reichte einfach ihre Kraft nicht aus, um sich darüber weitere Gedanken zu machen, zudem wollte sie nicht unnötig in der Beziehungssuppe herumrühren.

„Wolltest du nicht sehen, wo ich wohne?" Alex hatte eine Idee und drehte sich nach dem Ober um, verlangte die Rechnung, bezahlte.

Kurz danach verließen sie das Lokal und fuhren nach Uhlenhorst, in den Stadtteil von Hamburg, in dem es jede Menge Kunst und Kultur zu sehen gibt. Bereits vor einem Jahr hatte sich Giulia nach seiner Wohngegend erkundigt, nach dem Haus, in dem er mit seiner Familie wohnte. Inzwischen war es ihr egal. Und ständig danach fragen, das wollte sie nicht. Giulia hatte sich über die Zeit mit Geduld gewappnet, da sie im Warten einen Teil des Fortschreitens und Vorwärtskommens in Beziehungen sah, insgeheim darauf hoffend, es würde ihr die Augen für das Unsichtbare und Unscheinbare öffnen.

„Ich wohne ganz in der Nähe vom Literaturhaus und der Alster. Hier gehe ich mit dem Hund spazieren und hier" – Alex zeigte mit seinem Finger auf ein Mehrfamilienhaus, während er durch das geöffnete Autofenster nach draußen blickte und im Schneckentempo ein paar Runden um das Haus drehte – "und hier, hier wohne ich, im vierten Stock."

Giulia zögerte und schaute verstohlen zu der Wohnung hinauf. Sie war heilfroh, dass ihr spontanes inneres Stoßgebet erhört worden war und seine Frau gerade nicht am geöffneten Wohnungsfenster stand und auch nicht das Haus verlassen wollte. In dieser Liebe war sie unsichtbar für andere. Sie war auf kurze Momente des Glücks angewiesen, das einem diffusen Unwohlsein wich, als sie an seiner Wohnung vorbeifuhren. Alex verschwendete in diesem Augenblick wohl nicht den leisesten Gedanken daran, dass dieses Szenario in eine für alle Beteiligten unangenehme Richtung gehen konnte. Alex sah sie wie ein verliebter Gockel an, nahm ihre Hand und zog sie näher zu sich heran. Erst jetzt bemerkte er, dass ihr das Herumfahren um seine Wohnung Unbehagen einflößte.

Er lächelte und sagte. „Ich könnte dich auf der Stelle lieben. Und dafür würde ich mir viel Zeit nehmen."

Eigentlich war ihr nicht nach Sex zumute, was sich im weiteren Verlauf des Abends jedoch spürbar änderte. Als er mit seiner Sightseeing-Tour fertig war, fuhr er in Richtung HafenCity und drehte das Radio wieder auf. „Muss i denn, muss i denn zum Städtele hinaus, Städtele hinaus", lief gerade, worauf er mit den Fingern schnippte und laut mitsang, bis sein Handy brummte. Unschlüssig blickte er auf die Nummer, die im Display angezeigt wurde, nahm den Anruf schließlich doch entgegen. „Ja, ja, ähm, werde ich machen. Ist ja gut. Tschüss." Nach dem Telefonat drehte er das Radio noch lauter.

Längst hatte sie sich an die mysteriösen Anrufe gewöhnt und schon lange wollte sie nicht mehr wissen, wer am Telefon war und worum es ging. Aus der Ehe wollte sie sich, so gut es ging, raushalten, auch wenn sie tief darin verstrickt war. Ihr blieb keine andere Wahl, als diesen Zustand auszuhalten und zu versuchen, die aktuelle gute Stimmung mit der HoldingEnvironmentStrategie zu halten, die sie sich selbst wegen ihrer Notfallarbeit antrainiert hatte. Die Strategie half ihr, mit schwierigen Situationen und Problemlagen umzugehen, zwischenmenschliche Probleme auszuhalten und nicht aus dem Affekt heraus zu reagieren, sondern Sicherheit zu vermitteln sowie zu gegebener Zeit über Unmut und negative Verhaltensweisen, die man zwangsläufig erfährt, zu sprechen. Giulias Frustrationstoleranz war hoch, sehr hoch, und sie musste sich in der Beziehung mit Alex mehrfach unter Beweis stellen, um das Schöne und Glückliche, das sich zwischen ihnen ereignete, zu sehen und zu erhalten.

„Ich möchte dich spüren, bevor ich wieder nach Bremen zurückfahre", sagte Giulia wie ein Blitz aus heiterem Himmel. Und da Alex wohl ähnliche Gedanken gehabt zu haben schien, fuhr er weiter im Hafengelände herum und begab sich auf die Suche nach einem entlegenen Plätzchen. Inzwischen waren dicke Wolken aufgezogen, die Luft war feucht, das Licht gedämpft und diffus. Mit einem Mal setzte heftiger Regen ein, und obwohl die Scheibenwischer hektisch über die Windschutzscheibe fegten, konnten sie kaum noch etwas erkennen.

„Scheißwetter", fluchte Alex und fuhr zwischen herumstehenden Baggern und Raupen herum. Danach stellte er das blitzblank geputzte Auto ab. Mit dem Kühler zeigte es auf ein Schild, auf dem zu erkennen war, dass hier nur öffentliche Verkehrsmittel halten dürfen.

„Nach einem entlegenen Plätzchen sieht mir das nicht aus", kommentierte Giulia seine Aktion.

„Abwarten." Alex startete den Motor, fuhr langsam durch Gestrüpp und Baumüll, bis sie den Viewpoint erreichten. Die Bremsen quietschten komisch, als sein BMW ruckartig zu stehen kam. Giulia musste sich dabei mit beiden Füßen gegen den Wagen stemmen, um nicht mit dem Kopf nach vorne zu knallen. Mit einer Hand umklammerte er das Lenkrad, während er mit der anderen das Fahrerfenster hinunterließ und hinausschaute.

„Verdammt, wir sitzen fest." Alex gab Vollgas und wirbelte mit den durchdrehenden Reifen eine Ladung aus Schlamm und Dreck hoch, die sich über das Auto ergoss und ihnen die Sicht nach vorne versperrte.

„Herrje, wie willst du da wieder rauskommen?", fragte sie entsetzt und hielt sich die Hände vors Gesicht.

„Der Wagen hat Allradantrieb."

„Davon habe ich soeben nichts gemerkt." Das Auto stand im Schlamm, vor einer Baugrube, umgeben von Bauschutt und Abbruchmaterial. Ein bizarrer wie magischer Moment zugleich. Vor ihnen schimmerte eine Lichterkette durch die Bögen der Elbbrücken hindurch, was sich im heraufziehenden Unwetter verstärkte. Die stark beschlagenen und verdreckten Fensterscheiben schufen im Wageninneren eine wohlige Atmosphäre. Sie ließ den Sitz etwas nach hinten kippen, schloss die Augen und überließ sich seinen erregenden Berührungen, so dass sie in eine Welt der zeitlosen Ekstase hineingleiten konnten, wenn in Wahrheit auch nur für kurze Zeit.

„Toller Viewpoint. Jetzt brauche ich einen Schnaps", sagte Alex, als sie langsam wieder Boden unter den Füßen spürten. Das Unwetter hatte sich verzogen und erfreulicherweise den größten Dreck vom Auto abgewaschen. Giulia ließ das Wagenfenster hinunterfahren und schnappte frische Luft. Dabei bemerkte sie, dass das Auto in einer Sperrzone stand und das Frontlicht die ganze Zeit über grell in die Hafenanlage hineingestochen hatte.

„Wir hätten viel Stoff für ein YouTube-Video anbieten können." Giulia sah in den Rückspiegel, zupfte sich die zerzausten Haare zurecht, bevor sie in die Luft schauend aus dem Wagen stieg und knöcheltief im Schlamm einsank.

„Machst du jetzt eine Schlammkur", fragte Alex kess. Das Schauspiel beobachtete er aus den Augenwinkeln und zog den Reißverschluss seiner Hose hoch.

„Du nervst", schimpfte Giulia, die den Tränen nahe war und sich nicht vom Fleck rührte. Alex, der um Schadensbegrenzung bemüht war, legte ein paar Plastiktüten auf den Beifahrersitz und reichte ihr ein kleines Handtuch, das er aus dem Handschuhfach herauszog. Gott sei Dank war weit und breit niemand zu sehen. Denn sie gab ein mehr als klägliches Bild ab, mit der aufgeknöpften Bluse, dem verschmutzten Gesicht und der dreckigen Hose.

Nachdem sie sich beruhigt und einigermaßen zurechtgemacht hatte, setzte sie sich auf die Plastiktüten und zog die Schuhe aus, bevor sie sich auf dem Beifahrersitz richtig hinsetzte.

„Nun siehst du wieder aus wie eine Dame", bemerkte er launig und machte eine kleine Pause, wodurch Giulia die Gelegenheit hatte, etwas zu sagen.

„Deinen Humor kannst du dir sparen", fauchte sie ihn an. „Sieh doch, wie ich aussehe, als wäre ich gerade aus einem Mülleimer herausgestiegen."

„Ich schalte die Sitzheizung ein. Der Schlamm an deinem Hinterteil kann dann schneller trocknen. Schätze, dir tut jetzt auch ein Schnaps gut." Alex hatte Gefallen an seiner spontanen Aktion gefunden, und sein Selbstbewusstsein stieg ins Unendliche, als er mit dem Wagen problemlos aus der Baugrube herauskam.

Sie schwieg und drehte sich von ihm weg, als er versuchte, sie mit einem Küsschen zu besänftigen. Auf der Fahrt zu seiner Stammkneipe, die gegenüber vom Bahnhof lag, sagte Giulia kein Wort und biss auf ihrer Oberlippe herum. So gut es ging, reinigte sie in der Toilette Schuhe und Jeans, während es sich Alex am Tresen gemütlich machte.

„Probier den Kümmelschnaps", prostete er ihr zu, als sie sich neben ihn auf einen Barhocker setzte, und kippte den Schnaps in einem Zug weg. Er winkte den Barkeeper zu sich heran und ließ sich ein weiteres Glas einschenken. Nach ihrer Schätzung hatte er bald zwei, drei Bierchen und mindestens ebenso viele Schnäpschen intus. Es war ihm nichts anzumerken.

„Prost Schatz, auf unseren originellen Ausflug." Alex setzte erneut an und trank das Zeug ex und hopp.

Der Barkeeper stellte ihr ein Schnapsglas vor die Nase und schenkte ein. Sie setzte das Glas an ihre Lippen, ließ ein paar Tropfen in ihre Mundhöhle rinnen. Schnaps war nicht ihr Ding, genauso wenig Lammkeule, Schweineschwarte oder Krustenbraten. Die Flüssigkeit spülte sie deshalb zuerst im Mund hin und her, bevor sie sie mit verzerrtem Gesicht hinunterschluckte.

„So schlimm?", fragte Alex, der ihre Grimassen nur schwer mit ansehen konnte und damit begann, ihren Rücken zu massieren.

„Schnaps, Sex, Viewpoint, Schlammgrube, zu viel des Guten", erwiderte sie ruppig und stieß seine Hand von ihrem Hintern weg.

„Sorry, mein Verhalten war dumm. Aber das werde ich im Leben nie vergessen", antwortete er sanft, legte seine Hand auf ihren Rücken und ließ sie erneut zu ihrem Hintern hinuntergleiten.

Giulia lächelte. Er schaute sie an und fing an zu lachen, auf so eine ansteckende Weise, dass Giulia einfach mitlachen musste. Die Anspannung fiel förmlich von ihr ab, ihre gute Laune kehrte zurück. In guter Stimmung machte sie sich am späten Abend auf und fuhr nach Bremen zurück.

So hätte es bleiben können zwischen ihnen: leicht, locker, lustig, lustvoll, versöhnlich. Laura war noch wach, als sie die Wohnung betrat, und wollte alles haargenau wissen. Giulia berichtete, nicht alles, und nicht das, was sich auf dem Hafengelände zugetragen hatte. Doch allmählich wurde es schwieriger in der Beziehung. Es kam zu starken Irritationen und schmerzvollen Herzenskämpfen.

So konnte es vorkommen, dass sich Alex wochenlang nicht meldete, und plötzlich, wie aus dem Nichts, wieder auftauchte, mit einer E-Mail, einer SMS, als ob nichts geschehen wäre. Es waren starke, gefühlvolle Worte, mit denen er sie zurückgewann, in eine Liebe, die schon lange chancenlos war. Woher Alex die Kraft und den Mut nahm, war ihr schleierhaft. War es sein starkes Verlangen nach Nähe? Einsamkeit? Verliebtheit? Oder war es die Faszination einer Liebe, in die es sich lohnte zu investieren, die nicht zu Ende war und in der weitere Kämpfe ausgetragen werden mussten?

In ihren Trainingskursen berichteten Männer von einem authentischen, sexuellen Verlangen nach ihrer Partnerin in der Phase der Beziehungsetablierung, das vergeht, wenn die Beziehung etabliert, das Haus gebaut und die Familie gegründet ist. Die Beziehung zu Alex war weder etabliert noch hatten sie ein Haus gebaut, Kinder gezeugt oder es mit alltäglichen Gewohnheiten zu tun. Es gab weder lange Phasen, in denen alles im Lot war, noch Phasen, in denen Spannung und Reiz fehlten. Verlangen und Sehnen hielten diese Beziehung aufrecht und brachten das zum Glühen, was sie sich von einer romantischen Verbundenheit erhofften. Vielleicht gelang es ihnen deshalb wieder und wieder, in der sexuellen Intimität versöhnliche Momente und eine neue Ebene der Verbindlichkeit und Bindung herzustellen. In der Sexualität fanden sie stets zueinander, sie fühlten sich danach wie neugeboren. Sollte zwischen ihnen also doch mehr gewesen sein, als ein bloßes Mögen, das für die andauernde sexuelle Lust und Erregung ja niemals ausreichen würde? Weil sich mit einem „Ich mag dich" zu viel Respekt für den anderen verbindet, der die Lust auf Sex minimieren und völlig ausschalten kann. Doch wie viel Kraft er für diese Liebe aufbringen musste, wurde ihr erst nach und nach bewusst. Er selbst sprach nie darüber, wenn doch, dann nur, weil sie im richtigen Moment eine einfache Frage gestellt hatte, der er nicht ausweichen konnte. Auf ihre EMailFrage „*Was ist denn los?*" antwortete er: „..." – Alex liebte Pünktchen – "… *bin familiär massiv geordert und gefordert!*" Kurz darauf rief er an, um ihr zu sagen, wie sehr er sie brauchte und wie sehr er sich davor fürchtete, sie zu verlieren.

Näheres erfuhr sie nicht und weitere Fragen stießen auf taube Ohren. Als Sorgen um seinen Gesundheitszustand hinzukamen, nachdem sie zufällig in einem Telefonat erfahren hatte, dass er sich beim Herumschieben seines Bettes eine Bandscheibenverletzung zugezogen hatte und gerade auf dem Weg ins Krankenhaus war, wurde es schwerer, Glücksgefühle zu halten und zu empfinden. Denn sie war in seinem Leben nur ein Zaungast, eine Frau, die auf Mitteilungen angewiesen war, die, wenn überhaupt, ihr quasi unvermittelt zufielen. Wie jetzt, in dieser Notfallsituation, als sie erfuhr, dass sich seine Frau nicht um ihn kümmerte und ihn auch nicht im Krankenhaus besuchte. Dass er nur aus solidarischen Gründen bei ihr bleiben würde. Und dass er sowieso von ihr, als sie sich kennen gelernt hatten, gekascht und einkassiert worden sei. Derart offene und ehrliche Worte über den Zustand seiner Ehe und wie es dazu gekommen war, äußerte Alex selten. Viel zu selten. Und doch trugen genau solche Momente zwischen ihnen dazu bei, dass sie auf eine geheimnisvolle Art zusammenwuchsen.

Wie jener Moment, als der gesamte Frust während einer Fahrt ins Hotel aus Alex herausbrach und er nicht anders konnte als offenzulegen, dass sich seine Frau schon längere Zeit im Krankenhaus befinden würde. Er stöhnte laut und schüttelte den Kopf.

„Weshalb?", fragte Giulia vollkommen perplex, bat ihn rechts ranzufahren und das Auto abzustellen.

Alex zögerte und gestand, dass seine Frau seit Jahren alkoholkrank und nicht mehr in der Lage sei, den Haushalt zu führen und sich um die gemeinsamen Töchter zu kümmern. Dass sie schon lange in ihrer beruflichen Karriere als Anwältin gescheitert und nicht mehr auf die Füße gekommen sei. Hanna, die Ältere, müsse deswegen notgedrungen auf die jüngere Schwester aufpassen und im Haushalt mithelfen. Plötzlich sah Giulia vor ihrem inneren Auge die vielen leeren Weinflaschen im Kofferraum, an die sie seither keinen einzigen Gedanken mehr verschwendet hatte. Es heißt, die Liebe würde die Wahrheit hervorbringen und dann einen Wendepunkt einleiten, in welche Richtung auch immer. Giulia musste seufzen, als sie an diese Binsenwahrheit dachte.

„Oh, das alles tut mir schrecklich leid", antwortete sie leise und legte den Kopf an seine Schulter.

„Ich wollte dir das schon so oft sagen." Alex starrte vor sich hin: „Doch, ich wusste nicht, wo anfangen, und wie du das aufnehmen würdest." Giulia reichte ihm ein Papiertaschentuch, mit dem er sich über die Augen wischte. Seine Beichte war ihm peinlich und unendlich unangenehm.

„Jetzt denkst du wahrscheinlich, dass ich ein sentimentaler Ochse bin." Alex saß eingesunken hinterm Steuer.

„Ich denke gar nichts. Ich versuche zu verstehen."

Seine Launen und Probleme arbeiteten sich jetzt eins ums andere aus den Tiefen seiner Seele empor. Sie empfand tiefes Mitleid, als sie seinen elenden Zustand zu begreifen begann.

„Wie um Himmels willen schaffst du das alles: Beruf, Familie, Hund, kranke Ehefrau?", fragte sie ihn rein rhetorisch, weil sie wusste, dass Menschen viel leisten und erdulden können, wenn der Wille zum Überleben da ist und sie in der Lage sind, an Leid und Schmerz zu wachsen.

„Verdammt", schrie Alex und schlug mit der Faust aufs Lenkrad. Er fluchte noch einmal, lauter, was ihn zu beruhigen schien, startete den Motor und schoss los.

An der Hotelbar bestellte er sich einen Absacker. Ruckzuck trank er ein, zwei Bierchen, wippte ungeduldig von einem Bein auf das andere. Obwohl er sehr müde war, drängte es ihn ins gebuchte Hotelzimmer. Sie ließ das Glas Rotwein stehen und ging zum Hotelaufzug, wo Alex bereits auf sie wartete. An diesem Abend erlebten sie die zärtlichsten und innigsten Stunden miteinander. Es waren Stunden der Nähe und Hoffnung, der Hoffnung auf eine gemeinsame Zukunft. Und aus jeder Bewegung, in der beider Schweiß zusammenfloss, entstand eine noch intimere und tiefere Bindung. Ihr Stöhnen offenbarte ein Stück von ihrer Vorstellung über die wahre Liebe, obgleich der Kummer in Reichweite war, den die Ekstase verlangte, wenn sie, wie jetzt, aus unbewussten Schichten kam. Danach trieben sie in stillen Gewässern dahin, ohne Verlangen, ohne Sehnsucht. Um sie herum war nichts als Ruhe und Entspannung.

„Oh, Mist!", rief Alex unangemessen laut in die entstandene Stille hinein.
„Was ist los?", brummte Giulia vor sich hindämmernd.
„Verdammt, es ist spät. Ich muss nach Hause."
„Nein, nicht. Nicht jetzt."
„Doch, jetzt!" Alex sprang auf, suchte nach seinen Klamotten, die wieder überall verstreut herumlagen.
„Ich muss noch mit dem Hund raus, und in ein paar Stunden steht die Presse vor der Tür. Ich habe zwar keine Ahnung, was die schon wieder von mir wollen, doch der Tag wird stressig."
Sie legte die Arme um ihn, wollte ihn zurückhalten. Doch sie musste ihn ziehen lassen, ohne zu wissen, wann sie sich wiedersehen würden. Der Moment war schwer zu ertragen. Denn der Schmerz drückte ihr die Kehle zusammen, hatte sie im Griff und vertrieb jegliches Glücksgefühl. Er zog sich an, hängte die giftgrüne Krawatte lässig um den Hals, küsste sie auf den Mund und verließ rasch das Hotelzimmer. Eilig ging er den langen, leeren Hotelflur hinunter und verschwand im Aufzug. Giulia blieb zurück, allein mit ihrer Sehnsucht, allein mit Erinnerungen, allein mit stechenden Schmerzen in der Brust, als wäre sie zu schnell gelaufen. Sie war gefangen in einer Liebe, in der vieles ungewiss und alles offen war. Schon bei ihrer ersten Begegnung hatte sie jene innere Stimme vernommen, die immer dann zu ihr sprach, wenn ein Unglück vor der Tür stand.

Liebe hat ihre eigenen Methoden und weiß, wie sie Menschen in einen Kampf verwickeln kann, in einen fairen Kampf, sah Giulia ein, weil sie gewarnt worden war und die Signale in der Verliebtheit großzügig übersehen hatte. Sie hatte viele Chancen, auszusteigen und Nein zu sagen. Stattdessen trieb sie weiter hinein und verstrickte sich immer mehr. Unmöglich hätte sie alle Nuancen der Schatten voraussehen können, die sich leise um ihr Herz legten. Anstatt sich von Alex zu trennen, wozu ihr Leo ständig riet, schlüpfte sie in wechselnde Rollen, war Seelenklempnerin und Liebhaberin, Mutter und Nonne. Und ein kräftezehrendes Warten auf einen Anruf, eine SMS, eine Mail füllten ihre Tage mit unangenehmen Gefühlen auf. Seine Themen wurden zu ihrer zweiten Haut, aus Mitleid und mütterlichem Verständnis. Ihr Ringen um Klarheit und Wahrheit in dieser Beziehung ließ sie langsam hineingleiten in den Matsch, wie damals, als sie kopfüber im Schlamm gelandet war. In den nächsten Tagen informierte sich Giulia über Alkoholismus. Alex ließ sie an ihren Erkenntnissen teilhaben, zur Not auch ungefragt. Sie wollte ihn wachrütteln, seinen Blick schärfen, da er dazu, meinte sie, selbst nicht mehr in der Lage war, und sie noch näher herankam, an andere Geheimnisse, die fühlbar auf dem Tisch lagen.

Giulia recherchierte über Alkoholismus und schrieb Briefe, ungewöhnlich sachliche Briefe. Sie schrieb: *Ich wusste nicht, wie schlimm es um Alkoholiker steht und wie sehr sie in die innere Einsamkeit abdriften, weil eine immer größere Kluft zu den Mitmenschen entsteht und sie weder Zeit noch Lust haben, sich mit anderen zu beschäftigen. Aber ich weiß jetzt, dass Alkoholiker ganz genau wissen, wann sie sich danebenbenehmen und dummes Zeug reden. Und dass sie Konflikten aus dem Weg gehen, die Sucht vertuschen.* Die Briefe schickte sie, wie üblich, an seine Büroadresse. Da sie nicht zurückgeschickt wurden, nahm sie an, dass er sie zumindest entgegengenommen hatte.

In ihren nächsten Briefen ging es dann darum, dass alkoholkranke Menschen sich nach einem erfüllten und sinnvollen Leben sehnen, und es, wenn man mit dem Trinken nicht aufhört, ein Siechtum auf Raten ist, dass es aber lange geht, bis sich Verhaltensdefizite zeigen. Und dass die Familien, die sie in besseren Zeiten gegründet haben, nach außen erstaunlich lange stabil bleiben, auch wenn Familienmitglieder seelische und körperliche Schäden erleiden. Bemerkenswert fand sie auch, dass viele nicht wissen, was CoAbhängigkeit bedeutet, deshalb auch nicht bemerken, dass sie sich im Umgang mit anderen Menschen mit der Zeit eigenartiger verhalten, gerade weil sie in einer engen Beziehung zum Alkoholsüchtigen stehen, auch dann, wenn sich der eigene seelische Zusammenbruch schon klar abzeichnet.

Co-Abhängige gehen durch drei Phasen: 1. Die Beschützerphase, während der man nicht über das spricht, was in der Familie vor sich geht, und in der Familie ein Klima der angespannten Ruhe und des beredten Schweigens vorherrscht. 2. Die Kont-

rollphase, in der Grenzen erfahren werden, ein stummer Kampf um die Flasche beginnt und der Alkoholkonsum gesteigert wird.
3. Die Anklagephase, in der Vorwürfe und Schuldzuweisungen an den saufenden Partner erhoben werden und Co-Abhängige weiteren seelischen Schaden erleiden.

Alex schwieg eisern. Ihn schienen ihre Recherchen und Briefe mächtig zu nerven, was Giulia jedoch nicht weiter störte, da sie sich vorgenommen hatte, ihm die Augen zu öffnen. Und wenn sie ihn darauf ansprach, dann lenkte er ab, erzählte von seinen Töchtern, meist von der Jüngeren, dass sie zu oft bei den Pfadfindern sei, mit ihm zu wenig Zeit im Fußballstadion oder in Handballhallen verbringen würde. Die pubertierende Hanna würde dagegen bereits ihren eigenen Weg gehen. Sie hätte jedoch schulische Probleme und sei erst kürzlich überfallen wollen, auf der Reeperbahn, wo ihr ein Mann ein Messer an den Hals gehalten hätte. Er hätte sie zur Anzeige gedrängt, was sie ihm nicht verziehen hätte. Seine große Tochter hätte zwar auf der ganzen Linie Ärger, doch sie wäre erstaunlich gut organisiert für ihr jugendliches Alter und würde viel Verantwortung für die Familie übernehmen.

Giulia mischte sein Leben auf, im positiven Sinne, hoffte sie, weil sie ihm einen Spiegel vorhielt und ihm damit sein Verhalten aufzeigte. Und weil sie keine Komplizin war, die ein krankes System unterstützte, obschon sie wusste, dass die denkbar besten Absichten zu noch größeren Katastrophen führen können. Zu einem neuen Unheil, das sie zwar nicht direkt verursachen würde, zu dem es aber ohne ihre Einmischung niemals gekommen wäre. Was für Alternativen hatte sie? Nichtstun, Verdrängen, Ignorieren? Und worauf wollte sie in dieser Beziehung warten? Darauf, dass er sich aus den Fängen seiner Ehe befreien, seine Frau hochkant aus der Wohnung hinausschmeißen würde, wozu Psychologen in manchen Härtefällen raten? Und, was wäre dann? Was wäre sie bereit zu geben, aufzugeben für ihn? Alex befand sich, gelinde gesagt, in einer problematischen Situation. Doch sie musste sich am Riemen reißen, Belehrungen zurückhalten – so gut es ging, draußen bleiben aus seinem Leben, abwarten, was ihr unheimlich viel abverlangte in ihrer Verliebtheit.

Giulia schwirrten unangenehme Gedanken im Kopf herum und sie schlief unruhig. Sie wälzte sich hin und her, warf zigmal einen Blick auf das erleuchtete Zifferblatt des Weckers, der neben ihrem Bett auf dem Boden stand. Es war erst 04:15 Uhr in der Früh. Hör auf, dir seinetwegen den Kopf zu zerbrechen, forderte sie sich im Halbschlaf auf, stand auf, da an Schlaf nicht mehr zu denken war. Sie schaltete den Wasserkocher ein, dachte an die schönen Stunden mit Alex, während sie den Kaffee aufbrühte und in eine Thermoskanne füllte. Mit all den Gedanken wickelte sie sich in eine Wolldecke ein und legte sich auf das Sofa im Wohnzimmer. „Wie schön es wäre, wenn ich dich in greifbarer Nähe hätte", hatte Alex vor nicht allzu langer Zeit am Tresen einer Bar gesagt und wissen wollen, ob sie nach Hamburg umziehen würde. Sie verneinte vehement und bereute ihre Antwort in der Sekunde, in der sie sie aussprach. Weil etwas im gleichen Augenblick zwischen ihnen zerbrach – etwas Vertrauensvolles und Stimmiges. „Dein verdammtes Schweigen macht mich noch krank", kritisierte sie ihn scharf, da er kein einziges Wort von sich gab, stattdessen sofort das Lokal verließ.

Durch den Spalt der offenen Eingangstür konnte sie ihn sehen. Der Zigarettenstummel klebte vor sich hin glimmend an seiner Unterlippe. Alex stand mit dem Rücken zur Tür wie versteinert da und starrte Löcher in die Luft, bevor er lauthals ein „Scheiße!" in die Nacht hinausschrie. Danach drehte er sich um und schleppte seinen Körper, der wie eine Tonne an ihm zu hängen schien, zurück ins Lokal. Schwer atmend stand er neben ihr, nahm das Bierglas in die Hand, drehte es gedankenverloren mit den Fingern, bevor er es in einem Zug leerte.

Giulia spürte den Zorn, der durch seine Adern pochte. Er drehte sich ihr zu und bestellte ein weiteres Bier. Es hatte den Anschein, dass er sich beruhigt und gesammelt hatte.

„Warum willst du bloß nicht nach Hamburg ziehen?", fragte er betont lässig und nahm einen kräftigen Schluck aus seinem großen Glas.

„Du liebst deine Stadt mehr als mich, ich weiß", antwortete Giulia nachdenklich. Dabei vermied sie es, ihm in die Augen zu schauen.
„Nein, nur schon länger!" Alex durchbohrte sie mit seinem Blick. Giulia wurde in diesem Moment klar, dass sie die Schuldige war, sollte die Beziehung scheitern, und er keine Sekunde daran zweifelte. Giulia kannte Hamburg nun schon seit ihrer Jugend. Damals, vor gefühlten 25 Jahren, war ihr die Stadt grandios und sexy erschienen. Mit Clarissa hatte sie sich ins Nachtleben gestürzt, alles genossen, was die Stadt zu bieten hatte. Doch wirklich verbunden mit Hamburg, nein, das war sie nie.
„Heutzutage muss man sich doch nicht mehr an eine Stadt binden. Menschen sind flexibler und mobiler, dank Internet und Globalisierung", antwortete Giulia enttäuscht und hoffte, seinem eindringlichen Blick zu entkommen. Es ist immer dasselbe, dachte sie insgeheim. Jedes Mal, wenn sie über ihren Lebensstil sprach, missfiel ihm das ungemein. Er musste sich gewaltig beherrschen, um nicht ständig aus der Haut zu fahren.
„Bin nicht mobil. Bin nicht flexibel", sagte Alex schmallippig, der an einer Fernbeziehung nicht interessiert war, was so klar war wie das Amen in der Kirche. Ihn interessierten weder ihre Karriere noch ihre Interessen. Es ging um ihn und darum, dass sie in seine Stadt kommen, ihn und sein Leben zum Mittelpunkt ihres Lebens machen sollte. Es war ein bitterer, sehr bitterer Moment der Wahrheit, der reinen, elementaren Wahrheit darüber, wer sie waren, was sie wollten und vom anderen erwarteten.
„Warum?" fragte sie, obschon sie wusste, dass sie sich dieses Wort auch hätte sparen können.
„Weil ich das nicht will."
„Was willst du nicht?"
„Erklären, warum. Himmel Herrgott."
„Na ja, ich meine schon."
„Zufälligerweise habe ich meine Gründe. Aber ich will sie dir nicht sagen."
„Warum?"

„Du magst mich. Du sehnst dich nach mir. Dann komm hierher. Basta." Alex war mächtig zornig.
„Okay, okay. Beruhige dich."
Alex machte mehr als einmal deutlich, dass er sein geliebtes Hamburg nicht verlassen würde. Um keinen Preis der Welt. Es war nicht sein Zorn, der Giulia zu schaffen machte. Nein, ganz und gar nicht. Es war seine Sturheit, die von ihr verlangte, sich seinen Lebensumständen anzupassen, wenn sich etwas Dauerhaftes entwickeln sollte. Erneut spürte sie den Druck, den sie früher oder später in fast jeder Beziehung zu spüren bekam, den Druck des männlichen Egos, der sich immer dann einstellte, wenn ein Ultimatum im Raum stand und es keine Lösung gab.

Giulia lag auf dem Sofa, während ihr all das durch den Kopf ging und sie darüber wieder einschlief. Diese Liebe konnte sie sich schon lange nicht mehr erklären. Und Leo, den sie ständig um Rat fragte, wurde schon wütend, wenn er bloß den Namen Alex hörte.

Leo war ein Kollege, ein Freund, ein väterlicher Ratgeber. Verlässlich und verschwiegen. Er konnte zuhören und die richtigen Fragen stellen. Alle Leute müssen sich den Druck von der Seele reden, um sich davor zu bewahren, nicht zu explodieren oder zu implodieren, eines Tages. Leos männliche Sicht war Giulia wichtig. Kaum ein anderer Mann wusste so viel über ihre Eskapaden und hätte sich immer wieder dieselben Probleme und Zerwürfnisse angehört. Nach ihrer Scheidung, bei der sie es mit einem gebrochenen Ehemann und einer verständnislosen Verwandtschaft zu tun hatte, war er ein Ort der Zuflucht und Seelenerleichterung. Giulia pflegte viele Freundschaften mit Männern. Sie waren in gewisser Weise leichter, wenn kein Sex im Spiel war und es keine Kämpfe um Macht, Dominanz, Eifersucht, Neid gab, so wie sie sich in Liebesbeziehungen zuspitzen und das Fließen von ehrlichen Gefühlen und Freiräumen zunichtemachen können. Da ihr Wille zum Frieden und zur Versöhnung verlässlich dazu beitrugen, dass sie sich unglücklichen Beziehungsumständen ein Stück weit anpasste, wurde sie nicht müde, um Alex zu kämpfen und darauf zu hoffen, er würde sich doch noch auf eine Fernbeziehung einlassen. Doch stattdessen wurde ihr ein anderes Stück Wahrheit offenbart – ein Brocken, der schwer zu verdauen war.

Bei herrlichem Wetter lief der ICE pünktlich am Münchner Bahnhof ein. Als ihr Alex auf dem Bahnsteig entgegenkam, rannte sie, nein, flog sie ihm förmlich mit offenen Armen entgegen. „Hallo Schatz, wie war die Bahnfahrt?" Giulia zitterte vor lauter Aufregung am ganzen Leib.

Alex trug ein weißes Hemd, an dem er die Ärmel hochgekrempelt hatte, über einer Jeanshose, und wie immer fiel ihm eine Haarsträhne ins Gesicht. Er sah besser, jünger aus als je zuvor. Giulia schmolz wie Schnee in der Sonne.

„Lang", erwiderte er knapp, fast schon grimmig, und hauchte ihr ein Küsschen auf die Wange. Giulia betrachtete ihn ein wenig irritiert, ließ sich jedoch nichts anmerken und fragte höflich distanziert, ob er in oder außerhalb der Stadt essen gehen wolle.

„Ich bin die ganze Zeit in der Stadt. Möchte also rausfahren, an den See."

Wie zwei Fremde gingen sie nebeneinander her, auf den südlichen Ausgang und Giulias Wagen zu, der direkt vor dem Bahnhof parkte, unweit der Haltestellen und Straßenbahnen.

„Wow, was für eine Rakete. Und tiefergelegt. Ob ich da wohl reinkomme?" Alex taute langsam auf. Er lehnte sich in ihre Richtung und sie spürte, wie seine Anspannung nachließ

„Willst du damit fahren?", fragte sie sichtlich erleichtert und reichte ihm den Autoschlüssel.

„Auf keinen Fall", wehrte er schnell ab, öffnete die Heckklappe und verstaute seine Reisetasche, die er lässig über der Schulter getragen hatte, im Kofferraum. Ohne ein weiteres Wort knallte er diesen zu, klopfte einmal drauf und setzte sich auf den Beifahrersitz.

Auf der Fahrt unterhielten sie sich wie zwei Menschen, die sich zum ersten Mal begegneten, über das herrliche Spätsommerwetter, das Regenwetter in Hamburg und die ein oder andere Anekdote aus ihrem Leben, bis sich Giulia nach seiner Frau erkundigte und er ins Plaudern kam.

Alex bedankte sich für die Nachfrage und erzählte: „Seit meine Frau aus dem Krankenhaus raus ist, kocht, wäscht, bügelt sie. Sie gießt die Pflanzen, jätet Unkraut, und neulich, ja, neulich, da polierte sie sogar den Wohnzimmertisch." Er spulte eine ganze Latte von alltäglichen Arbeiten in Haus und Garten ab, denen sie mittlerweile wieder nachging. Giulia war froh, dass sie sich auf den Verkehr konzentrieren musste, da sie von dem Gespräch gelangweilt war.

„Oh, wie schön", antwortete sie betont beiläufig, fragte sich aber im Stillen, wie sie das Gespräch elegant beenden konnte, das ihr keinen geistigen Mehrwert bot. Dabei merkte sie, wie sie für diese Frau plötzlich Mitleid empfand. Denn beim besten Willen konnte sie sich nicht vorstellen, wie eine ehemals erfolgreiche Anwältin mit Hausfrauentätigkeiten jemals glücklich werden konnte. Giulia musste sich zu einem Lächeln zwingen, denn in ihrem Kopf trieben sich wilde Gefühle herum. Das Gefühl der beraubten Hoffnung auf eine langwierige Beziehung mit Alex. Gefühle von Wut und Eifersucht: Eifersucht auf eine kranke Frau. Wut auf Alex, der seine Frau hinterging. Wut auf sich selbst, weil sie dieses beschämende Techtelmechtel mitmachte und dazu beitrug, Verlustängste zu schüren. Eifersucht dagegen kann sehr brutale Formen annehmen und zu allen Arten von Gewalthandlungen führen. Alex war in einer komfortablen Situation: eine Liebschaft hier, eine Ehefrau dort, wägte sie ab und spürte, wie sie von seinem selbstsüchtigen Spiel genervt war. Zwar hatte er keine Gewalthandlung von ihr zu befürchten, aber sie wusste, wovon sie sprach, da sie selbst einmal Opfer von unkontrollierter Eifersucht und Rage gewesen war und dabei erfahren hatte, wie schnell Menschen am emotionalen Abgrund stehen. Emotionen wie Eifersucht oder Wut schaukeln sich hoch. Leicht geraten Menschen dabei außer Kontrolle und tun ungeheuerliche Dinge, die sie sich zuvor nicht in ihren kühnsten Träumen vorstellen konnten.

Alex kam nach München, wegen eines Vortrags auf einer Tagung über die Vorhersehbarkeit von Terror und Gewalt. Für sein ehefreies Wochenende hatte er also eine Ausrede und ein

Alibi. Da für ihn auch ein Hotelzimmer gebucht war, meinte Giulia scherzhaft, als sie auf den Hotelparkplatz fuhr, dass sie ja nicht davon ausgehen würde, dass er hier übernachtete. Umso mehr fiel sie aus allen Wolken, als er tatsächlich darüber nachzudenken schien.

„Weiß nicht", grübelte Alex verlegen und fuhr zornig fort, dass sie es gefälligst unterlassen solle, Erwartungen an ihn zu stellen. Seine Worte waren glasklar, laut und überzogen. Und sie taten ihm hinterher wirklich leid, weswegen er sich auch gleich entschuldigte.

Dann sprang er aus dem Wagen, holte seine Reisetasche aus dem Kofferraum und rief ihr kurzatmig zu, dass sie auf ihn warten solle. Nach ein paar Minuten kam er zurück und sagte: „Habe eingecheckt. Wir fahren zu dir."

Giulia startete den Motor und fuhr ohne ein weiteres Wort los. „Holding Environment, Holding Environment", flüsterte sie leise vor sich hin, als sie aus dem Wagen stieg und sich langsam über seinen Besuch freuen konnte. Denn endlich waren sie einmal ganz privat und in ihrem Revier. Weder musste er mitten in der Nacht nach Hause eilen, um noch mit dem Hund Gassi zu gehen, noch rief ihn seine Frau an und fragte, wann er denn nun nach Hause kommen würde.

Sie streifte sich ihre Haare aus dem Gesicht und hielt ihm die Haustür auf. Gemeinsam durchquerten sie eine gefliese Hausdiele und stiegen die gewundene Treppe in ihre Dachwohnung hinauf. Seine Reisetasche trug er wieder lässig über seiner Schulter und sein Haar hing ihm wieder strähnig ins Gesicht. Alex sah aus wie ein keltischer Krieger, verwegen, draufgängerisch, mit einem gepflegten Dreitagebart. Die Reisetasche stellte er im Flur ab. Er öffnete den Reißverschluss, während Giulia in die Küche ging, Teewasser aufstellte und zwei Teebecher auf den Küchentisch stellte. Für gewöhnlich freute sie sich ganz besonders auf den Nachmittagskaffee. Doch weil Alex lieber Tee trank, stellte sie sich in seiner Gegenwart um.

„Überraschung", rief er plötzlich in die Küche hinein, wo Giulia gerade kochendes Teewasser in die Teekanne goss. Freudestrahlend kam er in die Küche, ging auf sie zu und umarmte sie innig.

„Wie ich sehe, bist du jetzt bei bester Laune", antwortete sie etwas spitz und stellte die Teekanne auf den Küchentisch.

„Ich habe auch allen Grund dazu", sagte Alex und hielt ihr eine halbleere Schnapsflasche vors Gesicht.

„Verstehe nicht?"

„Das", Alex stand mit seinem breitesten Lächeln auf den Lippen vor ihr: „Das, ähm. Das ist mein Mitbringsel!"

„Eine halbleere Schnapsflasche?" Giulia brachte kein weiteres Wort heraus, kniff ihre Augen zusammen und verzog ihr Gesicht. Sie konnte nicht glauben, was er gesagt hatte, und erschrak zutiefst. Am liebsten hätte sie sich jetzt in ein Mauseloch verkrochen, denn die Situation fühlte sich wahrlich elendig an.

„Pfefferminzschnaps, 45%, vom Allerfeinsten." Alex war nicht zu stoppen. Sehr lebhaft sprach er weiter, und dass sich so ein köstlicher Schnaps als Mitbringsel doch hervorragend eignen würde. Zumal Pfefferminzschnaps auch eine heilende Wirkung auf den Magen und die Galle hätte. Vor allem aber würde er kalt gut schmecken. Seine Augen funkelten wie zwei Sterne und sein Gesicht glänzte vor Vergnügen.

„Ich habe weder Magenbeschwerden noch ein Gallenleiden", antwortete Giulia völlig perplex und fand keine weiteren Worte. Schweigend nahm sie ihm die Flasche aus der Hand und legte sie ins Eisfach. „Nein ... bist du verrückt?", empörte sich Alex, riss ihr die Flasche aus der Hand und stellte sie neben das Kürbiskernöl ins Flaschenfach.

Seit Wochen schon hatte sie sich auf seinen Besuch gefreut, doch diesen hatte sie sich wahrlich anders vorgestellt. Es sollte ein Besuch des ungetrübten Glücks werden. Und jetzt hatte sie es mit einer halbleeren Schnapsflasche zu tun, kaum dass er über ihre Türschwelle getreten war. Herb war diese Enttäuschung. Doch endlich ging ihr ein Licht auf, was wirklich vor sich ging. Warum hatte er vorhin nicht mit dem Auto fahren wollen? Weshalb tat er sich mit der Übernachtung bei ihr schwer? Wieso schwieg er beim Thema Alkoholismus? Auf diese Fragen fand sie jetzt selbst eine Antwort. Schon längst hatte sie intuitiv den Nagel auf den Kopf getroffen, ohne auch nur im Geringsten zu ahnen, dass er selbst davon betroffen war.

Sein Besuch und die Schnapsflasche offenbarten das Geheimnis, was sie ungemein berührte. Eine Welle sich widersprechender Gefühle schwappte über sie hinweg. Alex sah aus wie ein begossener Pudel. Das Einzige, was sie tun konnte, war hilflos mitanzusehen, wie er nach Worten rang. Scham und Einsamkeit standen ihm ins Gesicht geschrieben. Er tat ihr unsäglich leid. Alex verzog sich ins Wohnzimmer aufs Sofa. Schwieg. Giulia ging ins Arbeitszimmer, um nach dem Ordner zu suchen, in dem sie Briefe aufbewahrte. Es war eine alte Gewohnheit von ihr, von Hand geschriebene Briefe zu kopieren, bevor sie sie losschickte. Als Erinnerungsstützen und direkte Vorlagen waren sie unentbehrlich für ihre Schreiberei. Und jetzt dienten sie ihr als ein komprimiert dargestellter Informationsquell über Alkoholismus, den sie vor nicht allzu langer Zeit Alex hatte zukommen lassen. Sie hatte dafür stundenlang im Netz recherchiert. Rasch fand sie die Briefe, die sie fein säuberlich abgelegt hatte, las die relevanten Seiten und merkte sich ein paar Schlüsselsätze: Alkoholiker wissen genau, wann sie sich danebenbenehmen und dummes Zeug reden und gehen für gewöhnlich Konflikten aus dem Weg. Die Sucht vertuscht die wirklichen Lebensumstände. Und jede Sucht benötigt mehrere Jahre, bis sich Verhaltensdefizite, seelische und körperliche Schäden zeigen. Co-Abhängige benehmen sich gegenüber anderen mit der Zeit merkwürdiger, bleiben jedoch lange in der Rolle zum abhängigen Partner.

„Alex, trinkst du?", wollte Giulia wissen, als sie ihm, der sie aus seiner liegenden Position irritiert und verunsichert anschaute, eine Tasse mit heißem Tee ins Wohnzimmer brachte. Giulia berührte ihn an der Schulter, als sie die Teetasse auf einen kleinen Beistelltisch neben das Sofa stellte und sich ihm gegenüber auf den Sessel setzte. Jetzt war der Zeitpunkt gekommen, über seinen Alkoholkonsum zu sprechen, direkt und ohne Blabla, entschied sie, obwohl sie keine Lust auf einen heftigen Streit oder gar ein Zerwürfnis hatte. Und sie wusste, dass Trinker ohne Alkohol nun wahrlich keine Probleme lösen können, zu keinen positiven Empfindungen fähig sind und schon gar nicht reden wollen. Alkoholiker müssen trinken, um den Aufgaben gewachsen zu sein, neuen Tatendrang und Selbstsicherheit zu verspüren. Noch schien es, dass Alex sein Leben unter Kontrolle hatte. Er schwafelte kein dummes Zeug, benahm sich anständig und war gut gekleidet. Sie fragte sich: Vielleicht war doch etwas von einer wahren Liebe zwischen ihnen, einer Liebe, die träumen und vergeben konnte. Leben wir, weil wir lieben können, oder lieben wir, weil wir vergeben können? Giulia hatte gelernt, zu vergeben, ihrer Mutter, die den Freitod gewählt hatte, einem Ex, der sie krankenhausreif geschlagen hatte, sich selbst, weil es Lösungen gab und ein neues Leben auf sie wartete. Menschen, die vergeben können, wachsen über sich, Wut und Traurigkeit hinaus. Innerlich frei überwinden sie Angst und Schmerz. Davon war sie überzeugt.

„Hast du ein Alkoholproblem?", fragte sie ihn leise in einem leicht spitzen Ton. Im Raum hätte man die Luft in Scheiben schneiden können, so dick war sie.

Alex gab keinen Laut von sich. „Das ist wie das Warten auf Godot", sagte Giulia lauter, „ein Warten, das zur Tortur wird." Genauso zäh wie in dem Theaterstück kroch jetzt das Warten im Wohnzimmer voran. Der Hunger war ihr längt vergangen.

Alex richtete sich auf. Vielleicht sollten sie zu Django's White Cake übergehen. Die Torte hatte sie am Vormittag nach dem denkbar einfachen Filmrezept zubereitet und in den Kühlschrank gestellt: Die beiden Hälften des in der Mitte durchgeschnittenen Biskuitbodens hatte sie mit selbstgemachter Marillenmarmelade bestrichen, die gehackte weiße Schokolade im Wasserbad zum Schmelzen gebracht und mit Frischkäse vermengt. Innen und außen hatte sie die Torte dick mit der cremigen Masse bestrichen und zwei Handvoll Beeren und Blumenblüten darauf verstreut. In den Südstaaten der USA wird der White Cake zu großen Festen und Feiertagen serviert. Alex kam her und sein Besuch sollte ein Fest sein. Doch stattdessen saßen sie sich jetzt in feindseligem Schweigen und in einer explosiven Atmosphäre gegenüber.

Für was oder wie viel war sie weiterhin bereit, diese Beziehung aufrechtzuerhalten? Der erste Abend, als sie mit ihm Samba auf den Straßen des Portugiesenviertels getanzt hatten, fiel ihr ein. Damals hatte sie an Sex gedacht, das Pfand, das Frauen nach der Meinung von Sexualtherapeuten gegen Bindung und Versorgung einlösen. Von diesem Pfand war jetzt weit und breit keine Spur. Und doch liebte sie die Traumwelt, in der sie Alex liebte und begehrte, eine Welt der bittersüßen Träume, der leidenschaftlichen Hingabe, des feigen Selbstbetrugs. Giulias Anspannung nahm zu, da der Traum von einer Zukunft mit dem Mann, der ihr gegenübersaß, ausgeträumt war.

Verstohlen schaute er zu ihr hinüber, als ob er ihre Gedanken verstehen würde. In seinem Blick lagen Skepsis und Wärme, aber auch noch etwas anderes, das sie nicht deuten konnte. Er zog die Mundwinkel hoch, so dass sich kleine Lachfältchen um seine Augen bildeten. Er sah bemitleidenswert aus.

Sie setzte sich neben ihn aufs Sofa, legte ihre Hand in seine und sah ihm tief in die Augen, als blickte sie durchdringend in seine Seele hinein, wo sie sein Wesen erkennen konnte. Eine gefühlte Ewigkeit sahen sie sich einfach nur an. Bis die Angst zwischen ihnen ganz verschwunden war und einem Gefühl der intimen Nähe wich. Sie spürte, wie sein Atem ihren Nacken streifte. Er schob seine Hand unter ihre Haare und küsste sie. Sie schloss die Augen und genoss die Zärtlichkeit seiner Berührungen. Sie sagte kein Wort, verhielt sich still und wagte kaum zu atmen. Sie spürte seine Arme, die sich um ihre Taille schlossen, und sein Gesicht an ihrem Körper. Diesen Moment sog sie in sich ein und träumte von den Dingen, die sie mit ihm tun wollte und nach denen sie sich sehnte. Als sie voneinander abließen, schien die Welt zwischen ihnen wieder in Ordnung zu sein.

„Dann wollen wir jetzt den White Cake anschneiden?" Giulia verzog ihren Mund zu einem schelmischen Lächeln, weil sie wusste, dass sie ihn mit dem Kuchen wirklich überraschte.

Menschen sehnen sich nach Liebe und suchen verzweifelt danach. Wird sie dann auf die Probe gestellt, heißt es auf die Zähne beißen, was Giulia in dieser Nacht tat und trotzdem keinen Schlaf fand. Sie wälzte sich im Bett herum und schluchzte in ihr Kopfkissen. Alex schnarchte, was kein Wunder war nach dem opulenten Essen, dem Wein, den Schnäpsen. Giulia blieb noch lange wach liegen, entschied sich aufzustehen, um das Schlafzimmerfenster zu schließen, damit die Nachbarn unter ihr von der Schnarcherei nicht gestört wurden. Sie ging ins Wohnzimmer. Dort lief sie hin und her wie eine Raubkatze im Käfig. Ihre Gedanken wollten nicht zur Ruhe kommen und der innere Druck wich keiner einzigen Minute der Entspannung. Das Schlimmste an der Situation war, dass Alex sich nicht öffnete, nicht ehrlich sagte, was los war. Und er befand es auch nicht für nötig, zu argumentieren. Sie brauchte ein Ventil, um ihren Druck loszuwerden, einen Menschen, mit dem sie reden konnte, jetzt sofort. Leo war verreist. Ihr blieb Laura. Gegen 03:00 Uhr morgens nahm sie den Telefonhörer in die Hand, wählte ihre Nummer und ließ es fünfzehn, zwanzig Mal klingeln.

„Verdammt noch mal, wer ist denn da?", schrie Laura zornig ins Telefon. Ihre Erregung konnte sie nur mühsam im Zaum halten, während Giulia vor lauter Schluchzen kein Wort herausbrachte.

„Giulia, bist du das?", rief sie aufgeregt in den Hörer. „Was ist los?"

„Muss mit dir reden. Ich weiß, es ist spät." Giulia konnte kaum sprechen und würgte die Sätze förmlich heraus, als würde ihr übel davon.

„Du hörst dich ziemlich elend an", sagte Laura, deren Stimme besorgt klang.

„Alex hat selbst Probleme mit dem Alkohol. Bin unglaublich traurig und wahnsinnig wütend. Weiß nicht, wie das weitergehen soll." Ihre Stimme zitterte und Tränen schossen ihr aus den Augen. Nur mit großer Mühe konnte sie weitersprechen, wurde abwechselnd wütend, weinte, verstummte, redete weiter. Die halbleere Schnapsflasche erwähnte sie nicht, zu sehr schämte sie sich, ein Teil dieser Schmach zu sein.

„C'est l'amour. Exactamente. Was habe ich dir gesagt. Merda", schimpfte Laura drauflos. Sie sprach vier Fremdsprachen, und wenn sie aufgeregt war, konnte es vorkommen, dass sie in gleich mehreren Sprachen sprach. Am liebsten auf Italienisch, weil es sich in dieser Sprache am besten schimpfen ließ, wie sie sagte. Laura war ein Freigeist, mutig, humorvoll, extrovertiert, gebildet. Es wurde nie langweilig mit ihr. Denn sie war direkt, scheute klare Worte nicht, auch wenn sie andere nicht hören wollten, konnte zuhören und andere motivieren.

Die beiden führten seit etwa 20 Jahren eine Fernfreundschaft, mit gegenseitigen Besuchen, nachdem sie sich in einem Straßencafé in Rom kennengelernt hatten. Sie wussten, wie es um die andere stand und was in dem Leben der anderen los war.

„Ich sollte mich in diese Geschichte wirklich langsam einmischen. Du verstrickst dich immer mehr darin, wirst langsam emotional abhängig von ihm." Laura sprach offen aus, worüber sie sich längst den Kopf zerbrach, formulierte es aber schärfer und deutlicher als sie. „Nichts ist trauriger, als der Teil einer unerfüllten Liebe zu sein. Glaub mir, die Sache hat erst ein Ende, wenn du das willst. Du entscheidest, wie und ob es weitergehen soll. Die meisten Männer wissen das nicht. Sie geben die Verantwortung an Frauen weiter und verspielen ihr Glück. Du bist am Zug. Gehe überlegt vor und höre auf dein Herz." Laura wusste, wovon sie sprach. Ihre große Liebe war bei einem Motorradunfall gestorben. Nach einem heftigen Streit am Unglücksabend hatte Laura ihn verlassen wollen. Hals über Kopf hatte er sich aufs Motorrad gesetzt, war davongefahren und irgendwann mit voller Wucht gegen einen Baum geprallt. Die Unfallursache war ungeklärt. Laura war bis heute darüber noch nicht hinweggekommen. In schmerzvollen Momenten las sie seine Briefe, die sie in einer Schachtel unter ihrem Bett aufbewahrte, weil da drinnen auch ihr Herz war, sagte sie.

Am nächsten Morgen stand Alex frisch geduscht und fertig angezogen vor dem großen Spiegel im Flur und kämmte sich in aller Ruhe die Haare, als sie aus dem Schlafzimmer kam. Sein Outfit war perfekt. Stolz richtete er sich in seinem graublauen Anzug und weißem Hemd vor ihr auf und präsentierte sich so selbstbewusst wie am ersten Tag ihrer Begegnung. „Was meinst du, sehe ich in der Anzugsweste schlanker aus?", fragte er Giulia und zog seinen Bauch vor dem Spiegel ein. Alex hatte zugenommen und es kündigte sich ein Doppelkinn an. Ohne auf eine Antwort von ihr zu warten, zog er die Weste wieder aus, schnappte sich die Dokumentenmappe und küsste sie auf den Mund. „Melde mich am Nachmittag. Bitte lass dein Handy an." Er hastete zur Tür, drehte sich nach ihr um und pustete ihr einen Kuss zu. Dann eilte er die Holztreppe hinunter und stieg in das Taxi ein, das vor der Haustür schon auf ihn wartete.

Giulia winkte ihm hinterher, schloss die Wohnungstür, legte ihre Stirn dagegen und stöhnte kurz auf. Sie war müde, unendlich müde. Ein Blick in den Spiegel im Bad verriet ihr, wie abgekämpft und blass sie aussah, mit dunklen Schatten unter den ansonsten strahlend grünen Augen. Dennoch, sie blickte in ein schönes Gesicht, in ein Gesicht, das zu einer Frau gehörte, die gelernt hatte, ihren Weg zu gehen, dachte sie, während sie den Wasserhahn aufdrehte und kaltes Wasser über den Nacken und die Arme laufen ließ, um sich möglichst schnell von den eigenen negativen Gedanken abzulenken.

Der Morgen war sonnig und die Luft schon warm. Nach der Katzenwäsche zog sie sich schnell an, ging in die Küche, kochte Kaffee und setzte sich mit einem großen Becher auf den Balkon. Der frisch gebrühte Kaffee und die frische Luft taten ihr gut und brachten ihren Kreislauf in Schwung. Und ihre Laune verbesserte sich rapide, als sie an den gestrigen Abend dachte, der unerwartet vertraut und stimmungsvoll war. Doch etwas in ihr fühlte sich schwer und trüb an. Zweifellos war sie ziemlich verrückt nach Alex. Ob sie ihn auch liebte und ihre Liebe für all das ausreichte, was er an guten und schweren Dingen mitbrachte, wusste sie nicht. Klar, sie hing an ihm, vielleicht mehr als er an ihr. Und da der Sex stimmte, waren auch Gefühle da. Nur welche? Waren es echte Gefühle, die sie freigab, und war sie willens, sie ohne Sex zu geben? Oder entsprangen sie einer emotionalen Gier, einem emotionalen Hunger nach Körperlichkeit? Sie passte sich seinen Launen und Stimmungen an, war verständnisvoll, unterwarf sich seinen Ansichten, auch wenn sie diesen nicht zustimmte, motivierte ihn durchzuhalten und wollte um das gemeinsame Glück kämpfen, nicht völlig selbstlos, was sie einsah. Reichte das aber für eine Partnerschaft aus, zumal ihr Wille schwand, weil sich Probleme über Probleme auftürmten, die sich weder übersehen noch vom Tisch fegen ließen? Nein, sie durfte sich diese Beziehung nicht schönreden, und nein, dieser Mann durfte nicht zu ihrem Schicksal werden. Auf gar keinen Fall.

Alex hielt wie gewohnt einen kompetenten und distanzierten Vortrag mit Wortwitz, das wusste sie, auch ohne dass sie dabei war. Das Reden in der Öffentlichkeit fiel ihm leicht. Es gehörte zu seiner täglichen Arbeitsroutine und diente der Selbsterhaltung im Job. Was ihn auszeichnete, war, dass er nur über belastbare Ereignisse und Vorfälle sprach, über Dinge, die dem Faktencheck standhielten. Vermutlich ahnte niemand, wie es um diesen Mann tatsächlich stand, was er gerade durchmachte, wovor er Angst hatte. Schon lange sprachen sie nicht mehr über Themen, die sie verbanden, über Kunst, Filme, Kulinarisches, Musik oder präventive Maßnahmen im Sicherheitsgeschehen. Und wenn sie Beziehungsgespräche führten, dann waren sie kaum noch auszuhalten, da sie kein zufriedenstellendes Ergebnis hervorbrachten. Vielleicht sollte ich den Blick auf das Positive richten, auf die guten Seiten in der Beziehung, meinte sie zu sich selbst und trank einen kräftigen Schluck Kaffee. Was schwer genug war. Sie hätte weiß Gott was dafür gegeben, seiner Trinkerei nicht auf die Spur gekommen zu sein. Denn bei jedem Gang in die Küche zum Kühlschrank, noch am späten Abend seiner Ankunft, stellten sich ihre Nackenhaare auf. Sie spitzte die Ohren und hörte das brummende Geräusch, das er von sich gab, wenn er einen kräftigen Schluck aus der Schnapsflasche nahm und vor dem Kühlschrank so lange wartete, bis sich die Wirkung des Alkohols einstellte. Sollte dann ein Schluck nicht gereicht haben, folgte der nächste und der nächste, bis die Flasche leer war und er eine neue aus seiner Reisetasche herausholte, die immer noch im Flur stand.

Der Morgenkaffee war inzwischen kalt, worauf sie den Becher auf dem Balkontisch stehen ließ. Sie trug bequeme Skechers-Schuhe, schwarze Leggings und ein sportliches Longtop, setzte sich an den Schreibtisch, fuhr den Laptop hoch und versenkte sich in ihre Arbeit. Gerade schrieb sie an einem Manuskript für eine Deutschbuch-Reihe, das in zwei Wochen fertig sein musste. Intensiv befasste sie sich mit den Themen rund um Demokratie und Rechtsstaatlichkeit, Wohnen und Nachbarschaft, Arbeit und Wirtschaft, Meinungsfreiheit, Schutz des Eigentums und Religionsfreiheit, zu denen Flüchtlinge in der Integrationsprüfung befragt wurden. Und sie wäre jede Wette eingegangen, dass selbst Einheimische oft nicht in der Lage waren, die damit verbundenen Fragen zu beantworten. Die Inhalte waren ihr vertraut, da diese auch in den sozialen Trainings im Jugendstrafvollzug bearbeitet wurden. Giulia hegte deshalb auch keinen Zweifel daran, dass ein Integrationsprozess nicht von heute auf morgen zu bewältigen war und lange, sehr lange andauern kann, in einem zunehmend ausländerfeindlichen Klima, wie es in Europa vorherrschte, sowieso.

Die Schreibarbeit erforderte ihre höchste Konzentration, schon deshalb, weil sie einen Stoff didaktisch zum Zweck der Vermittlung der deutschen Sprache aufbereiten musste. Da sie gewohnt war, Neues zu riskieren, und auf Erfahrungen der erfolgreichen Bewältigung zurückblicken konnte, hatte sie diesen Auftrag angenommen. Sie hatte gelernt, mit unliebsamen Zwischenfällen umzugehen, die für Selbstständige Naturkatastrophen waren: ein Unfall, eine Steuernachzahlung, eine Vertragskündigung. Und sie hatte gelernt, ihre Kompetenzen zu erweitern und sich neuen Bedingungen anzupassen, wovon ihr Überleben im immer härter werdenden Geschäftsleben abhing. So gut wie möglich ging sie deshalb vermeidbaren Problemen aus dem Weg, um genügend Energie für die Dinge zu haben, die ihr wichtig waren und für die sie sich entschieden hatte. Und weil sie ressourcenorientiert dachte und handelte, konnte sie sich aufs Positive konzentrieren, Auszeiten produzieren, Prioritäten setzen, sich selbst und ihre Gesundheit im Blick behalten. Das Schreiben, egal wovon, entspannte sie und gehörte zu den Dingen, die ihr Dasein in Balance hielten. Schreiben brachte sie in eine andere Welt, weit weg von Alltag und Beruf.

Alex, der gerade eine Art von Naturkatastrophe in ihrem Dasein war, rief sie auf dem Handy an, als sie in ihr Schreibprojekt tief versunken war. Er wollte die Tagung früher als geplant verlassen und den Rest des Tages mit ihr verbringen. Er schlug eine Schifffahrt zu den Chiemsee-Inseln und einen Besuch im Biergarten vor. Das Wetter war herrlich und die idyllisch-freundliche Atmosphäre rund um das Bayerische Meer einladend genug, um all das zu tun, in Harmonie und Eintracht, wie sie hoffte. So war es dann auch. Selbst der Besuch im Biergarten blieb ohne Zwischenfälle und wurde nicht zur Zerreißprobe für ihre Beziehung, zumal Giulia spitze Bemerkungen oder böse Kommentare unterließ, die auf seinen Alkoholkonsum zielten. Der Streit um die Schnapsflasche war vorbei, vergessen und vorbei. Das Problem aber nicht aus der Welt.

Wann steht uns die nächste Prüfung bevor? Wann das nächste Unheil? Giulia stand am Bahnsteig in München und sah nachdenklich den Rücklichtern des ICE nach Hamburg hinterher, in dem Alex saß und davonfuhr. Fährt er auch aus meinem Leben davon?, fragte sie sich und merkte, wie ihr Herz schwer wurde. Denn alle Fakten, die gegen die Beziehung sprachen, waren zurück, unausgesprochen zurück, und lagen ihr wie Steine auf dem Magen: Die leeren Pfefferminzschnapsflaschen im Abstellraum in ihrer Wohnung. Das schwarze Baumwollhemd im Schlafzimmer, das nach Schnaps roch. Der Flachmann, den er sich für die Rückreise in die Jackentasche gesteckt hatte.

Giulia ging ins Starbucks Café, bestellte Espresso und Wasser, trank ihn ohne Zucker, nahm einen Schluck Wasser aus dem Glas und bestellte noch einen, einen doppelten. Sie liebte diesen Kaffee, weil sie genau wusste, worauf sie sich einließ, anders als beim Cappuccino, bei dem man nicht wusste, was sich unter der Schaumkrone verbarg. Regungslos saß sie auf dem Barhocker und betrachtete das bunte Treiben durchs Fenster, das in diesem Moment vollkommen an ihr vorbeiging. Ihr fiel ein: Der Schlüssel zu allem, was sie an diesem Mann lieben und fürchten konnte, hatte sich ihr schon im ersten Augenblick offenbart, in seinem Büro, in dem ein ungetrübter Moment von Wahrheit zum Vorschein gekommen war, in einem Moment, in dem sie nicht hatte verstehen wollen. Denn ihr war nach Nervenkitzel gewesen, nach einem neuen Abenteuer. Und deshalb drückte sich ihr Liebeshunger in allem aus, was sie tat und wovon sie träumte. Und jetzt, nach ein paar Jahren, hing sie am Bahnhof herum und kam sich vor wie eine Gestrandete, die von alten Zeiten träumte, die längst vergangen waren. Warum ist es so schwer, eine beschissene Beziehung zu beenden?, überlegte sie verzweifelt. Wie alle anderen hatte sie nur ein Leben. Somit wurde es Zeit loszulassen. „Lass los", sagte sie in dem Café vor sich hin, auch wenn sie diesen Spruch nicht mehr hören konnte. Er hatte etwas Unheimliches, war obendrein schneller ausgesprochen als realisiert. Loslassen in der Liebe kann niemals ein Sieg über einen anderen Menschen sein, sondern lediglich ein Sieg über sich selbst, über die Sehnsucht, beschwor sie sich.

Giulia verließ das Café und überquerte die Bahnhofshalle, ohne genau zu wissen, wohin sie eigentlich gehen wollte. Von überall kamen die Menschenmassen auf sie zu, Tausende Pendler strömten zu ihren Zügen. Ein dunkelblauer Himmel wölbte sich über dem Münchner Bahnhof, der eine Lebensschule ist, ein Ort, an dem man Benimm-Regeln trainieren kann. Hier trifft sich die bunte, internationale Gesellschaft. Hier arbeiten Hunderte von Schattenmenschen, wie die Eisenbahner sie nennen, Menschen, die Nachtschichten schieben und rund um die Uhr Züge reparieren. Für Reisende ist der Bahnhof nichts weiter als eine Durchgangsstation, für Menschen, die hier arbeiten, ein Ort, an dem es einem nie langweilig wird. Wie viele Menschen mögen sich wohl mit denselben Fragen und Problemen herumplagen wie ich, fragte sich Giulia, als sie an einem Schnellimbiss vorbeikam und beobachtete, wie Menschen Bratwürste, Leberkässemmeln, Pommes und Döner in sich hineinstopften. Schnell spürte sie, dass sich das Loslassen nicht unter diesen Menschen befand. Giulia ging weiter, schaute auf die Anzeigetafel und erkundigte sich nach den Abfahrtszeiten der Regionalzüge. Den nächsten musste sie erreichen. Der Bahnsteig war voll und der Zug hatte eine Viertelstunde Verspätung, was für gehetzte Menschen in der Hauptverkehrszeit unendlich viel Zeit war, weil sie nur noch schnell nach Hause kommen wollten. Manche saßen auf ihren Koffern, andere standen in den Raucherzonen und qualmten, wieder andere starrten Löcher in die Luft. Endlich rollte der Zug in den Bahnhof ein, in dem sie sich einen Sitzplatz im Ruhebereich erobert hatte.

Sie saß am Fenster, von wo aus sie den gesamten Bahnsteig im Blick hatte, rätselte, grübelte und dachte, dass Alex erst achtundvierzig war und sich noch ändern konnte. Auch David, der zig Mal in der Wende-Correctional-Facility in Alden im Bundesstaat New York eingesessen hatte, hatte das geschafft, zumindest solange sie mit ihm in Kontakt gewesen war. Der Zug fuhr langsam los, verließ den Bahnhof. Wie unter Zwang musste sie plötzlich an David denken. An sein mitreißendes Lachen. An sein vertrautes Gesicht. Den damals Fünfundzwanzigjährigen hatte sie vor etwa zwanzig Jahren in einem Anti-Gewalt-Training kennengelernt. Sein Strafregister war lang wie der Nil: Raubüberfälle, Drogenhandel, Körperverletzung, Diebstähle. David wuchs in der Gegend der 135. Straße in New York auf. Schon als Jugendlicher gehörte er einer Gang an, die mehrere Straßen kontrollierte und von Banküberfällen und Drogenhandel lebte. David war klug und eloquent. Der Aufstieg zum Gangboss überraschte also wenig, obwohl er nicht besonders groß war. Sein Mut und seine Kreativität beim Austüfteln raffinierter krimineller Strategien waren es, die ihn dafür qualifizierten. David konnte Menschen begeistern und inspirieren. Er war kontaktfreudig, enthusiastisch, ausdrucksstark, findig und wahnsinnig flexibel. Seine vermutlich von Natur aus gewellten Wimpern verliehen seinen Augen einen ganz besonderen Ausdruck, und sein offenes Lachen verriet zudem einen starken Charakter. Einen Charakter, der Probleme anpackte und Schwierigkeiten gewachsen war. Giulia verstand sich auf Anhieb mit ihm. Und als sie nach dem Training mit ihrem Truck wegfuhr, hatte sie einen wahren Freund gewonnen, der wie ganz selbstverständlich zu ihrem weiteren Leben gehörte, der ihr in einer sehr vertraulichen und persönlichen Art Geschichten aus seiner Welt schilderte.

Im Gefängnis hatte David angefangen, wie ein Verrückter zu lesen. Sein erster Shakespeare war Macbeth. Es folgten Texte von Sokrates und Heraklit, die ihn sage und schreibe dazu motivierten, sein Handeln zu verantworten und seine inneren Feinde zu besiegen, was nicht einfach war, da er in der Subkultur des Vollzugslebens auch neue kriminelle Strategien entwickelte. David war ein moderner Mann. Er lehnte tradierte Geschlechterrollen ab, Rollen, in denen Männer erhaben über allem stehen und auf Biegen und Brechen ihre Machtansprüche gegenüber Frauen verteidigen und durchsetzen. Starke, unabhängige Frauen waren für ihn keine Bedrohung, sondern eine Herausforderung, selbst besser zu werden. Er konnte offen über seinen Kummer sprechen, zeigte sich verletzlich und erkannte, dass er nicht immer stark war, in seinen Beziehungen wie überhaupt im Leben. Ihm machte die Gewalt gegen Schwarze in den USA ungeheuerlich zu schaffen, weiße Polizisten, die auf wehrlose schwarze Jugendliche schossen. Es war ein Kampf, den er seit seiner Jugend führte, und dennoch gab er die Hoffnung auf ein gutes Ende nicht auf. Überlebensstrategien, deren zentrale Funktion es war, alle tieferen Gefühle abzuschalten, halfen ihm, mit dieser Wut klarzukommen. Mit der Zeit wurde er zum Einzelgänger und sich selbst ein heimatloser Fremder, je länger er in unheilvolle Sachen verstrickt war und durch sie seine Lebensenergie verlor.

„Im Knast ist man auf sich selbst zurückgeworfen", schrieb David in einem seiner Briefe, und dass man in so einem Umfeld mit sich selbst klarkommen, Emotionen zurückhalten und innere Dunkelheit aushalten müsse. In einer derart miesen Atmosphäre, in der man niemals wissen könne, wer wie überleben würde, dürfe man sich nicht unterkriegen lassen. Täglich würde er deshalb um Kleinigkeiten kämpfen, um Bücher, Briefpapier, Bleistifte. Ständig sei man mit irgendetwas beschäftigt, was gut sei, weil man sonst kaputtgehen würde und sich selbst unerträglich werden könne. „Das Gute daran", äußerte er sich einmal im Besuchsraum des Gefängnisses: „Mir wird hier drinnen nie langweilig." Zu den allerschlimmsten Dingen im Gefängnis würde die Verengung des Verstandes und die Abwesenheit des Herzens gehören, erfuhr Giulia ein anderes Mal. Und wenn das geschieht, wäre die Lage ausweglos. Zellengenossen würden dann durchdrehen, stundenlang am Zellengitter rütteln, gegen die Tür treten und das Zellenmobiliar zertreten, nur um jemanden zu hören, mit jemandem zu sprechen, auch wenn sie wüssten, dass das einen nicht weiterbringen und Disziplinarmaßnahmen folgen würden. „Hier drinnen sind sinnvolle Aufgaben und Kontakte zur Außenwelt überlebenswichtig", betonte er oft. Bücher würden seinen Horizont erweitern, ihn in eine andere Welt versetzen und reisen lassen, auch wenn er hinter Gittern festsitzen würde. „Und Schreiben, ja, das hält mich lebendig, draußen wie drinnen, weil ich Standpunkte formulieren, Beziehungen aufbauen, Gedanken reflektieren, mich am Leben beteiligen kann. Im Knast lernt man das Alleinsein", sagte er, als sie ihn in Buffalo besuchte und führte näher aus: „Man wird zum Ultra-Einzelgänger, der überall und ständig generelles Misstrauen anmeldet. Im Gefängnis habe ich lernen müssen, mich von anderen Menschen, Meinungen, Einstellungen unabhängig zu machen – so gut das ging. Wenn man dann wieder draußen ist, steht einem genau das im Weg. Weil man sich draußen auf andere Menschen einlassen und sich anpassen muss. Deshalb habe ich an den Anti-Gewalt-Trainings teilgenommen, weil ich dort Leute von draußen traf, Leute wie dich, obwohl das nicht so einfach war. Nach Jahren im Knast kommen einem die Probleme draußen ziemlich banal vor und man wird von anderen schnell als arrogant eingestuft. Deshalb lasse ich mir nicht mehr so einfach in die Karten schauen, lebe in meiner eigenen Welt und halte meine Gefühle zurück, hoffe, dass ich mir ein weiteres Unglück erspare. Doch, wie du siehst, bin ich immer noch da und neugierig auf das Leben."

In amerikanischen Gefängnissen kann man leicht versauern, wenn man draußen keine verlässlichen Bezugspersonen hat, in der sogenannten normalen Welt. Eheschließungen gehören zum Überlebens-Repertoire unter den Gefangenen, da sie, sobald sie wieder einsitzen, kaum noch über funktionierende familiäre Kontakte verfügen. Davids Familienbande sahen zu der Zeit so aus: Seine Mutter war tot, der Vater unauffindbar, zur einzigen Schwester hatte er keinen Kontakt, seine geliebte Großmutter war alt und gebrechlich. Seine Exfrau hatte ihm jeglichen Umgang mit dem Sohn verboten. Mit dem Schreiben schlug er sich reihenweise die Nächte um die Ohren. Er schrieb über Entbehrungen, die er hinnehmen musste. Über Vorhaben, die er realisieren wollte. Über Ängste, die er bewältigen musste. Seine Briefe standen den Brieflängen von Kafka in nichts nach. Giulia fischte oft zwanzig, dreißig Seiten lange Briefe aus ihrem Briefkasten heraus, in einer Zeit, in der kaum noch ein Mensch zu Stift und Papier griff. Inzwischen füllten seine Briefe einen ganzen Ordner, der in einem von ihren Regalen stand. In Freiheit dauerte es nie lange, bis David wieder zu Drogen griff. „Heroin ist ein Float-Download für die Seele", sagte er bei einem Besuch von Giulia, und dass der, der auf dem stillen Meer der Droge treibt, weder Schmerz noch Reue oder Schuld, Schwermut oder Verlangen verspüren würde. Heroin sei die ewige und vollkommene Leere, in der nichts mehr stattfinden und das Vergessen alle Wunden heilen würde.

Giulia lag viel an dieser Freundschaft, in der sich ein festes Band des Angenommenseins entwickelte, ohne selbst in Frage gestellt zu werden, ohne sich zu fragen: Habe ich etwas Falsches gesagt oder getan? Und ohne den Druck, sich in regelmäßigen Abständen sehen zu müssen. In Davids Gegenwart konnte sie so sein, wie sie war, und sich frei bewegen. Es gab keinen sexuellen Stress, weil sie keinen Sex miteinander hatten. Sex war also kein Thema zwischen ihnen. Vielleicht auch deswegen, weil es David nicht an Gelegenheiten mangelte. Denn sobald der Womanizer wieder auf dem erotischen Markt verfügbar war, liefen ihm die Frauen wie läufige Hündinnen hinterher. Diesem Umstand war es auch zu verdanken, dass sie mit ihm offen und direkt über ihre Liebschaften reden und seinen männlichen Rat einholen konnte.

David zog ziemlich viel um, von Rochester nach Buffalo und New York City und zurück nach Buffalo, wenn er gerade mal wieder aus dem Gefängnis entlassen war. Auch draußen besuchte sie ihn, häufig in Buffalo, wo sie das Leben in den schwarzen Vierteln von US-Städten kennenlernen konnte, in denen Schwarze unter Schwarzen lebten. Obwohl sie als Europäerin gewissermaßen aus dem Schussfeld war, weil sie von den Bewohnern nicht direkt dem weißen amerikanischen Feindbild zugeschrieben wurde, vermied sie unnötige Fahrten mit dem Auto, auch weil man nie wusste, wer einem vor die Motorhaube laufen konnte, da die Jugendlichen rasend schnell die Straßenseiten wechselten, ohne nach links und rechts zu schauen. „Die haben keinen Bock aufs Leben", kommentierte David diesen jugendlichen Leichtsinn und bat Giulia inständig darum, nach Einbruch der Dunkelheit weder einzukaufen noch im Viertel herumzufahren und anzuhalten. Es sei zu gefährlich, gerade für eine Ausländerin. Und er verdeutlichte, dass Sicherheitskräfte zwar eine große Präsenz auf den Straßen zeigen würden, die Polizei sich bürgernah und gesprächsbereit geben würde, es an der angespannten Lage auf den Straßen aber nicht viel änderte. Giulia dagegen liebte das lebendige, vielseitige Treiben in den schwarzen Vierteln von Buffalo. Sie fühlte sich sicher und hatte nicht das Gefühl, irgendetwas mit dem gefährlichen Leben auf den Straßen zu tun zu haben.

David stand sehr früh auf und fuhr mit dem Fahrrad zur Arbeit in das Jugendzentrum, das unweit von seiner Wohnung lag und in dem er als Sozialarbeiter tätig war. Für gewöhnlich kaufte Giulia ein, räumte die Wohnung auf, bügelte, kochte, nicht weil er das von ihr erwartete, sondern weil sie das tun wollte, in der kurzen Zeit ihres Aufenthaltes. Obendrein verbrachte sie Zeit mit seinen Nachbarn und Kollegen, traf sich mit ihnen im Park, auf der Straße, auf Kunstmärkten, in Cafés. Jeden Tag freute sie sich auf Davids Rückkehr, da es immer viel zu erzählen gab und es nichts gab, worüber sie nicht redeten. Dabei lachten sie viel, waren ernst, traurig, wütend – je nachdem, was gerade dran war und womit es gerade Stress gab, wie zum Beispiel mit der monatlichen Mietzahlung, den fehlenden Lebensmitteln im

Kühlschrank, manchen Arbeitskollegen oder den Erwartungen seiner Freundin. In einer ausgelassenen Gesprächsatmosphäre erlebten sie zahllose kurzweilige Momente des freundschaftlichen Umgangs miteinander.

Eines Abends verspätete sich Giulia. Sie hatte sich im Viertel verfahren. Und als sie endlich ihren Truck am Straßenrand in der schlecht beleuchteten Seitenstraße parkte, in der David wohnte, war es schon dunkel. Sie stieg aus, legte wenige Schritte zu dem dreigeschossigen Gebäude zurück, das direkt neben einem verlassenen Fabrikgelände errichtet war. Ihr Freund bewohnte ein geräumiges, aber renovierungsbedürftiges Apartment in einer Stadt, die schon lange eine Heimat der Afroamerikaner war und in der sie sich in ihren alternden Vierteln tagein, tagaus abrackern mussten, mehrere Jobs brauchten, um ihren Lebensunterhalt zu bestreiten. David stand vor der Haustür, stürmte sofort auf sie zu, als er ihre Silhouette im Dunkeln erkennen konnte. Er war aufgebracht und sagte anklagend, sie müsse doch wissen, dass das keine gute Idee sei, im Dunkeln herumzufahren. Müde und leicht aufgeregt erklärte ihm Giulia die Umstände, worauf er vollends ausrastete: „Wie kannst du nur Jugendliche, die auf den Straßen herumlungern, nach dem Weg fragen, sie dann noch ins Auto einsteigen lassen und mit ihnen in der Gegend herumfahren?" David schäumte vor Wut, was sie mächtig irritierte, denn so hatte sie ihn noch nicht erlebt. „Jetzt beruhige dich erst mal. Ich musste den Truck für den Wocheneinkauf nehmen", sagte sie darauf und versuchte, selber ruhig zu bleiben: „Man muss nicht gleich mit dem Schlimmsten rechnen. Überhaupt hatte ich bei der Aktion ein gutes Gefühl. Die Jungs, die ich nach dem Weg fragte, wollten ebenfalls nach Hause. Sie waren freundlich und bedrängten mich nicht." Giulia brauchte Kraft, um sich den Worten und Gesten von David zu widersetzen. „Schon klar, aber hast du auch nur die leiseste Vorstellung davon, wie es mir dabei erging?", sagte er immer noch wütend und legte seinen Arm um ihre Schulter. „Ehrlich, du bist so was von naiv. Lässt dich auf ein ziemlich schräges Abenteuer ein." David nahm ihr die Einkaufstüten ab, was sie ihm mit einem Lächeln dankte. Dann stiegen sie schweigend hintereinander die Treppe zu seinem Apartment im ersten Stock hinauf. Giulia ging die Intuitionstheorie von Gavin de Becker durch den Kopf. Vor ihrem Trip nach Buffalo hatte sie an seinem Seminar über die Vorhersehbarkeit von Gewalt an der Universität von Los Angeles teilgenommen. Sie lächelte im Stillen darüber, weil es David war, der genau diese Ansätze in seiner sozialarbeiterischen Praxis für guthieß.

„Warum lächelst du?", fragte David, während er die Wohnungstür mit einer Hand aufschloss: „Überhaupt, woran denkst du gerade?"

„An die Intuitionstheorie von Gavin de Becker."

„Aha! Erwischt." David verstand ihren Hinweis sofort, ging in die Küche und stellte die Einkäufe auf der Küchenzeile ab. Und als sich Giulia zu ihm in die Küche gesellte, sagte er: „Nicht nur mit Intuition kann man vermeintlich gefährliche Situationen präventiv einschätzen. Es ist auch deine aufrichtige und unschuldige Naivität, die ergreifend wirken kann und keine schlechte Stimmung aufkommen lässt."

„Soso", lächelte Giulia und half ihm beim Auspacken und Verräumen der Lebensmittel.

„Verhungern müssen wir nicht, wenn du in Buffalo bist", äußerte er scherzhaft und wollte wissen, was es gleich zum Abendessen geben würde und wobei er ihr helfen konnte. Daraufhin nahm er ihr den Putzlappen aus der Hand und wischte damit den Küchentisch ab. Die Stimmung zwischen den beiden hatte sich merklich verbessert. „Spinat-Gnocchi mit Champignons und Käse, einen toskanischen Bohnensalat mit Farro und Olivenöl. Zum Nachtisch eine Überraschung." Giulia reichte ihm ein Schneidebrett und ein Messer. „Du kannst die Bohnen und den Fenchel waschen und putzen, die Zwiebeln abziehen, fein würfeln, Spinat ausdrücken und hacken und mir Gesellschaft leisten." Giulia legte das Gemüse auf eine Schneideplatte, goss Wasser in einen Topf, stellte Weingläser auf das Serviertablett und legte das Besteck dazu. Sie liebte die italienische Küche, da sie den Magen und Kopf frei hielt, egal zu welcher Stunde.

„Sind Gefühle mit dem Verstand ausschaltbar?", fragte David, als er begann, die Zwiebeln zu zerhacken. „Wie du gemerkt hast, gelingt es mir nicht immer." Dann lachte er laut und dicke Tränen liefen ihm die Wangen hinunter.

„Men don't cry", scherzte Giulia und knetete mit einer Hand auf der bemehlten Arbeitsplatte den Teig für die Gnocchi, mit der anderen reichte sie ihm ein Papiertaschentuch.

David hörte kurz mit der Schnippelei auf, wischte sich die Tränen aus dem Gesicht und kam ins Reden. „Im Knast war ich zweimal verheiratet. Weniger aus Liebe als aus Gier nach Sex mit irgendeiner Frau in einem Trailer. Wie du weißt, stehen verheirateten Gefangenen regelmäßig Trailer-Visits mit ihren Angetrauten zu. Zudem brauchte ich eine Person, die mich mit Care-Paketen versorgte und draußen Behördengänge für mich erledigte." David wirkte plötzlich deprimiert. „Ich weine jetzt nicht wegen der Zwiebel, Giulia, sondern weil ich sehr, sehr dankbar bin für unsere Freundschaft."

Am liebsten hätte sie ihn jetzt gedrückt. Aber sie musste den Topf mit dem siedenden Salzwasser vom Herd nehmen, bevor dieser überkochte.

„Deine Freundschaft bedeutet mir viel, Giulia, glaub mir, ich werde dich niemals in eine schwächere Position zu mir bringen." David war es gewohnt, Menschen zu führen und zu animieren. Er war es gewohnt, in der ersten Reihe zu stehen, mit Ablehnung und Widerstand umzugehen. In diesem Moment ging es ihm jedoch um mehr, um viel mehr. Es ging ihm um eine Freundschaft zwischen Mann und Frau, in der humane Liebe wirken und sich entfalten konnte. Und alles, was er in diesem Augenblick zu ihr sagte, war ehrlich und ohne jeglichen Hintergedanken. „Solange ich Begeisterung in deinen Augen sehe, wenn ich dich anschaue, bin ich glücklich", sagte er und schnippelte etwas verlegen weiter das Gemüse.

Giulia hantierte mit der Pfanne und dachte über das nach, was David gerade gesagt hatte. Als Freunde waren sie eng zusammengewachsen, und die räumliche Trennung dieser Freundschaft erlebten sie wie einen eisigen Sturm, der ihnen ins Gesicht blies, sobald sie getrennt waren und jeder wieder auf seinem Kontinent, in seinem Land lebte.

„Zeig mir jemanden, der Sex und Versorgung bei der Eheschließung nicht einkalkuliert", sagte Giulia. Sie versuchte, sich von dem eben Gesagten abzulenken, und sprach weiter: „Und überhaupt, David, was meintest du damit, dass du mich nicht in eine schwächere Position zu dir bringen würdest? Ist das bloßes Gangboss-Gehabe? So eine Aussage passt überhaupt nicht zu dir. Dahinter stecken doch nur veraltete Männlichkeitsmodelle. Sicherlich würdest du keine Frau, wenn du sie gevögelt hast, nach unten weiterreichen und vor deinen Kumpels prahlen, wie schnell du dieses dumme Flittchen herumgebracht hast. Nein, auf dieser niedrigsten aller Stufen bewegst du dich nicht. Du hast das nicht nötig."

David sagte darauf kein Wort. Er dachte wohl darüber nach und fing an, Teller und Besteck aus dem Schrank zu holen und den Tisch im Wohnzimmer zu decken.

Giulia erhitzte derweil die Pfanne, gab die Pilze hinein und konzentrierte sich auf die Zubereitung der Hauptspeise. Sie vermengte den gekochten Farro in einer großen Schüssel mit den Bohnen, Zwiebeln und dem Fenchel, gab die Vinaigrette darüber und schmeckte den Salat mit Salz und Pfeffer ab, während sie drauflos plauderte: „In der romantischen Liebe bin ich so gut wie immer gescheitert. Ich habe nicht nur Gutes erlebt. Vielleicht, weil ich über die Stränge schlagen konnte, Risiken in der Liebe einging und mir einfach die Falschen ausgesucht habe. Manch ein Partner verzweifelte auch an mir und meinem Freiheitswahn, das muss ich mir ehrlicherweise eingestehen."

David hatte inzwischen den Tisch im Wohnzimmer gedeckt und war gerade dabei, den Bohnensalat in zwei kleine Schüsselchen zu verteilen. „Meine romantischen Gefühle haben sich nicht als zuverlässig für eine nachhaltige Partnerschaft erwiesen. Wieso auch? Was die Liebe für einen bereithält, wird man sowieso erst nach und nach erfahren, ganz zu schweigen von den vielen Täuschungen und Enttäuschungen. Ein Partner kann anfangs vollkommen erscheinen und morgen wie ein Jammerlappen daher-

kommen, sich unflexibel und humorlos zeigen. Ich finde, dass man in der Liebe viel häufiger über die Stränge schlagen sollte. Ich meine: Neues ausprobieren, scheitern und wieder anfangen, mit demselben oder einem anderen Partner. Vielleicht sollten wir im Scheitern nach dem Gelingen suchen."
David saß bereits am gedeckten Tisch und zupfte an seiner Serviette herum. Er konnte es kaum noch abwarten, bis er die Gnocchi, die Giulia auf einer grünen Platte servierte, auf seiner Zunge zergehen lassen konnte. Der Duft und der Anblick der Speisen waren für ihn offenbar so erfreulich, dass er darüber völlig vergaß, auf ihre Ausführungen einzugehen. David war stark, klug, männlich, tiefgründig, konzentriert, sexy. Trotzdem war er in der Liebe gescheitert, einmal, zweimal, mehrmals. Er war kämpferisch, eitel, zu eitel vielleicht, keinesfalls beziehungsunfähig. „Wenn eine Beziehung wieder in die Brüche ging", sagte er distanziert, mit einer irgendwie abwesenden Miene, als würde er jetzt sein Scheitern hinterfragen: „Dann kam mir das vor wie ein unüberwindbarer Graben zwischen dem Realen und dem Fiktiven."

Giulia war sichtlich beeindruckt, wie er das auszudrücken vermochte. Nachdenklich fasste sie sich ans Kinn, nickte zustimmend und schaute ihn konzentriert an.

„Wenn da nur nicht diese elenden Fragen wären", seufzte David und sagte lange Zeit nichts, saß schweigend vor seinem leeren Teller, holte sich Nachschlag und sagte endlich, während er Giulia direkt ansah: „Fragen wie: Was hätte sein können, wenn ich mich damals anders entschieden hätte, den Brief doch abgeschickt oder mich gemeldet hätte oder einfach geduldiger gewesen wäre, und ich noch einmal darüber geschlafen hätte? Verliebtheit ist wie eine Droge, die nach Lust und Leidenschaft verlangt, und jede Menge Enttäuschungen mit sich bringt, Verbitterung verursacht. Das Nachdenken über meine Träume, über Vergangenes und Zukünftiges in meinen Beziehungen, machte mich zeitweise ganz schön fertig. Und ich frage mich: Wäre ich heute glücklicher, verliebter, wenn sich meine Wünsche und Vorstellungen in der Liebe erfüllt hätten, wenn ich mehr dazu beigetragen hätte? Was wäre dann? Wäre ich heute ein anderer?" Er war sehr nachdenklich geworden, als er das sagte, spießte sich daraufhin mehrere Gnocchi mit seiner Gabel auf und stopfte sie in den Mund.

„Wenn schon keine anständige Beziehung, dann wenigstens ein himmlisches Essen", lächelte ihn Giulia an, die ihn aufzuheitern versuchte. David philosophierte gerne über Gott und die Welt, sprach oft über sich und sein Leben, dachte darüber nach, wofür und wozu er lebte. Und trocken sagte er noch, dass man nicht bestimmen könne, wie sich eine Liebe entwickeln würde. Giulia wusste nicht recht, was sie darauf antworten sollte, aß stattdessen in aller Ruhe die letzten Gnocchi auf ihrem Teller auf, obwohl sie keinen großen Hunger mehr verspürte. Sie ergriff Davids Hand und erwiderte: „Ich meine, nun ja, den Verlauf einer Liebe können wir nicht bestimmen, aber unser Verstand kann doch lernen, etwas Sinnvolles daraus zu machen, aus der Liebe und dem Leben. Nicht?"

David war ganz Ohr und unterbrach sie nicht, um ja nur keine Silbe zu verpassen, als sie anfing darüber zu erzählen, wie es bei ihr war und wie sich das Scheitern anfühlte: „Am Anfang einer Liebe stand ich immer vor einem leeren Blatt. Doch sobald drei Linien darauf gezeichnet waren, malte ich mir mein künftiges Liebesleben in allen Facetten aus. Mit a) der großen Liebe, b) dem wahren Glück, c) nie endender Sehnsucht, Leidenschaft, Begehren. Nicht darin vorkamen: a) Langeweile, b) Ekel und Unlust, c) gebrochene Versprechen, d) Liebeskummer, e) Scheitern. Irgendwann habe ich schließlich erkannt, dass man selbst darüber entscheidet, was man wie lange und wie oft in eine Beziehung einbringen will. Und ich habe erkannt, dass andere das übernehmen, wenn man das nicht selbst tut."

„Spricht da jetzt eine Liebes-Expertin?", fragte David anerkennend.

„Auf keinen Fall", antwortete Giulia, fuhr sich über das erhitzte Gesicht und strich sich ein paar Haarsträhnen hinters Ohr. Danach ging sie in die Küche und machte den Nachtisch fertig. David stand auf, ging zum Fenster und spähte hinunter auf die Straße, während Giulia in der Küche hantierte. „Voilà, hier kommt der Nachtisch: gebratene Ananas mit Ricottacreme. Die Mandeln müssen abkühlen." Voller Vorfreude stellte sie die Creme auf den Tisch, trat neben ihn und legte ihm die Hand auf den Rücken. Bin ich glücklich?, fragte sie sich insgeheim und merkte, dass sie schon lange nicht mehr darüber nachgedacht hatte. Warum auch? Sie war es ja: Sie lebte ihr Leben, hatte jede Menge Freunde, verstellte sich für niemanden. Und definitiv war sie momentan nicht auf der Suche nach einer Romanze. Weil sie erfahren hatte, dass die Liebe ihren eigenen Rhythmus und Zeitplan hat und sich nichts vorwegnehmen lässt. Sollte man sie dennoch verpassen, wenn sie für einen bereit ist, ist das zwar tragisch, aber es bringt einen nicht um. „Ja", antwortete sie leise, „ich lebe, fühle, und ich liebe David, auf eine tief platonische Weise."

Die mit ihm verbrachte Zeit in dem kleinen Apartment in Buffalo war für sie eine einzige Bereicherung und eine Erinnerung an unvergessliche Momente. David war erst Mitte zwanzig, und er sprühte vor Lebensenergie, hatte eine spirituelle Ader und schien in seinem neuen Leben draußen angekommen zu sein. Zwischen ihnen gab es weder Eifersucht noch eine langanhaltende Missstimmung. Frankl beschrieb Eifersucht als eine Art erotischen Materialismus, weil man den Partner wie eine Ware betrachten würde. In einer echten Liebesbeziehung gäbe es für Eifersucht keinen Platz, die sich im schlimmsten Fall noch auf die Vergangenheit des Partners beziehen könne. Treue wäre zwar eine Aufgabe in der Liebe, eine Aufgabe für den Liebenden und keine Forderung an den Partner, da dieser darauf in Proteststellung gehen würde. Ganz sei der Mensch nur dort, wo er in einer Sache aufgehen oder wo er sich an eine andere Person hingeben und sich dadurch in eine Position bringen würde, wo er sich selbst übersieht und vergisst. Freundschaft, von der nicht wenige behaupten, sie sei das Fundament, das Band und der Anker für eine funktionierende Paarbeziehung, sei fürsorglicher und toleranter im Umgang mit den Gefühlen und Emotionen von anderen. In einer idealen Freundschaft gebe es kein Kosten-Nutzen-Denken, keine Leistung und keinen Stress, dem Liebespaare zwangsläufig ausgesetzt seien, wodurch sie in Druck geraten können. Auch würde sich die Frage nach Dank und Undank in einer Freundschaft nicht stellen, weil Freunde auf Gegenliebe in einem wohlwollenden Beziehungsklima stoßen würden, wenn man sich mit den Grundhaltungen und Denkweisen des anderen auseinandersetzen würde.

Frankls Standpunkte waren ein Quell der Inspiration für Giulia, obschon auch dieses Ideal von Freundschaft, über das er in seinen Vorträgen sprach, die sie sich im Viktor-Frankl-Zentrum in Wien von Zeit zu Zeit anhörte, dem Undank zum Opfer fallen konnte, der irgendwann in jede Beziehung Einzug hielt. Zweifellos gehören tiefe Freundschaften zu den großen Kraftquellen im Leistungsgefüge unserer Zeit. Aber wie alles andere sind auch sie einem Wandel unterworfen. Denn im Gegensatz zu früher, wo sich Freunde über viele Jahre hinweg regelmäßig zum Kartenspielen, Kegeln und zum Essen trafen und sich persönlich austauschten, ersetzten heute weltweit zusammengewürfelte Fernfreundschaften langsam die klassischen Formen.

Was machte die Freundschaft zu David so einzigartig, so besonders? War es, weil er offen und selbstbewusst mit dem Scheitern umging, zu offen, zu radikal, so dass es ihr nicht erspart blieb, mitansehen zu müssen, wie er sich auf der Toilette Heroin spritzte?, fragte sie sich oft genug.

„Wenn ich auf Heroin bin, schwebt meine Seele in eine andere Welt. Ich empfinde nichts. Es ist wie ein ewiger Schlaf, der mich ins Vergessen geleitet. Mich stört dann kein Atemzug, kein Gedanke", sagte er mit einem leisen, bitteren Lächeln, wenn sie ihn darauf ansprach, auch wenn ihr bewusst war, dass sie ihn in diesem Zustand nicht mehr erreichen konnte, sie mit ihrer Angst allein war – der Angst, ihn auf diese Weise eines Tages zu verlieren. Drogen sind allgegenwärtig in modernen Leistungsgesellschaften. Davor kann kein Mensch die Augen verschließen. Und Drogen kennen kein Alter und keine Schicht. Vom Drogenkonsum sind heute mehr Menschen denn je betroffen: Popstars, Fernsehstars, Filmstars, Politiker, Arme und Reiche, Alte und Junge. David wusste nur allzu gut, dass jeder Rückfall den Ausstieg erschweren würde. Unermüdlich kämpfte er gegen diesen Teufelskreis an, erzählte darüber in seinen Vorträgen. Vor Jugendlichen im Jugendzentrum sagte er: „Ich nehme seit fünfzehn Jahren Drogen und war in eurem Alter, als ich mit dem Kiffen angefangen habe. Zuerst beschränkte sich mein Konsum aufs Wochenende. Doch schon bald nahm ich jeden Tag Drogen und habe alle Tricks versucht, um das maximale Glückserlebnis herauszuholen. Es war der falsche Weg. Weil ich heute weiß, wohin Drogen führen: 1. Ins Gefängnis. 2. In die Psychiatrie. 3. In den Tod. Alle drei Möglichkeiten habe ich erfahren. Dass ich heute noch lebe, verdanke ich Ärzten, die mich mit einer Schocktherapie zurückholten und mir mitteilten, dass das kein zweites Mal so gut ausgehen würde." David kämpfte mit den Tränen, als er das vor seinen jungen Zuhörern offen aussprach und über seine außerkörperliche Erfahrung berichtete: „Ich bin durch ein tiefes Tal gegangen, bis ich vor einer Talenge stand und den Eindruck hatte, dass hier die Welt zu Ende sei. Darauf bin ich umgekehrt und im OP-Saal umringt von Weißkitteln wieder aufgewacht."

Mit solchen Erfahrungen war er nicht allein. C. G. Jung machte 1944 während eines Herzinfarkts eine außerkörperliche Erfahrung. Später schilderte er, dass er die Erde aus großer Entfernung wahrgenommen hätte. Aus der Nahtodforschung ist bekannt, dass Patienten während eines Herzstillstands ein erweitertes, zuvor nicht gekanntes klares Bewusstsein erfahren können und dass sie eine Grenze sehen, einen dichten Nebel, eine Mauer, ein Tal, einen Fluss, eine Brücke, eine Pforte, im Wissen, dass sie, wenn sie diese Grenze überschreiten, nicht zurückkehren würden.

In den Vorträgen betonte David, dass er nach seinem Nahtoderlebnis jegliche Angst vor dem eigenen Tod verloren hätte, er nicht mehr religiös sei und an Gott auch ohne Religion glauben würde. An die Jugendlichen appellierte er: „Hey, wenn euch nichts Besseres einfällt, als Drogen zu nehmen und die Gesetze zu brechen, und das alles ist, was euch interessiert, dann sucht wenigstens die Hilfe eines positiv eingestellten Menschen und sucht mit ihm nach konstruktiven Lösungen für eure Konflikte. Merkt euch: Mit ein paar guten Entscheidungen könnt ihr euer Leben ändern. Doch die müsst ihr selber treffen, ganz alleine. Erinnert euch deshalb jeden Tag daran, dass ihr wertvolle Menschen seid, die ein gutes und glückliches Leben verdient haben."

Man hätte eine Stecknadel fallen hören können, als David seine bewegende Lebensgeschichte vor dem jungen Publikum ausbreitete, ehrlich und authentisch, so wie es ein Mensch nur sein konnte, der durch tiefe Täler gewandert war.

„Und wie geht es dir dabei, wenn du über dich sprichst?", fragte ihn damals Giulia, worauf er ratlos und verzweifelt den Kopf schüttelte:

„Mir wird meine eigene Geschichte immer unheimlicher. Und ich weiß nicht, wie oft ich sie noch erzählen kann. Weil ich danach leer bin, unendlich leer, nichts mehr fühle. Weil ich meinen Schmerz und meine Wut nicht hinter mir lassen, nicht vergessen kann."

Giulia hatte sich viel von seinem Vertrauen verdient, das offenbarte sich ihr stets in solchen Momenten. Aber sie spürte auch, wie hilflos sie war, ihm etwas Versöhnliches zu sagen, etwas, an dem er sich festhalten konnte, was ihm half, sein Leben auszuhalten, es in Balance zu halten. Nachdenklich sagte sie weiter: „Vielleicht ist es das Wichtigste, dass man sich selbst nicht zu einer Enttäuschung wird und dass man später, wenn man zurückblickt, die ein oder andere Lebensepisode noch einmal richtig genießen kann." Sie merkte dabei, wie Zweifel hochkamen. Zweifel daran, dass sich tiefe Enttäuschungen und Verletzungen nicht einfach wegreden ließen und es viel Zeit und Energie kostete, aus Talsohlen herauszukommen und neue Hoffnung zu schöpfen. David war sich selbst schon längst die größte Enttäuschung. Daran ließ er keinen Zweifel aufkommen.

Jeder Mensch muss seine Lebenslaufgestaltung selbst in die Hand nehmen, gestalten und verantworten. Entscheidungen sind oft nicht rückgängig zu machen, und Aufgaben, die sich einem persönlich stellen, können nicht an andere Personen delegiert werden. Schon gar nicht, wenn man die Glücksphilosophie der Stoiker in Betracht zieht, nach der man das Glück nur in den Dingen suchen kann, die in der eigenen Macht stehen, weil alles andere ins Unglück führt. Giulia verstand das so: Wenn man sich Talente und Kompetenzen zuschreibt, die man nun nicht hat, beispielsweise das Talent zu einem großen Maler oder einer berühmten Musikerin, dann wird man unglücklich, weil man sich mit etwas beschäftigt und begehrt, das unweigerlich Frustrationen, Stress und Ängste hervorbringen wird. Erfüllend dagegen ist, das richtige Metier, die richtigen Sinn-Aufgaben zu finden und sich ihnen von ganzem Herzen zu widmen. Dann hat man Macht über sein Innenleben: über Einstellungen, Haltungen, über das Tun. Die stoische Philosophie verlangt kein asketisches Leben, sondern ermuntert im Gegensatz dazu, sich den schönen und lustvollen Dingen zuzuwenden, von ganzem Herzen, wie es Seneca tat, der sich seiner inneren Freiheit und Unabhängigkeit bei allem Tun bewusst war, da nur die innere Freiheit stark machen würde, stark genug, um sich von Lebensbrüchen und Zwischentiefs zu erholen und sich nach persönlichen Verlusten nicht unterkriegen zu lassen. Das bekannte Nietzsche-Zitat „Was mich nicht umbringt, macht mich stärker" enthält ergänzend dazu eine grundlegende Weisheit, nämlich dass sich das innere Wachstum nach Krisen wieder einstellt, wenn der Blick auf das Positive gerichtet wird, man Lösungsalternativen hat, die nicht auf Defizite und Defizitäres gerichtet sind. Er verlieh dieser Einstellung in seinem Nachtwandlerlied Ausdruck: „Oh Mensch! Gib Acht! Was spricht die tiefe Mitternacht? Ich schlief – Ich schlief. Aus tiefem Traum bin ich erwacht: Die Welt ist tief. Und tiefer als der Tag gedacht. Tief ist ihr Weh – Lust – tiefer noch als Herzeleid – Weh spricht: Vergeh! Doch alle Lust will Ewigkeit – will tiefe, tiefe Ewigkeit!" Das Verzweiflungslied schrieb Nitzsche in einer Phase tiefer seelischer Finsternis. Das Gedicht ist schwere Kost, und doch richtet sich sein Blick auf das Positive. Nietzsche, der selbst durch Krankheiten und Depressionen gezeichnet war, konnte sich immer wieder zum Leben und zur Hoffnung durchringen.

Laura, die sich intensiv mit Nietzsche beschäftigte, vielleicht, weil sie wie er mit psychischen Problemen zu kämpfen hatte und deshalb wusste, was für ein Kraftakt es war, sich aus innerer Finsternis zu befreien, hielt es für eine seiner größten persönlichen Stärken, dass er nach seinen Tiefpunkten den Blick wieder auf das Positive und nach vorne hatte richten können. „Andere Menschen schauen weg", sagte sie, „verdrängen, vertuschen, verleugnen Probleme, gehen innerlich und äußerlich zugrunde, was Nietzsche zwar auch passierte, aber er hat lange, sehr lange gegen seinen seelischen Schmerz angekämpft."

So wie meine Mutter, dachte Giulia einmal während einer gemütlichen Fernsehstunde auf ihrem erst kürzlich gekauften Sofa, das sich nach Lust und Laune umstellen ließ: von einer Liegewiese zum Relaxer, vom geselligen Mittelpunkt zur Abtauchstation nach einem langen Tag. Sie hatte einen langen Kampf mit ihren Depressionen geführt, was Giulia im Laufe ihrer Kindheit und Jugend erfahren hatte, weil sie für ihre Mutter auch die beste Freundin, Vertraute und Beraterin war. Sie hatte erfahren, dass Menschen an Leid wachsen, neue Hoffnung schöpfen und Lebensenergie zurückgewinnen können. Aber sie hat auch hautnah miterlebt, dass der Endpunkt der Kraft, die keinem Menschen unbegrenzt zur Verfügung steht, schnell erreicht sein kann. Und dass Suizid ein Ausweg sein kann, eine Erlösung und Befreiung.

All die Momente, die sie mit David erlebt hatte und die nur ihnen gehörten, hatten sich binnen weniger Minuten in der Regionalbahn in ihrem Gehirn versammelt. All die Dinge, Bilder, lebendige Erinnerungen, die sie hinter sich gelassen, aber nicht losgelassen hatte, da sie schön und stimmig waren, waren jetzt wieder zurück. Und sie wollte ein Stück von dieser Vergangenheit zurückhaben. Mittlerweile hatte sie es aufgegeben, nach David zu suchen und seine Freunde zu kontaktieren. Er blieb unauffindbar, und wer wusste schon, ob er überhaupt noch lebte.

In seinem letzten Brief hatte er mächtig über die Polizei geschimpft und vehement die Ungerechtigkeit und den fehlenden Respekt gegenüber der schwarzen Bevölkerung in den USA beklagt. Wortwörtlich hatte er geschrieben: „Dass Polizisten bestimmen können, wo meine Meinungsfreiheit anfängt und aufhört, ist unerträglich. Es wird zunehmend schwieriger, eigenständig zu denken. Weil man immerzu mit Ängsten und Daseinsdramen konfrontiert ist, die zu nichts führen, außer dazu, dass ich ein schlechtes Gewissen bekomme und unter Schuldgefühlen leide, was mich runterzieht. Die neue Anklage ist unhaltbar. Es sind frei erfundene Anschuldigungen. Weder kann ich nachdenken, noch Pläne schmieden. Und weiß nicht, wie ich aus dem Dilemma herauskommen soll."

David war ein Autodidakt. Im Laufe seines Lebens hatte er eine große persönliche Stärke entfaltet und enorme Anstrengungen unternommen, aus seinem Leben etwas Anständiges zu machen und in einen inneren Frieden zu kommen. Doch die Konflikte mit der Polizei, die Drogensucht und die zahlreichen Rückfälle hatten ihm schwer zu schaffen gemacht, schwerer, als Giulia es angenommen hatte.

Unter dem letzten Foto, das er ihr über WhatsApp übermittelt hatte, stand: *I love you more*. Das Selfie hatte er aufgenommen, während er Auto gefahren war. Er sah großartig aus. Er trug eine Sonnenbrille und ein schwarzes Tanktop, das garantiert nicht von Woolworth stammte, in dem sein muskulöser Oberkörper zum Vorschein kam. Die Zeit, die sie miteinander verbracht hatten, gehörte jetzt der Vergangenheit an. Doch sie war unauslöschlich, wie die Liebe, die sie für ihn empfand, und die Seelenverwandtschaft, die sie mit ihm verband. Ihr war wehmütig ums Herz, als der Zug anhielt. Und weil sie ihre Tränen nicht zurückhalten konnte, wartete sie so lange, bis alle Fahrgäste ausgestiegen waren.

Jetzt liebte sie Alex, nur anders. Es war ein Gefühlsmix aus Leidenschaft, Süße, Zurückweisung, Enttäuschung. Enttäuschung darüber, dass er nichts von dem hatte, was David ihr gegeben hatte: tiefe Selbstreflexion, Rückhalt in der Kommunikation, Souveränität. Und weil er sich ihr verschloss, er sie nicht an seinem Leben und Leiden teilhaben ließ. Alkoholiker sind innerlich gefangen und erleben die Verengung des Verstandes und Abwesenheit des Herzens mindestens genauso stark wie Strafgefangene, überlegte sie auf dem Nachhauseweg. Und wie Strafgefangene rütteln sie an ihren inneren Zellentüren, die sich nicht öffnen lassen, bis alles zerstört ist: ihre Beziehungen und sie selbst. Liebe hat viele Facetten – Sehnsucht und Melancholie gehören dazu.

Giulia wusste, dass sie den Verlauf und die Gestaltung ihrer Liebesbeziehungen oft den Männern überließ, deshalb im Stillen litt, aber rechtzeitig genug weiterziehen konnte, wenn sie nicht mehr auszuhalten waren. Ihr Glück war, dass sie sich schnell davon erholte und sich nach einer Schlappe wieder freuen konnte, auf ein unverbrauchtes Gesicht und ein freies Herz. Um Alex wollte sie kämpfen, nicht zu früh aufgeben. Sie wollte ihm aber auch nicht den Liebesverlauf überlassen, auch wenn sie nicht recht wusste, wofür sie kämpfte und ob sie wirklich das brauchte, was er ihr anzubieten hatte.

Wochenlang hörte sie nichts von ihm. Wenn doch, dann waren es traurige Dinge, die ihn belasteten und ihm die Kraft raubten. Giulia war sich darüber bwusst, dass er mit fast schon übermenschlichen Anstrengungen versuchte, seinen Alltag und Beruf zu bewältigen, den Lebensstandard seiner Familie zu sichern, während der Karren immer weiter in den Dreck fuhr: Seine Frau trank wieder. Die jüngste Tochter war die meiste Zeit außer Haus, bei Verwandten, den Pfadfindern. Die Älteste hatte mit sich, Schulstress und einem chronischen Geldmangel zu tun. Die demenzkranke Mutter hatte vergessen, wer sie war und erkannte ihren eigenen Sohn nicht mehr. Zu allem starb noch Birdy, der Wellensittich, der bis zur Beerdigung im Ferienhaus im Gefrierfach des Kühlschranks aufbewahrt wurde. All das waren für ihn schwer zu verkraftende Niederlagen. Auch weil sein Selbstbild dem eines wilden Mannes entsprach, der entschlossen, mutig und kraftvoll ein erfolgreiches Leben meistert und mit Ehre und Stolz Lebenskrisen bewältigt. Und wie viele Männer der älteren und alten Generationen, so nahm Giulia an, hatte auch Alex das Gefühl, dass ihm viel zusteht in der Welt und er ganz selbstverständlich einen Anspruch auf Macht und Dominanz erheben kann. Dabei bedachte er wohl nicht, dass sich die Tage des Patriarchats mittlerweile herunterzählen lassen und das alte Männlichkeitsbild, bei dem automatisch davon ausgegangen wird, dass Männer Autorität besitzen, wenn sie sich in einer führenden Position befinden, aussterben wird. Heutzutage qualifizieren Stil, Haltung, Souveränität und Überzeugungen Männer für derartige Positionen.

Alex gehörte nicht zu der souveränen Gattung, wie Giulia anfänglich vermutet hatte. Sein fehlender Mut, seine Zurückweisungen und sein Schweigen entsprachen weder einer überzeugenden noch unabhängig agierenden Männlichkeit. Besonders gut konnte er schweigen, und weil er das so gut konnte, reimte sie sich unzählige Geschichten in ihrem Kopf zusammen, nur um sich ständig mit seinen Daseinsverhältnissen zu beschäftigen, ihm dadurch nahe zu sein. So nahm Giulia an, dass sich die Eheleute inzwischen mit Vorwürfen überhäuften und eine konstant miese Stimmung in der Familie vorherrschte. Auf der anderen Seite war ihr Ehrgeiz stark geworden, ihn zu einem Geständnis über seinen Alkoholkonsum zu bewegen. Ja, ich trinke und ja, ich weiß nicht weiter, diesen einfachen Satz wollte sie von ihm hören. Mehr nicht. Weil er ein Anfang für eine gelingende Paarbeziehung war. Dabei wollte sie aufrichtig und ehrlich vorgehen, ihn keinesfalls zur Umkehr zwingen, das sowieso nicht in ihrer Macht stand. Mit der Wahrheit konnte Giulia umgehen, dafür war sie stark genug. Denn so konnte sie frei werden, frei von Fantasien, Hirngespinsten, Verlustängsten. Doch Alex schwieg oder versuchte, sie mit Wutanfällen einzuschüchtern.

„Herrgott noch mal, mein Leben ist meine Sache!", hatte er sie während eines Telefonats angeschrien, als ihm die Argumente ausgegangen waren.

Giulia bohrte weiter, weil es bergab ging, mit ihm und der Beziehung, während sein Herz verschlossen blieb und er weiterhin seinen eigenen Kampf führte – einen Kampf, der ihn egoistischer und aggressiver machte und der in den wenigen wertschätzenden Gesprächen in kürzester Zeit negative Stimmung aufkommen ließ. So kam es, dass sie mit der Zeit wegen jeder Kleinigkeit aneinandergerieten. Und als Giulia ihn wegen Missachtung einmal zur Rede stellte, schrie er sie an, ob sie denn nicht in der Lage wäre, seine Mails genau zu lesen.

Sein Hang zum Vertuschen und Verdrängen unangenehmer Realitäten und seine Unfähigkeit, mit Kritik umzugehen, hingen mit seiner häuslichen Situation zusammen, dass er mit der Pflege einer alkoholkranken Frau ein Maß an Verantwortung übernehmen musste, das ihn überforderte, weshalb er selbst immer häufiger zur Flasche griff, nahm sie an. Eigentlich war das zerfleischende Gemetzel nur noch in homöopathischen Dosen zu ertragen, wenn da nicht Mitleidsgefühle, Helferimpulse, Sorgen um seine Gesundheit gewesen wären. Zu jeder Zeit hätte auch er schwer krank werden können: Leberkrebs, Herzmuskelleiden, Magengeschwüre, Depressionen, Unfall – alles war bei Alkoholmissbrauch möglich. Und was Depressionen mit einem Menschen anstellen und wie sie die gesamte Familie belasten, kannte sie zur Genüge.

Als Kind saß sie stundenlang vor dem Fenster und wartete auf ihre Mutter, weil niemand in der Familie wusste, wo sie war. Sie beobachtete dann das zuckende Licht der Straßenlaterne und wartete geduldig, bis ihre Gestalt darunter erschien. Weder war ihr klar, warum ihre Mutter so lange weg gewesen war, noch wusste sie, warum sie Angst hatte, sie zu verlieren. Giulia übernahm früh Verantwortung für ihre Mutter und war für sie da, wenn es ihr nicht gut ging. Durch diese tiefe Verbundenheit wusste sie schon am Frühstückstisch, wie es um ihren Gemütszustand bestellt war, wenn sie das angsterfüllte Gesicht sah und die bleierne Schwere fühlte, die sich darübergelegt hatte. Ihr Mitleid und Mitgefühl für sie waren groß. Zwar wollte sie ihr beistehen, doch sie konnte nichts anderes machen als zuzusehen und machtlos danebenzustehen. In guten Phasen verfasste ihre Mutter Gedichte, las unendlich viel, sang, machte Sport, betreute nebenbei kranke, alte Menschen, pflegte ihren Freundeskreis. Sie war lebenslustig, kraftvoll, inspirierend und sehr stark. Durch das Muttererlebnis hatte Giulia gelernt, auf andere Menschen einzugehen, sich einzufühlen und viel Verständnis für die Sorgen und Nöte von anderen aufzubringen. Was nicht immer gut war, denn sie fühlte sich dadurch auch ausgebremst und eingeengt.

So wie jetzt, als ihr wieder ihr vergebendes Herz im Weg stand, das auch dazu beigetragen hatte, dass sie sich mit Alex x-mal versöhnt hatte. Es war ein Mittelweg, der nichts Gutes verhieß, weil sich in den Grauzonen des Alltags ein gefährlicher Schutz von Täuschung und Lüge hatte aufbauen können, der Giulia Angst einflößte. In ihrer Not schrieb sie ihm: *Die Mauern, die wir um unsere Liebe errichtet haben, werden sie vernichten. Ich halte das nicht mehr aus.*

Alex rief sie sofort an, tat aber so, als ob nichts geschehen wäre. Er zeigte sich versöhnlich, köderte sie mit aufmunternden Worten und einem Versprechen: „Bitte gib uns nicht auf. Wir schaffen das. Ich hoffe, du bist mir nicht böse, dass ich deinen Geburtstag vergessen habe. Was machst du am kommenden Wochenende?"

„Warum?" Ihr Herz begann wild zu pochen.

„Möchte dich besuchen."

„Oh, soll ich mir wirklich das Wochenende freihalten? Den Besuch meines Sohnes aufschieben?"

„Wäre klasse. Melde mich am späteren Abend. Versprochen."

Es war ein prickelndes Gefühl, das Alex nach diesem Telefonat in ihr hinterließ. Und es war ein Spiel mit einer unbekannten Gefahr. Doch daran dachte sie in diesem Augenblick nicht. Sie war wieder bereit, sich auf ihn einzulassen und Herzenskämpfe auszufechten. Alex war die Liebe ihres Lebens, die sie nicht einfach mir nichts, dir nichts aufgeben konnte. An diesem Abend wartete Giulia vergeblich auf seinen Anruf, auch am nächsten und übernächsten Tag. Die Warterei zerriss und verunsicherte sie gleichermaßen. Was konnte sie tun? Kurz vor dem besagten Wochenende schrieb sie ein Mail:

Was ist los? Kommst du nun oder kommst du nicht?

Worauf er sich meldete und ihr mitteilte: *Hallo Giulia, in der Tat und anders als gehofft schaffe ich es an diesem Wochenende nicht,* dich zu besuchen. Hat sich erst spät ergeben. *Tut mir sehr leid. Ich erkläre dir das am Telefon.* Die Wut über seine Absage, die sie ihm hatte Abringen müssen, fraß sie buchstäblich auf. Ihr Mund war ganz ausgetrocknet und ihr Herz schlug ihr wie wild gegen die Rippen. Einen kurzen Moment zögerte sie, war sich nicht hundertprozentig sicher, ob sie gleich darauf antworten sollte. Und doch tat sie es, ohne vorher in Ruhe darüber nachzudenken. Mit zittrigen Fingern tippte sie auf die Tastatur ihres Laptops, während sie versuchte, ihre Tränen zurückzuhalten. *Auf deine Erklärung bin ich echt gespannt. Dein Verhalten ist pure Schikane. Es widert mich an.* Giulia hatte keinen Plan, wie sie mit der Situation umgehen sollte. In dieser Liebe hatte sie schon an vielen Kreuzungen gestanden und sich entscheiden müssen, in welche Richtung sie gehen sollte. Benommen vor Wut und Frustration saß sie vor dem Laptop, schloss die Augen und hoffte auf eine zündende Idee. Da diese nicht kam, griff sie nach ihrem Handy, das neben dem Laptop lag. Alex war gleich dran.

„Sag, wofür lohnt es sich, in dieser Beziehung zu kämpfen?", legte sie los, erschrocken darüber, wie laut und aggressiv ihre Stimme gerade klang.

„Ähm, bin mit dem Hund unterwegs." Alex war überrascht, zugleich wirkte er verstört und unsicher. Am anderen Ende der Leitung wurde es still. Kein Geräusch drang an ihr Ohr. Giulia war wütend. Es war eine gewaltige Wut, die sie nicht zu zügeln vermochte, vor deren Ausmaß sie sich fürchtete, einem Ausmaß von zerstörerischer Macht, die sie auf der Stelle an einem Herzinfarkt hätte sterben lassen können.

„Erklär mir, warum du nicht kommen kannst." Giulia stand auf, klemmte ihr Handy zwischen Kopf und Schulter fest, sprach gestikulierend hinein und ging in ihrer Wohnung herum. Als sie hochsah, sah sie ihr Gesicht in dem großen Spiegel in der Diele und erschrak so sehr über die Veränderung ihrer Gesichtszüge, dass sie ein paar Schritte zurückging und Grimassen vor dem Spiegel schnitt, um es aufzulockern, was ihr nicht gelang. Ihr Gesicht blieb verspannt, die Lippen zusammengepresst und die Stirn in tiefe Falten gelegt.

„Meine Frau kam früher als geplant aus dem Urlaub zurück. Ursprünglich wollte sie zwei Wochen bei ihrer Schwester bleiben, die, wie du weißt, in Griechenland lebt", hörte sie Alex am anderen Ende der Leitung kleinlaut sagen.

„Ich habe es satt, von deinen Daseinsverhältnissen bestimmt zu werden, deinem Hintenherum, deiner Feigheit, deinem Schweigen. Würde mich deine Frau jetzt anrufen, aus welchem Grund auch immer, würde ich ihr reinen Wein einschenken und ihr alles über uns beichten. Deine Frau ist in einer schlimmen Lage. Und sie hat das Recht, die Wahrheit zu erfahren, damit sie den Frust mit dir nicht ständig mit der Schnapsflasche bekämpfen muss." Zum ersten Mal unterbreitete sie ihm in zornigen Worten ihre Sicht der Dinge, was sie schon seit Langem hätte tun sollen.

„Jetzt fühle ich mich wie ein begossener Pudel", erwiderte Alex betroffen und stieß hörbar die Luft durch seinen Mund aus.

„Gut so. Du hast es verdient, und du weißt auch warum? Ich musste mir Luft verschaffen und meinen inneren Druck loswerden." Giulia ging aufgebracht im Wohnzimmer hin und her: „Ich habe keine Ahnung, wie das mit uns weitergehen soll." Abrupt drückte sie das Gespräch weg, warf das Handy achtlos auf den Tisch und hob beide Hände, um ihr langes Haar zu bändigen, das ihr ins Gesicht fiel. Sie war nicht bei sich. Am liebsten wäre sie vor ihrer Blödheit und der Verachtung, die sie dieser Beziehung entgegenbrachte, davongelaufen. Nie hätte sie sich vorstellen können, dass sich alles noch schlimmer anfühlen würde.

Giulia griff wieder nach ihrem Handy und drückte Lauras Nummer. Sie ging gleich nach dem ersten Klingeln ran. Mit wenigen Worten erzählte sie ihr den neuesten Vorfall und wollte von ihr wissen, was sie verflixt noch mal jetzt tun sollte.

„Ich weise dich darauf hin", sagte Laura mit scharfer Stimme, nachdem sie konzentriert zugehört hatte, „dass du dich schon vor Monaten trennen wolltest. Doch du hältst an ihm fest, an diesem Mistkerl. In dieser Beziehung verlierst du deine Begeisterung, deine Lebensfreude und langsam deinen Verstand. Du hast dich tief emotional verwickelt und brauchst jetzt jede Menge Kraft, um aus diesem Gefühlsdreck wieder herauszukommen. Vergiss ihn endlich. Hake ihn ab!" Laura stöhnte auf. Das Kuddelmuddel hatte sie satt. Es hatte ihr noch nie gefallen, und weil es ihr noch nie gefallen hatte, machte es am anderen Ende jetzt „Bumm". Giulia verschlug es die Sprache. Sie war nicht davon ausgegangen, dass Laura so in Wut darüber geraten würde. Und hätte ihr vor einigen Monaten jemand gesagt, dass sie eine problematische Beziehung aufrechterhalten würde, sie hätte nur laut gelacht. Doch eigenartigerweise war ihr nach dem Telefonat, das weniger als zwei Minuten gedauert hatte, wieder wohl bei der Vorstellung, dass wahre Liebe im Grunde mit sehr wenig auskommen und sich lange Zeit von harmonischen Augenblicken der Nähe und der Verbundenheit nähren kann. Auch wenn das bloß eine vage Wunschvorstellung war, sie genügte Giulia, um durchatmen und zu neuen Kräften kommen zu können. Keine Frage, mit Alex befand sie sich schon lange in einer kleinen, für andere unsichtbaren Nische, die sie mit wenigen Momenten des Glücks auskommen ließ. Ihn aufzugeben kam nicht in Frage, zu oft hatte sie so manche Schlacht mit ihm durchgestanden.

Also schrieb sie ihm, nachdem sie sich beruhigt hatte, eine kurze SMS: *Bitte entschuldige. Mir geht es schlecht, wenn wir in Streit geraten. Doch wir müssen reden, persönlich. Nächste Woche muss ich nach Rotterdam und könnte dich in Hamburg besuchen.*

Ruck zuck schrieb er zurück, dass es ihm genauso ergehen würde, dass er sie nicht verletzen wollte und ihr Kommen sehr begrüßen würde. Vor lauter Freude hüpfte sie durch das Wohnzimmer und klatschte dabei in die Hände. Bald, schon bald würde sie in seinen Armen liegen, seine Nähe spüren. Ihr Herz machte einen gewaltigen Sprung aus reiner Freude.

Am Tag ihres Abflugs stand sie schon früh auf, um sich in aller Ruhe auf die Reise vorzubereiten. Als sie ihren Koffer packte, durchflutete sie ein intensives Gefühl des Angekommenseins, auch wenn sie in sich spürte, dass es nicht lange anhalten würde. In der Abflughalle auf dem Münchner Flughafen schrieb sie ihm eine SMS: *Wo und wann genau sollen wir uns treffen?* Sie wollte ihr Handy gleich wieder in ihre Tasche stecken, als mehrere EIL Nachrichten hereintickerten: Terroralarm in

Hamburg! Nachdem sie die Nachrichten ein drittes, viertes Mal gelesen hatte, notgedrungen die Kommentare von Dr. Alexander Wessner, stand für sie fest, dass es heute mit einem persönlichen Treffen wohl nicht mehr klappen würde. Alex war jetzt ein gefragter Mann und musste sich rund um die Uhr bereithalten. Mit einem flauen Gefühl im Magen betrat sie die Lufthansa-Maschine, zückte sofort nach der Landung ihr Handy und checkte ihre Nachrichten. Ein verpasster Anruf von einem Kollegen, eine Mail von Laura, die sie später öffnen würde. Nichts von Alex, rein gar nichts.

Seufzend schrieb sie ihm eine SMS: *Hallo Alex, die Vorkommnisse in Hamburg sind mir bekannt. Ist ein Treffen überhaupt möglich?*

Alex wirkte sehr angespannt, als er sie anrief und sagte, dass er nicht wisse, wo ihm der Kopf steht. „Ich weiß, du bist im Fokus der Presse und stehst unter Beschuss. So frage ich mich, ob es nicht besser wäre, gleich nach Rotterdam weiterzufliegen."

Giulia stand vor dem sich endlos drehenden Gepäckband in der Gepäckhalle. Das Gedränge und Gezerre nahm sie nicht wahr, während sie mit Alex telefonierte. Nach außen blieb sie ruhig und besonnen, doch innen tobte ein Sturm.

„Nein, flieg nicht weiter. Ich brauche deine Nähe. Wir treffen uns im Hotel. Ähm, in welchem genau?"

Giulia war sehr erleichtert, dies zu hören und spürte wie die Anspannung nachließ.

„In einem ehemaligen Matrosenwohnheim, in der Nähe der Landungsbrücken. Habe den Namen vergessen. Ich schreib dir eine SMS."

„Nicht nötig. Weiß genau, welches Hotel du meinst."

Aus purer Gewohnheit kaufte sie sich noch schnell einen Billigschirm, obschon es sonnig und warm war. Mit dem Taxi fuhr sie in das kleine Hotel im Portugiesenviertel, nahe der HafenCity. Die zentrale Lage, das maritime und szenische Flair gefielen ihr auf Anhieb.

Während sie eincheckte, tippte sie auf ihr Handy ein: *Warte in der Hotellobby auf dich.* Sie nahm den Aufzug, fuhr in den dritten Stock, öffnete mit der codierten Karte die Tür und stellte ihren Koffer neben das Bett. Das Zimmer war modern eingerichtet und ging nach hinten zum Garten hinaus. Es war ruhig und vom Lärm der Straßen abgeschirmt. Sonnenlicht fiel durch das hohe Fenster auf den Boden. Sie setzte sich aufs Bett und blickte sich um. An den Wänden hingen stimmungsvolle Bilder von verschiedenen Sonnenuntergängen am Meer mit Leuchttürmen und alten Segelschiffen. Durch die gekippten Fensterhälften strömte laue Sommerluft herein. Sie ging zum Fenster, öffnete die eine Fensterhälfte ganz und schaute hinab auf einen liebevoll angelegten Garten. Draußen roch es nach Thymian und Salbei, nach Rosmarin, Bergamotte, Jasmin, nach Rosen. Heimweh nach Italien erfasste sie, als sie den Duft aus dem Garten einatmete und die Augen schloss.

Dann piepte ihr Handy dreimal. *Sie haben drei neue Mitteilungen.* Sie las: *Bin in etwa einer Stunde da* und *Sorry, wird noch etwas länger gehen, schätze 1 ½ Stunden* und *Vielleicht auch 2 Stunden.*

Giulia hob den Koffer auf das Bett, öffnete den Reißverschluss und packte in aller Ruhe aus. Dann huschte sie schnell ins Bad, duschte, zog sich eine Jeans und eine schwarze Bluse an. Ihr Outfit war eine Mischung aus körperbetont und lässig. Sie schnappte sich ihre Lederjacke vom Stuhl, ging in die Hotellobby und setzte sich auf das gemütliche Big Sofa vor dem großen Fenster mit echten, glasteiligen Sprossen. Überall hingen Gemälde. Mit verzerrten Gesichtern kämpften darauf kühne Seefahrer gegen die stürmische See an. Giulia sah aus dem Fenster und beobachtete das bunte Treiben auf den Straßen im Viertel. Sie dachte an ihren ersten gemeinsamen Abend, an die Unbeschwertheit, den ersten Kuss, das Sambatanzen auf der Straße.

In dieser Minute sah sie Alex die Straße zum Hotel überqueren, und in einer weiteren Minute hatte er den Hoteleingang erreicht, stand plötzlich mir nichts, dir nichts vor ihr. Für einen Moment war ihr, als ob er nach Hause kommen würde. Einfach alles an ihm zog sie an. Sie konnte es drehen und wenden, wie sie wollte, der Eindruck blieb derselbe. Wie viel Macht dieser Mann doch über mich hat, dachte sie. Sie war ihm nicht hörig, nein, aber sie hatte es ohne zu übertreiben mit einer Sehnsucht zu tun, die sie ausharren ließ und auf eine geheimnisvolle Art gefügig machte.

„Willst du was trinken?", fragte sie und kniff die Augen zusammen, um sie erst langsam wieder zu öffnen.

„Ich konnte mich früher loseisen. Unser Abendspaziergang muss dennoch ausfallen. Es regnet. Vorschlag: Wir fahren herum und gehen dann irgendwo was essen?" Alex war nicht gut drauf. Er sah geschafft aus und seine Laune war so ziemlich am Boden. Klar, er hatte einen stressigen Tag gehabt, war nicht mehr der Jüngste, hatte Zipperlein. Er schaute auf die Uhr, dann in den Spiegel, der über dem Sofa in der Lobby hing, sagte griesgrämig zu ihr hinüber: „Komm schon."

„Jaja, ich komm ja schon", antwortete sie ungehaltener als sonst, trank ihren Espresso aus und blickte ihn ernst an. Draußen regnete es. Es war jener verlässliche, beinahe beruhigende Regen, der sich bei ihren Treffen über kurz oder lang einstellte. Wie ein Kind sprang sie von einer Pfütze zur anderen, sprang so hoch und weit sie konnte. Seine Hand berührte sie immer wieder zufällig und sie wünschte sich, ihn damit aufzuheitern. Als sie sein Auto erreichten, öffnete er die Beifahrertür und breitete den linken Arm aus wie ein altmodischer Gentleman.

„Können wir reden?", fragte Giulia, als sie neben ihm im Auto saß und ein Gefühl der Vertrautheit und Intimität verspürte. Er nickte kurz, schaute weiter stur geradeaus, ohne ihr auch nur einen einzigen Seitenblick zu schenken. Mittlerweile hatte sie sich an seine Launenhaftigkeit, an sein zänkisches und aufbrausendes Wesen gewöhnt und nahm keinen Anstoß mehr daran, wenn er sie ignorierte. Hauptsache sie erreichte, was sie wollte: Aufmerksamkeit. Alex war es ein Dorn im Auge, wenn sie zu viel Eigeninitiative und Kreativität entwickelte. Aber was soll's, die alten Zeiten, in denen sich Frauen nach den Launen der Männer richteten, sind vorbei, dachte sie, während sie ihn selbstbewusst fragte, ob er denn wieder Flaschen in der Gegend herumfahren würde, nachdem sie das Klappern im Kofferraum vernommen hatte.

„Was ist daran so schlecht?", entgegnete er beleidigt, machte eine Kehrtwende und schoss mit zunehmender Geschwindigkeit

schnurstracks zum Hotel zurück. „Ich habe einen Mordshunger und nach Herumfahren ist mir nun wahrlich nicht zumute."
Alex parkte seinen Wagen gegenüber vom Hotel und sie schlugen den Weg zu einem der nahe gelegenen Restaurants ein. Dort setzten sie sich an einen freien Tisch am Fenster. Ein freundlicher Kellner brachte ihnen in Windeseile die Speisekarte und fragte, ob sie schon wüssten, was sie trinken wollten. Alex bestellte sich ein helles Bier, sie ein Glas Weißwein.
„Ich nehme den Seeteufel mit Mango. Und du?"
Obwohl Giulias Laune richtig gut war, wollte sich seine eingetrübte Stimmung nicht aufhellen. Schroff antwortete er: „Seezunge." Schweigend saßen sie sich gegenüber. Alex schaute stur zum Fenster hinaus. Bis auf die Begrüßung waren noch nicht viele Worte ausgetauscht worden. Alex schaute genervt an die Decke, als sein Handy klingelte. Er hatte keine Lust ranzugehen, und er ließ sich Zeit, bis er den Anruf entgegennahm. Sein Stellvertreter war dran, er wollte wissen, für wann die morgige Besprechung in seinem Büro denn vereinbart war.
„Um Punkt 8."
Da Giulia signalisieren wollte, dass sie nicht mithörte, was die beiden miteinander sonst noch besprachen, konzentrierte sie sich auf den Seeteufel, der mit Sesam und frischem Kerbel zubereitet war und gerade vom Kellner serviert worden war. Wohl wissend, dass sie sich und ihm das Essen verderben würde, legte sie nicht die Beziehungsplatte auf, als er mit dem Telefonat fertig war und sich seiner Seezunge widmen konnte. Stattdessen führten sie wieder einen unendlich langweiligen Smalltalk miteinander. Willkommen in der ewigen Partnerschaft, grinste sie sachte vor sich hin.
„Was machen deine Töchter?", fragte sie desinteressiert, da sie lieber über ihre Beziehung reden wollte. Sie bestellte sich ein zweites Glas Weißwein und er sich das dritte Bier, während der Kellner die leeren Teller abräumte.
„Die Älteste besucht ihre Tante in Griechenland. Sie sollte langsam zurückkommen und ihre Zukunft planen. Ich hätte es lieber, wenn sie eine Lehre machen würde. Doch sie will Jura studieren, wie ihr Vater." Alex sprach gerne über seine Töchter

und wurde dadurch wieder gesprächiger. Plötzlich hielt er inne, hüstelte, atmete tief ein und griff nach dem Bier, das vor ihm auf dem Tisch stand.

Eins, zwei, drei zählte sie leise. Dann lauter: Vier, fünf, sechs. Das Zählen sollte ihr über die Stille am Tisch hinweghelfen.

Er trank sein Bier aus, bestellte sich ein weiteres und sagte völlig unvermittelt: „Es ist nicht einfach, ständig von meiner Frau herumkommandiert zu werden."

Sie war total perplex und starrte ihn nur an, bis sie ihre Sprache wiederfand. Selten sprach er offen aus, was ihn in seiner Ehe belastete. Lieber behielt er es für sich. Und noch seltener boten sich ihr Möglichkeiten, ihn direkt nach der ehelichen Situation zu fragen: „Kannst du den Zustand überhaupt noch aushalten?"

Sie nippte an ihrem Weinglas und sah ihm in seine müden Augen. Doch statt eine Antwort zu geben, schwieg er, warf den Kopf in den Nacken und stierte wieder an die Decke. Sie ließ sich nicht aus dem Konzept bringen, fragte hartnäckiger: „Sag, wenn du an meiner Stelle wärest, würdest du diese Beziehung aufrechterhalten?" Es verlangte ihr nicht wenig Mut ab, so eine schwierige Frage zu stellen in einer Phase, in der sie immer noch in ihn verliebt war.

„Niemals", sagte er kalt. Ein schmerzhafter Stich durchfuhr sie.

Alex ließ sich die Rechnung geben, zahlte sie wortlos, ohne sie mehr als beiläufig anzublicken. Stumm gingen sie nebeneinander her und erreichten in weniger als fünf Minuten den Hoteleingang. Noch immer wechselten sie kein Wort. Es schien so, als ob keine Zauberkraft diese schwer zu ertragende Leere zwischen ihnen durchbrechen könnte.

Giulia zwang sich zu einem Lächeln, als sie vor dem Hotellift standen. Männer sind ja so verletzbar, dachte sie abfällig. Und leider haben sie es bis heute nicht gelernt, mit schwierigen emotionalen Momenten in einer Partnerschaft umzugehen. Sie benehmen sich dann wie hilflose kleine Jungen, sind ratlos und tun so, als ob Ablehnung und Schweigen angemessene Reaktionen darauf wären.

Das Pling des eintreffenden Fahrstuhls ertönte. Der Aufzug war leer. Giulia nutzte die Gunst der Stunde, drehte sich zu ihm um und drückte sich an seinen Oberkörper. Alex taute langsam auf, und je mehr sie sich an ihn drückte, desto mehr begann das Leben in ihm wieder zu pulsieren. Als sie das dritte Stockwerk erreicht hatten und aus dem Fahrstuhl ausstiegen, seufzte er tief auf, drehte sich zu ihr um und nahm sie in die Arme.

„Glaubst du an die Liebe?", fragte Giulia, als sie den Flur hinuntergingen und sie in ihrer Tasche nach der Codekarte kramte.

„Welche Liebe?"

„Alle Menschen glauben doch an die Liebe, die romantische Liebe."

Alex nahm ihr die Codekarte aus der Hand und öffnete damit die Zimmertür. Sanft schob er sie in das Zimmer hinein, stieß mit seinem linken Fuß die Tür hinter sich zu.

„Niemand hat aufgehört, an die Liebe zu glauben. Alle Menschen wollen sich verlieben, wollen lieben und Sex haben", murmelte Giulia etwas verlegen.

Er fasste sie am Kinn. „Wobei mir Sex ganz besonders gut gefällt." Alex presste sie eng an sich, so dass sie seine Erregung spüren konnte, und sagte mit sanfter Stimme: „Ich glaube nur nicht mehr an ein Happy End. Beziehungen enden nun mal anders, als sie angefangen haben." Dann küsste er sie zärtlich auf ihren Mund, auf ihre Schultern und ihre Halsgrube.

„Wie wird wohl unsere Beziehung eines Tages enden?", fragte sie und konnte den traurigen Ton in ihrer Stimme nicht unterdrücken.

„Das interessiert mich gerade wenig." Alex wirkte frisch und munter, nicht wie jemand, der es den ganzen Tag mit Terror und Gewalt zu tun gehabt hatte.

„Sollte es aber."

Ihr Atem stockte. Die Worte kamen nur stoßweise aus ihrem Mund. Er beugte sich ein Stück zu ihr herunter.

„Und du? Was interessiert dich? Jetzt?"

Er kam ihrem Ohr ganz nah, streifte mit seinen Lippen ihre linke Wange. Sie ließ es geschehen, ohne seine Zärtlichkeit zu erwidern. Alles, was sie jetzt brauchte, war das, was momentan um sie herum geschah und sie mit ihren Sinnen erfassen konnte.

„Komm, wirf mal einen Blick aus dem Fenster", flüsterte sie in sein Ohr und befreite sich galant aus seiner Umarmung. Denn der Garten verbreitete Sommergefühle, jetzt noch mehr, da der Regen aufgehört hatte. Giulia öffnete eine Fensterhälfte. Tief atmete sie den Gartenduft ein und sagte fröhlich: „Willst du einen Tag glücklich sein, betrinke dich. Willst du ein Jahr glücklich sein, heirate. Willst du ein Leben lang glücklich sein, lege dir einen Garten zu, wie ein chinesisches Sprichwort besagt."

Alex stand hinter ihr, so nahe, dass sie seinen Atem auf ihrer Haut spüren konnte. Er streifte ihr wortlos die Lederjacke ab, dann die schwarze Bluse, die sie noch auffing, bevor sie zu Boden fiel. Er hielt sie an den Schultern fest, senkte seinen Kopf und begann erst die eine, dann die andere Brust zu streicheln. „Überlass alles Weitere mir", sagte er leise und mit sanfter Stimme.

Giulia ließ ihn gewähren, stöhnte, legte ihren Kopf zurück, an sein Herz, und gab sich seinen Berührungen hin. Wortlos legten sie sich aufs Bett, zogen einander aus, bis sie sich nackt gegenüber lagen. Starke Lust überkam sie und wie von selbst öffneten sich ihre Beine.

„Du hast den Medien sehr ruhig und besonnen über die Vorkommnisse in Hamburg berichtet", lobte sie ihn mit überzeugter Stimme, als sie schließlich entspannt nebeneinander im Bett lagen. „Ich war stolz auf dich, auf deine Professionalität. Das sage ich jetzt nicht, um dir zu schmeicheln, sondern weil ich das genau so meine."

Das Eis war endgültig gebrochen, und Alex kam mehr und mehr in Plauderstimmung. Sie nahm eine kurze Dusche, um sich wieder frisch zu machen, kam nach ein paar Minuten in einem durchsichtigen olivgrünen Nachthemd wieder heraus und setzte sich neben ihn aufs Bett.

Er streckte seine Arme nach ihr aus und sah sie mit dem Blick eines verliebten Mannes an. Sie nahm ihren Koffer, der neben dem Bett stand, öffnete ihn, holte ein kleines Päckchen heraus und gab es ihm: „Das ist für deine kleine Tochter. Selbstgebastelt."

Er riss das Geschenkpapier auf und nahm eine Lichterkette aus der Verpackung heraus: „Oh, wie schön", jubelte er, steckte gleich den Stecker in die Steckdose, so dass das Zimmer von einem sanften gelben Licht durchflutet wurde. Eine Atmosphäre von Wärme und Geborgenheit breitete sich aus, in der sie ein tiefes Gefühl von Intimität durchströmte. Sie spürte seine Brust an ihrem Rücken und schmiegte sich an sie. Er küsste sie auf den Mund, den Hals, den Nacken, die Schenkel. Nun ist alles wieder gut, dachte sie, während er mit seiner Zungenspitze ihre Brustwarzen liebkoste. Sie spürte sein Verlangen, wollte den Moment ewig festhalten, als er mit seiner Hand zwischen ihre Schenkel fasste und mit zwei Fingern in sie hineinglitt.

„So feucht", flüsterte er in ihr Ohr. Sie vergaß ihren Frust, ihre Ängste und verletzten Gefühle, in diesem Moment, in dem sie sich grenzenlos verstanden, der nur ihnen gehörte. Sie spürte seinen Kopf zwischen den Beinen, seine Zunge, die vorsichtig ihre Schamlippen öffnete. „Dreh dich um", flüsterte er. Alex zog ihr das Nachthemd über den Po, fasste sie um ihre Hüfte und zog ihr Becken zu sich. Sie griff nach seinem Schwanz und führte ihn zwischen ihre Beine.

„Sex und Sex und Sex", sagte sie und lächelte ihn schelmisch an. Giulia kuschelte sich an ihn und legte ihren Kopf in seine Achselhöhle. Er roch nach Schweiß, nach diesem eigenartigen Geruch, der einen faszinieren, aber auch abstoßen kann. Im Hintergrund lief klassische Musik im Radio, das sie etwas lauter drehte, während er sich unter der Dusche begab und einen Elvis-Song anstimmte. Als er wieder ins Zimmer kam, setzte er sich auf die Bettkante und strich Giulias Haare aus dem Gesicht. Sie sprachen über Gott und die Welt, über Sicherheitslagen und Sicherheitsrisiken, als im Radio die Musik für eine aktuelle Meldung unterbrochen wurde. Alex drehte den Sender lauter. Ruhig und sachlich berichtete der Kommentator über einen blutigen Anschlag. Dieser hatte sich gerade in Tel Aviv in einem Jugendzentrum für Homosexuelle zugetragen.

„So ist das", sagte Giulia nachdenklich: „Es gibt Ebenen, auf der wir kleine Rädchen sind, keinen Einfluss und keine Kontrolle über die Geschehnisse haben. Wir sind anderen Kräften untergeordnet."

„Amen."

Alex war ein Atheist. Mit dererlei Dingen, kosmischen Kraftfeldern, überirdischen Mächten, parallelen Ereignissen oder Synchronizität wusste er nichts anzufangen. Für ihn war das blanker Zufall, dass sie just in dem Moment über Sicherheit sprachen, als die Nachrichtenmeldung aus Tel Aviv eintraf. Alex blieb auf der Bettkante sitzen, hatte den Kopf zur Seite geneigt und schaute sie eindringlich an. Aufs Mal wurde er sehr redselig und verriet, dass seine Frau und er sich vollkommen auseinandergelebt hätten und in der Ehe nichts mehr von einem Wir oder Miteinander zu spüren sei.

Bei seinen Worten wäre Giulia fast die Spucke weggeblieben, hätte sie seinen launischen Charakter und sein sprunghaftes Verhalten nicht gekannt. Zum Glück konnte sie ihre Fragen nach seinem Alkoholkonsum und über die Zukunft ihrer Beziehung zurückhalten, als er mit Reden fertig war. Nach allem, was sich zwischen ihnen vorher ereignet hatte, wäre es nicht der richtige Zeitpunkt gewesen. Stattdessen erhob sie sich, stieg aus dem breiten Bett und riss mit einer schwungvollen Bewegung das Fenster auf. Mit den Armen stützte sie sich auf den Fensterrahmen und sah zum hellen Mond hinauf, der gerade seine volle Rundung zeigte. Lebensfreude lag also in der Luft. Doch etwas störte sie. Etwas fühlte sich gar nicht gut an. Was genau das war, darüber wollte sie in diesem Moment nicht nachdenken, sie wusste aber nur zu gut, dass es mit seiner kranken Frau zusammenhing, die auf ihn angewiesen war. Und dass diese Situation ein schweres Los war. Auch als heimliche Geliebte wünschte sie sich einen alltäglichen und leicht abrufbaren Zugang zum geliebten Partner und das Recht auf eine Beziehung.

Alex stand plötzlich hinter ihr, zog ihr Nachthemd hoch, umfasste ihren nackten Po und drängte ihre Hüften gegen seine. Sie spürte seine Erregung und wie ihre eigene Begierde aufflammte. Zum Teufel mit der Ehefrau, befahl sie sich im Stillen, fand dann, dass sich ihre innere Stimme fast wie eine Moralpredigt angehört hatte und entschied sich, ihrer Lust, und nur der, zu gehorchen. Sie sanken auf das riesige Doppelbett und verzehrten sich ein weiteres Mal.

„Alex, gib nicht auf", ermutigte sie ihn, als sie wieder bei Sinnen war und dieses leidenschaftliche Spiel mit intaktem Herzen überstanden hatte. Sie streichelte ihm übers Gesicht. Denn was anderes konnte sie nicht tun, als ihm ein Trost zu sein. Sie war nicht sein Rettungsanker. Dafür war sie zu unabhängig und ihrem freien Lebensstil zugewandt. Alex lebte in einer Welt, in der Enge und Fremdbestimmung dominierten, er, ohne Wenn und Aber, den beruflichen, ehelichen, familiären Verpflichtungen nachzukommen hatte. Es war ein System, das auf Kosten von Lebensfreude und Bewegungsfreiheit ging. Seine Launen und Verstimmungen konnte sie deshalb gut nachvollziehen. Und ehrlich gesagt, war sie froh darüber, in geografischer Distanz zu ihm zu sein, entfernt genug, um seine Themen auch mal beiseite legen zu können. Keine Frage, Giulia legte großen Wert auf ihre Unabhängigkeit. „Meine Tochter hat ihre eigenen Methoden, und ich lasse ihr dafür den notwendigen Raum", hatte ihr Vater stets gesagt, wenn sie andere Dinge ausprobieren und andere Wege hatte gehen wollen. Dabei war sie als Kind und Jugendliche weder aufsässig noch kompliziert gewesen. Was einerseits ist, kann andererseits ganz anders sein und stets sowohl als auch bedeuten – das war ihr Motto, mit dem sie es schwerer hatte, eindeutige Standpunkte zu beziehen und dabei zu bleiben. Abgesehen davon tat ihr Alex gut, vor allem seine körperliche Nähe, was außer Frage stand. Liebe lebt von der Kraft, Widersprüche und Herzenskämpfe auszuhalten, sagen die Leute. Ob sie das aber aus ganzem Herzen wollte, konnte sie beim besten Willen nicht sagen.

„Leg dich auf mich. Ich will dich spüren", hauchte sie ihm ins Ohr, in dessen Armen sie immer noch lag und in einer Innigkeit verharrte, Körper an Körper, Haut an Haut. „Ich liebe dich", flüsterte er plötzlich kaum hörbar. Weil es zu peinlich gewesen wäre für einen Krieger, der sich überlegen und stark präsentieren musste, unterstellte sie ihm. „Ich liebe deinen Geruch, deine Stimme, dein Gesicht, dein Lachen. Ich liebe das, was du tust und wie du es tust." Alex gönnte sich eine Pause, atmete tief durch und wählte seine Worte sorgfältig: „Ich verstehe das alles nicht, noch weniger kann ich das erklären. Ich kann es dir nicht erklären. Ich kann es mir nicht erklären. Und ich weiß nicht, wie das mit uns weitergehen soll."

Giulia schlief sofort ein, als er dann am Montagmorgen gegen 02:00 Uhr fortging, in den Mantel einer seltenen Zuversicht eingehüllt. Sie hatten Stunden des Glücks und der Hingabe miteinander verbracht. Und Alex hatte es geschafft, zum ersten Mal Gefühle zu äußern, in einer Art und Weise, wie sie es nie für möglich gehalten hätte.

Vollkommen ausgeruht stand sie um Punkt 08:00 Uhr auf. Schon lange hatte sie sich nicht mehr so beschwingt und erholt gefühlt. Gelbe Sonnenstrahlen fielen durchs Fenster. Im Hotel war es still. Immerzu summte sie eine bestimmte Melodie, sang ein paar Textzeilen. Giulia wollte gerade unter die Dusche steigen, als ihr Handy klingelte, das auf der Ablage über dem Waschbecken lag.

„Guten Morgen, du Schöne." Alex klang gelöst und wahnsinnig gut gelaunt: „Marga gefällt deine Lichterkette sehr. Sie hat sie gleich in ihrem Zimmer aufgehängt und, ja, ähm, wenn ich an den gestrigen Abend denke, an dich und deine Sinnlichkeit, so bilde ich mir jetzt tatsächlich ein, dass ich ziemlich gut darin bin, dich zu verwöhnen und in dir leidenschaftliche Gefühle auszulösen."

„Kann man wohl sagen, Superman."

Danach schwebte Giulia förmlich durch den Tag, und wann immer sie an Alex dachte, leuchtete pure Freude in ihren Augen. Nach Murphys Gesetz geht alles schief, was nur schiefgehen kann. Doch ausgerechnet dann nicht, wenn man darauf wartet, dass es schiefgehen muss, wie sie es am gestrigen Abend befürchtet hatte. Ob das reines Glück war, sollte sich in den kommenden Wochen herausstellen, in denen Murphys Gesetz gnadenlos zuschlug und alles, was schiefgehen konnte, auch schiefging.

In den kommenden Wochen drehten sich ihre Gedanken nur um einen Mann, auch in ihren Träumen. Überall und ständig begegnete sie Männern, die ihm ähnlich sahen, eine ähnliche Statur hatten, den gleichen Haarschnitt, dieselbe Stimme: auf dem Postamt, beim Zahnarzt, in der Straßenbahn, auf dem Weg zur UBahn. In der Sauna flirtete ein Mann mit ihr, der ihm wie aus dem Gesicht geschnitten war. Nichts wünschte sie sich so sehr, als dass seine Ehefrau gesund auf den eigenen Beinen stehen würde. Denn dann wäre alles einfacher und würde sich irgendwie regeln lassen. Doch je länger sie sein Foto betrachtete, das auf der Kommode in ihrem Schlafzimmer stand, umso mehr trübte sich ihre Stimmung ein: Weit und breit war keine Lösung in Sicht.

Es blieb ihr keine andere Wahl, als diesen Zustand auszuhalten, was ihr ausgesprochen schwer fiel. Da sie nicht aufgeben wollte, verging kaum ein Tag ohne ein Mail, eine SMS oder Nachricht, die sie ihm auf der Mailbox hinterlassen hatte.

Manchmal schrieb er zurück und bedankte sich in förmlichem, fast distanziertem Ton für ihre wohltuenden Worte. Innerlich war Giulia wütend. Sie fühlte sich leer und ausgebrannt. Das krampfhafte Festhalten der romantischen Idee in dieser Liebe, kostete sie viel Kraft. Alles wurde dadurch nur noch komplizierter.

Karlheinz Böhm sagte einmal, dass er mit dreiundsechzig Jahren die Liebe seines Lebens gefunden hätte, schrieb sie ihm per E-Mail. Damit wollte sie ein wenig Hoffnung verbreiten, Hoffnung darauf, dass es nie zu spät sei für die Liebe – für ihre Liebe. Und argumentierte, dass Menschen in der Lebensmitte, so wie sie jetzt, auf dem Höhepunkt ihres Bewusstseins, ihrer physischen und psychischen Kraft seien und sie sich neue Ziele stecken sollten. Besonders Männer müssten in dieser Zeit behutsam mit sich umgehen, sich umorientieren und ihre Gefühlswelt neu entdecken. Es sei eine Phase, in der es um Weiterentwicklung gehe, um nicht vorzeitig zu vergreisen, wozu auch gehöre, sich selbst und die Lebensfakten genau zu betrachten. Ab Mitte Vierzig bis Ende Fünfzig würde es nun mal um neue Perspektiven, Ziele und Werte gehen.

Du bist ein Mann im Umbruch und ein Mann mit viel Potenzial, appellierte sie an ihn via SMS.

Woher weißt du, dass ich mich umorientieren will?, antwortete er postwendend darauf, gab zu, dass er sich kläglich fühlen würde, weil er nicht so viel wüsste und nicht so viel zu erzählen hätte wie sie. *Sag nur, du fürchtest dich vor mir. Wenn das so wäre, dann würde das nichts mit uns werden,* antwortete Giulia enttäuscht und biss sich vor lauter Ärger auf die Unterlippe, auch weil er wenig Motivation und Tatkraft für eine Veränderung erkennen ließ, obwohl sich täglich neue Katastrophen in seinem Leben ereigneten. Erst neulich, als das Mehrfamilienhaus, in dem er mit seiner Familie wohnte, beschmiert worden war. Tags darauf hatte die BILD-Zeitung von einem Farbbombenanschlag auf Wessner durch radikale Hausbesetzer geschrieben, die man verdächtigte, nachdem er die Szene öffentlich scharf kritisiert hatte. Die aufgebrachte Hausgemeinschaft war kaum zu beruhigen und verdonnerte Alex dazu, die Hauswand und den Hauseingang auf eigene Kosten renovieren zu lassen.

Die Monate vergingen, zermürbende Monate, Monate des Schweigens, ohne auch nur ein einziges Lebenszeichen von ihm erhalten zu haben. Natürlich sagte sie sich, dass das nicht bis in alle Ewigkeiten so weitergehen könne. Und so geschah, was geschehen musste: Sie musste die Wahrheit über seinen wahren Zustand herausfinden. Den Mut dazu fasste sie an einem Abend, an dem sie wieder vergeblich auf eine SMS von ihm gewartet hatte und über Davids Worte nachdachte, die sie in einem der Notizbücher aufgeschrieben hatte: *Denkt dran, mit ein paar guten Entscheidungen könnt ihr einen unerträglichen Zustand ändern. Doch stellt euch darauf ein: Ihr seid damit wirklich allein.* Eingebunden in diese Situation schmiedete sie intuitiv, wie Giulia nun einmal veranlagt war, noch am selben Abend einen Plan.

Entschlossen griff sie am Vormittag des nächsten Tages zum Telefonhörer und wählte die Nummer des Elitepolizisten, mit dem sie beruflich zu tun gehabt hatte und seither hin und wieder in Kontakt stand. Ganz beiläufig hatte er einmal erwähnt, noch bevor sie Alex kennengelernt hatte, dass ein ehemaliger Kollege von ihm in Hamburg Karriere gemacht hätte und sich dort in einer hohen politischen Position befinden würde. Und als sie sich dann bei Alex nach ihm erkundigt hatte, weil sie hatte wissen wollen, in was für einer Position der Polizist aus München in Hamburg denn nun genau war, hatte er trocken gesagt: „Er ist mein Vorgesetzter."

Nie wäre es ihr damals in den Sinn gekommen, dass es diesen Tag, diesen Moment jemals geben würde. Dass sie bei Frey anrufen würde, von dem sie annahm, dass er ihr, weil er den Chef von Alex ja persönlich kannte, dabei behilflich sein konnte, herauszufinden, was mit Alex wirklich los war.

Frey war sofort am Telefon. Ihre Stimme klang ernst, merkte sie, als sie sich mit einem „Hallo, Herr Frey, hier ist Giulia Orlandini" meldete.

„Oh, Frau Orlandini, wie schön, von Ihnen zu hören", sagte er erfreut ins Telefon.

Ihr Tonfall hatte ihm wohl verraten, dass ihr etwas auf dem Herzen lag, so dass er sich nicht lange mit Smalltalk aufhielt und sie gleich fragte: „Was kann ich für Sie tun?". Da es nun kein Zurück mehr gab, schilderte sie ihm knapp die Situation mit Alex, dessen Vorgesetzter sein ehemaliger Kumpel aus München sei, und sprach offen aus, was sie befürchtete, nämlich dass er Alkoholiker sei. Sie würde sich an ihn wenden, weil sie sich Sorgen um ihn machen und weil es doch eine Fürsorgepflicht eines Vorgesetzten geben würde. Vielleicht könnte er deshalb einmal bei dem Chef von Dr. Alexander Wessner in Hamburg anrufen und herausfinden, ob an ihrem Verdacht etwas dran war.

Der Polizist blieb sachlich, so unsachlich seine Reaktion auch anmutete. Denn ratzfatz meinte er, dass er das durchaus einmal machen könne, er dafür jedoch einen geeigneten Zeitpunkt abwarten müsse. Dann verabschiedete er sich und versprach, sich wieder bei ihr zu melden, sobald er mit seinem ehemaligen Arbeitskollegen gesprochen hatte, ließ sie noch wissen: „Frau Orlandini, bitte verstehen Sie, aber eventuelle diesbezügliche Konsequenzen liegen allein in Ihrer Verantwortung."

Zwar wusste Giulia zu diesem Zeitpunkt nicht genau, was er damit meinte, bedankte sich und legte den Hörer auf. Was kann schon passieren, wenn die Wahrheit herauskommt?, dachte sie, während ihr die Sache unheimlich wurde und Zweifel aufkamen.

Und obschon sie mit ihrer Entscheidung eine Liebe, für die sie jahrelang gekämpft hatte, aufs Spiel setzte, ging sie das Risiko ein und war bereit, die volle Verantwortung dafür zu übernehmen.

Sie spürte, wie sich bei diesen Gedanken vor Grausen ihre Nackenhaare aufstellten. Giulia behielt ihre Fassung nur mühsam, presste das Glas zwischen zwei Finger, goss Wasser hinein, nahm den Telefonhörer wieder ab und wählte Lauras Nummer.

„Ja, bitte", meldete sich Laura schroff und schaltete das Radio aus, als sie hörte, wer dran war. Ihre Freundin war an den Fortsetzungsgeschichten der Amore Fatale genauso stark interessiert wie am Wetterbericht, dem sie sich mehrmals am Tag mit voller Konzentration widmete.

„Ich habe einen Mittelsmann eingeschaltet. Der ruft jetzt bei seinem Chef an", sagte Giulia ruhig ins Telefon, ohne einleitende Worte.

Laura fiel aus allen Wolken, als sie das hörte. Und war im ersten Moment sprachlos, da sie mit dieser Entwicklung nie im Leben gerechnet hätte. Als sie sich gefangen hatte, seufzte sie beunruhigt ins Telefon: „Diese Beziehung wird immer verdrehter."

„Nichts dauert ewig, Laura, kein Lachen, keine Lust, nicht mal das Leben selbst. Es geht um die Wahrheit, um nichts weiter als die verdammte Wahrheit", platzte es aus Giulia heraus.

„Manche Menschen sind mit ihrem Mut gesegnet und" – Laura hielt für einen Moment inne, bevor sie den Satz zu Ende brachte – "und, ähm, geschlagen."

„Was meinst du damit genau?" Giulia fühlte sich überrumpelt, überlegte ernsthaft, ob ihre Aktion erste Anzeichen eines hysterischen Anfalls waren, zu dem sie so gar nicht neigte? Längst war ihr doch klar, was mit ihm los war und dass er Alkoholprobleme hatte. Wem sollte ihre selbstinszenierte Aktion also dienen? Der Wahrheit oder ihrem Ego?

„Tja, weil eben." Laura zögerte weiterzusprechen.

„So antwortet ein Kind", fuhr Giulia dazwischen. „Sag endlich, was du denkst."

„Ähm, weil man eben nicht weiß, was Mut anrichten kann."

Laura sprach langsam und bedächtig weiter.

„Sprichst du von dir oder von mir?" Giulias Stimme wurde lauter und überschlug sich etwas. „Du verstehst mich nicht. Mit dieser Aktion will ich weder ein Chaos anrichten noch Blutvergießen verursachen. Ich will schlicht die Wahrheit herausfinden. Und ich will, dass sich etwas ändert in dieser gottverdammten Beziehung. Nur die Wahrheit macht frei, das behaupteten schon die alten Griechen. Alle Arten von Unterlassungen wie Ignoranz und Vermeiden tragen doch nur dazu bei, dass süchtige Menschen süchtig bleiben", äußerte sich Giulia gequält und trank einen Schluck Wasser. „Ach, Laura, wenn du nur wüsstest, wie mich diese Lügereien belasten und wie sehr ich ..."

„Da mag ja was dran sein", unterbrach sie Laura, „damit kannst du ihn aber noch mehr in die Abhängigkeit hineintreiben. Ist dir das klar?"

„Aber, aber und nochmals aber." Giulia unterdrückte einen aus tiefster Seele kommenden Seufzer, der in ihrem Magen viel Beklommenheit verursachte. Sie fuhr fort: „Ich will damit aus etwas herauskommen, was nichts weiter als eine Illusion ist. Und ich möchte in eine tragfähige Beziehungsrealität mit ihm kommen, die tiefer liegt als das, was ich sehe oder was ich glaube zu sehen. Viel zu lange habe ich Verständnis für seine Eskapaden aufgebracht. Mein Herz hat diesen Schritt von mir gefordert, meiner Selbstliebe und meiner Gesundheit zuliebe."

Giulia stellte das Telefon laut, ging in die Küche und suchte im Kühlschrank nach etwas Essbarem. Sie goss sich ein Glas Milch ein und schmierte sich ein Brot mit selbstgemachter Marmelade. Das Telefonat mit Laura, in dem die Argumente heftig hin und her gewälzt wurden, dauerte bereits eine geschlagene Stunde. Zweifellos würde Alex auf die Barrikaden gehen, wenn herauskommen würde, dass sie einen Mittelsmann eingeschaltet und darüber auch noch mit Laura gesprochen hatte, doch es ging in dieser Causa nicht nur um ihn. Laura war in Diskutierlaune, anders als Giulia, weil sie ihre Freundin nicht angerufen hatte, damit ihre Entscheidung in Frage gestellt wurde, sondern in der Erwartung, dass Laura dieser kommentarlos zustimmte und ihr Glück wünschte. Basta. Da Giulia das Telefonat jedoch nicht in einer vergifteten Laune beenden wollte, drehte sie den Spieß um. „Was wolltest du damit eigentlich sagen, ich könnte ihn damit noch mehr in die Abhängigkeit treiben? Einmal ist er für dich ein Mistkerl, dann wieder ein Heiliger." Die kleine Zwischenmahlzeit wirkte. Giulia war putzmunter und bekam das Gefühl nicht los, dass Laura noch mit ihrem eigenen Beziehungsdrama zu tun hatte und sich gerade jetzt etwas an die Oberfläche emporarbeitete, das bisher im Verborgenen gelegen hatte.

„Kann ich dich was fragen, Laura?"

„Es ist, wie es ist, Giulia", antwortete Laura kurz angebunden und sagte: „Ja, frag!"

„Gibt es einen Unterschied zwischen dem Schmerz, den man selbst erfährt, und dem Schmerz, den man anderen zufügt?"

Als Giulia diese Frage stellte, spürte sie, dass es richtig war, einen Mittelsmann einzuschalten, komme was wolle. Entscheidungen sind nun mal einsame Vorgänge und vor den Meinungen anderer muss man sich in Acht nehmen, wenn man selbst noch mit Zweifeln zu tun hat.

„Ja, natürlich gibt es da einen Unterschied! Worauf willst du hinaus?"

„Gut. Wenn es also einen Unterschied gibt, dann erkläre mir, warum es ausgerechnet meine Entscheidung sein sollte, die Alex noch mehr schaden könnte! Davon mal abgesehen, dass er sich bereits in einem ziemlich miesen Zustand befindet. Aber wenn er noch tiefer sinken sollte, frage ich dich: Was habe ich damit zu tun? Liegt es nicht vielmehr an ihm, sein Leben zu beherrschen, voll und ganz, so dass es für andere beinahe unmöglich wird, ihm Leid zuzufügen? Und dann: Was habe ich überhaupt mit seinen Daseinsverhältnissen zu tun, in denen er immer mehr die Kontrolle über sich und sein Leben verliert? Aufgaben und Wünsche, die sich einem persönlich stellen, können obendrein auch nicht an andere Personen delegiert oder von anderen Personen eingefordert werden." Woher Giulia diese Worte nahm, wusste sie nicht. Es waren intuitive Gedanken, die ihr einfielen. Sie trank einen kräftigen Schluck Milch und ließ sich die Himbeermarmelade auf der Zunge zergehen, bevor sie weitersprach: „Jeder Mensch muss eigene Entscheidungen fällen, sich seinen Aufgaben stellen und die Konsequenzen seines Handels verantworten."

Am anderen Ende der Leitung herrschte Funkstille. Giulia hatte das Gefühl, dass Laura dankbar war, dankbar für die klaren und ehrlichen Worte, die in Beziehungen, in denen das Vertrauen groß ist, ausgetauscht werden können. Wie sonst hätten sie so frei und offen miteinander reden können, ohne sich einzuschüchtern, sich beleidigt zurückzuziehen.

„Weißt du", hauchte sie fast unhörbar in den Hörer, „ich habe mir lange den Kopf darüber zerbrochen, ob ich mit Jakobs Motorradunfall etwas zu tun gehabt haben könnte. Weil wir uns an dem Unglücksabend heftig gestritten haben. Ich war wie vor den Kopf gestoßen, als er sich abrupt aufs Motorrad setzte und wutentbrannt losfuhr." Laura war kaum zu verstehen, als sie das sagte, und es dauerte eine Weile, bis sie weiter reden konnte. „Wir haben uns gestritten, weil er betrunken war und ich ihm damit drohte, ihn zu verlassen, wenn er nicht mit dem Trinken aufhören würde."

Endlich hatte Laura das ausgesprochen, was in ihr verborgen war, etwas, das sie seit vielen, vielen Jahren mit sich herumschleppte. Über fünfzehn Jahre war Jakob nun tot, und doch erfuhr Giulia erst jetzt, was wirklich in Laura vor sich ging und dass Alkohol im Spiel gewesen war. Es war der Moment, in dem sie das unsichtbare Band spüren konnte, von dem David immer wieder gesprochen hatte. Er hatte sich von dem Gedanken nicht abbringen lassen, dass alle Menschen ähnliche Erfahrungen machen, weil sie mit einem unsichtbaren Band miteinander verbunden sind. Dass es Zeiten gibt, in denen sie, entgegen dem, was sie wissen und wovon sie überzeugt sind, handeln und Dinge tun, die sie später bereuen. Und dass sie das wissen, weil die Konsequenzen von problematischen, beispielsweise gewalttätigen oder gesundheitsschädlichen Verhaltensweisen sich weder wegreden noch beschönigen lassen, sie früher oder später darunter leiden oder ihr Leben zerstören werden. Zwar haben wir alle es mit den Folgen unserer Handlungen zu tun, aber wir können daraus lernen und daran wachsen.

Die Tragweite von Entscheidungen erkennen wir erst im Nachhinein, oft erst Jahre danach, wenn überhaupt, sagte Mara, als sie nach ihrem gemeinsamen Ausflug nach Alcudia am späten Abend auf die Finca zurückkehrten. Erst im Nachhinein wissen wir, was und wen wir wirklich geliebt, was und wen wir wirklich verloren haben.

An diesem Vormittag unterhielten sich die Freundinnen lange über Leid, Verantwortung und Seelenheil, weshalb es Giulia danach schwer fiel, sich auf ihre Arbeit zu konzentrieren.

Wozu das ganze Theater auf sich nehmen, den ganzen Mist? Wie kleine Düsengeschosse jagten unzählige Fragen und Gedanken durch ihren Kopf. Sie dachte an Mark, der sich auf eine außereheliche Affäre einließ, weil er meinte, nichts zu verlieren und als Sieger herauszugehen, so oder so. Was Mark unterschätzte, waren Gefühle, starke Verliebtheits-Gefühle, die seine Geliebte mit der Zeit dazu bewegten, Forderungen an ihn zu stellen und Gegenrechnungen aufzustellen: Wenn ich das für dich tue, dann! Sie forderte, dass er sich nicht mehr mit anderen Frauen treffen und sich sogar scheiden lassen sollte.

Auf Giulias Frage, warum er das so billigend in Kauf nehmen und was er seiner Frau erzählen würde, wenn sie ihn danach fragte, womit er seine Zeit verbrachte, antwortete Mark: „Ich mag es, wenn Cristina eifersüchtig ist, weil ich dann weiß, ich werde geliebt. Im Übrigen hat meine Affäre nichts mit meiner Ehe zu tun. Diane weiß davon nichts, obwohl ich, wenn ich ehrlich bin, liebend gerne beide Frauen behalten würde."

Die Vorstellung, dass sich die romantisch-erotische Verbundenheit zwischen zwei Menschen nur in einer traditionellen Ehe entwickeln lässt, gehört in den Bereich der Märchen und Mythen, wie die Vorstellung, dass Frauen über eine schwache Libido verfügen und deshalb den romantischen Eroberungsakt lieber starken, unverletzbaren Männern überlassen sollten. Denn sollte ein Ehegeheimnis herauskommen, eine Affäre aufgedeckt werden, eine Trennung bevorstehen, die Wahrheit über einen Partner, eine Partnerin herauskommen, dann geraten doch alle Beteiligten, Männer wie Frauen, in Angst und Panik und stehen nicht selten vor unlösbaren Problemen: Partner, die verlassen werden, fürchten sich vor dem Alleinsein, vor der Einsamkeit. Sie kämpfen mit Rachegefühlen und Selbstwertproblemen. Partner, die andere verlassen, ängstigen sich vor Übergriffen und Drohungen, vor eigenen Mitleidsempfindungen und der Sorge, der oder die andere könnte sich etwas antun. Dem einen machen Eifersucht und Liebeskummer zu schaffen, dachte Giulia angestrengt, andere schleppen seelische Verletzungen mit sich herum, aufgrund derer es nicht selten zu Verwerfungen und Problemen in neuen Beziehungen kommt. Andere Liebesbeziehungen funktionieren dagegen so lange, wie ein Partner seine Vorstellungen darüber durchzusetzen weiß. Unbenommen ist doch, dass Trennungen für alle Menschen schwierig sind und die Konsequenzen oft sehr negativ erlebt werden: man kann unbeherrscht reagieren, sich in Alkohol oder Drogen flüchten, an einem plötzlichen Herztod sterben, weil die emotionalen und wirtschaftlichen Belastungen zu groß werden. Natürlich können Menschen nach dem Tod des Partners auch aufleben, fröhlich und unbeschwert weiterleben. Und natürlich gibt es Gewalt, sehr viel Gewalt in Paarbeziehungen.

In dieser Nacht kam Giulia vom Hundertsten ins Tausendste. Alles, was ihr tagsüber durch den Kopf gegangen war, ließ sie jetzt nicht einschlafen. Und dann auf einmal fanden in ihren Gedanken die passenden Puzzlestücke zueinander und das ganze Bild kam zum Vorschein. Konnte sie selbst das Ganze mal so oder mal so betrachten, dann war ihr jetzt, mitten in der Nacht, als würden alle Facetten der Liebe in ihr lebendig werden: Freundschaft, Kameradschaft, Partnerschaft, aber auch Machbarkeit, Vorlieben, Begehren. Es war zu viel auf einmal, und es fiel ihr schwer, auch nur einen einzigen Gedanken festzuhalten. Liebe ist zu groß, zu mächtig, als dass sie zu verstehen und zu beherrschen wäre. Und es gelingen könnte, den Facettenreichtum von sinnlich-erotischen, emotional-romantischen und freundschaftlich-wohlwollenden Beziehungen auch nur ansatzweise wiederzugeben.

Die kommenden Tage verliefen unspektakulär und ereignislos. Giulia lebte in den Tag hinein, beschäftigte sich mit den Dingen, die anstanden, verbrachte Zeit mit Freunden und Familienangehörigen, konzentrierte sich auf ihre Arbeit, widmete sich dem einen oder anderen Projekt. Und jeden Tag setzte sie sich einen festen Zeitpunkt für eine kurze Meditation. Langsam kam sie zur Ruhe. Sie schaffte es sogar, nicht an Alex zu denken, aus dem Gedankenkreis herauszukommen, einfach nichts zu denken und abzuschalten, was sich schon bald wieder ändern sollte.

An einem Montagmorgen, Punkt 08:00 Uhr, die Sonne schickte ihre ersten Strahlen durchs Küchenfenster, an dem sie beim Frühstück saß, klingelte das Telefon. Sie ging zum Schreibtisch.

„Ja, hallo!" Ihre Stimme klang noch schläfrig.

„Guten Morgen, Frau Orlandini. Frey hier. Ich habe mit dem Senator über Wessner gesprochen."

Frey räusperte sich und pausierte, bevor er weitersprach. Von einer Sekunde zur anderen war es vorbei mit dem Dahindösen in den frühen Morgenstunden. Furcht erfasste sie, wenn sie jetzt weiterdachte.

„Ich möchte ganz offen zu Ihnen sprechen. Und es tut mir leid, dass ich Ihnen das sagen muss", sagte Frey langsam mit leicht bayerischem Akzent und sprach sehr ruhig weiter: „Sie hatten recht. Wessner hat ein Alkoholproblem, das dem Senator schon seit längerer Zeit bekannt ist. Deshalb hat er auch überhaupt nicht versucht, irgendetwas an dem Verdacht zu beschönigen."

„Oh", murmelte Giulia, ging in ihr Arbeitszimmer, setzte sich auf den Bürostuhl und fragte geistesabwesend: „Und nun?"

Giulia wippte mit den Beinen unterm Schreibtisch. Tränen verfingen sich in ihren Wimpern, so dass sie kaum noch sprechen konnte.

Frey schien das nicht bemerkt zu haben und erzählte in einem unaufgeregten Ton weiter, dass das Problem bekannt sei und man Wessner deshalb einen Berater zur Seite gestellt hätte, einen Seelsorger, der sich mit Alkoholismus auskennen und sich um die Familie kümmern würde. Ganz zum Schluss erwähnte Frey noch, dass er ihren Namen preisgegeben hatte, da der Senator unbedingt hatte wissen wollen, wer hinter dieser Anfrage steckte. Er wünschte ihr alles Gute, bevor er sich verabschiedete und auflegte.

Giulia, die die Wahrheit über Alex und seinen Zustand zwar schon gekannt hatte, sich aber nicht ganz sicher gewesen war, fühlte sich danach mies, ziemlich mies sogar. Ihr Körper krampfte sich zusammen und sie konnte sich kaum noch bewegen. Alles war starr in ihr. Und obwohl sie das schon geahnt hatte, war sie schockiert, noch mehr, dass dabei ihr Name ins Spiel kommen könnte. Kalter Schweiß trat auf ihre Stirn. Sie wollte aufspringen, blieb aber wie gelähmt auf dem Stuhl sitzen.

„Bin ich jetzt glücklicher?"

Sie setzte die Ellenbogen auf die Schreibtischplatte und stützte ihren Kopf in die Hände, während sie darüber nachdachte. Wie um Himmels Willen konnte es in dieser Beziehung weitergehen? Weder konnte sie in diesem Moment genau fühlen noch sachlich beurteilen, wie peinlich und aufwühlend diese Lage jetzt für beide war. Würde es ihr gelingen, das Schlimmste abzuwenden, wenn sie sich dem offen stellen würde? Doch erst galt es, alleine damit fertigzuwerden und wieder einen klaren Kopf zu bekommen, bevor sie Alex anrief, um ihm ihren Vorstoß zu offenbaren. Sie ging ins Bad, drehte den Wasserhahn auf, ließ kaltes Wasser in ihre Hände laufen, erfrischte ihr Gesicht und trocknete es mit einem Handtuch ab. Weshalb wollte er das nicht wahrhaben, dass es so nicht mehr weitergehen konnte mit ihnen? Diese Frage ging ihr auf dem Weg in die Küche durch den Kopf, wo sie die Espressomaschine einschaltete und wartete, bis diese startklar war. Währenddessen zum gefühlten hundertstenmal die immerzu gleichen Fragen nach dem Weshalb und Warum in ihrem Kopf umherkreisten.

Alex war stur, das war ihr bekannt, und sie wusste genau, wie er sein konnte und welche Strategien er anwandte, wenn er mal nicht weiterwusste, sich verrannt hatte und vor lauter Bäumen den Wald nicht sah. Zweifellos schämte er sich auch, weil er als Mann ja ein Bollwerk gegen Angriffe und Verletzungen darstellte. Und ein rechter Mann kein Jammerlappen, schon gar keine Heulsuse war.

Die Tage vergingen, in denen sich Giulia konzentriert ihren Projekten widmete und überhaupt mit keinem Menschen darüber sprach. Jeden Abend überlegte sie sich einen Plan, eine wirkungsvolle Strategie, wie sie ihm diese Sache beibringen konnte. Doch dann erübrigte sich die ganze Grübelei, da Alex ihr zuvorkam.

Sie saß im Railjet nach Wien vor einem Teller Kaiserschmarrn mit Zwetschgenmus und unterhielt sich mit dem fünfzehnjährigen Laurenz, der nach Budapest unterwegs war, um dort an dem jährlichen Treffen der europäischen HorsebackArcheryGemeinschaft teilzunehmen. Begeistert erzählte der Junge über die Reitsportart der Hunnen, bei der im Galopp, ohne Sattel, freihändig auf Ziele in der Natur geschossen wird. In einer Fernsehdokumentation hätte er davon erfahren und kurz darauf wäre er dem Verein beigetreten. Er hätte gelernt, freihändig im Galopp zu reiten, mit Pfeil und Bogen zu schießen, wäre stärker und selbstbewusster geworden. Laurenz holte seinen eleganten Bogen und den Seitenköcher, in dem sich die Pfeile befanden, aus seinem Bogenkoffer heraus und demonstrierte Giulia, wie man den Bogen richtig hält. „Angeben kann ganz schön anstrengend sein", mischte sich plötzlich ein Halbstarker auf der anderen Seite ein. Doch Laurenz ließ sich nicht aus der Ruhe bringen und machte stattdessen mit seiner Vorführung weiter. Kurz vor Linz vibrierte dann ihr Handy. Laurenz war gerade dabei, den Bogen und die Pfeile wieder zu verstauen.

„Hallo Alex, oh, wie schön, von dir zu hören."

Giulia schluckte, als sie seine Stimme vernahm. Sofort machte sich in ihrem Bauch ein flaues Gefühl breit.

„Du hast mit dem Senator gesprochen!" Alex kochte vor Wut. Wie vom Blitz getroffen stand Giulia auf und bat Laurenz, auf ihre Sachen aufzupassen. Schnell verließ sie den Speisewagen und suchte nach einer Stelle, an der sie ungestört telefonieren konnte. Im Telefonat mit Alex tat sie dann so, als würde sie über den Dingen stehen, während sie ihn etwas scheinheilig danach fragte, wie es ihm denn so gehen würde.

„Spar dir deine Frage!", schrie er in sein Handy.

„Hallo, hallo, ähm, ich verstehe nicht."

Herandrängenden Fahrgästen, die in Linz aussteigen wollten, wich sie aus. „Es ist zu laut, zu eng. Warte, ich rufe dich gleich zurück."

Giulias Beine zitterten und sie schwankte, als sie durch den Zug lief: durch die nächste Tür, den nächsten Gang, durch eine weitere Tür, einen weiteren Gang. Überall standen Leute mit ihren Koffern herum oder saßen auf dem Boden. Schließlich fand sie eine Stelle zwischen zwei Waggons über dem Räderwerk, das unter ihr ohrenbetäubend laut ratterte. Sie zog ihr Handy aus der Tasche, drückte auf Alexander Wessner, wählte Anrufen und hob es ans Ohr. Eine quälende Minute lang klingelte es, bevor er ran ging.

„Du rufst mich wegen dem Senator an?", fragte Giulia scheinheilig, die die Flucht nach vorne ergriff und versuchte, so viel Überzeugungskraft in ihre Stimme zu legen, wie sie gerade aufbringen konnte, um gelassen und selbstsicher zu wirken, wie Laurenz, der sich von den Halbstarken auch nicht aus der Ruhe hatte bringen lassen.

„Stimmt." Eindeutiger und knapper hätte seine Antwort nicht ausfallen können.

„Wie du siehst, musste ich mir was einfallen lassen, damit du mich anrufst", begann sie beherzt.

Alex schäumte vor Wut, und sein Geschrei aus dem Handy, das sie wegen dem Räderwerk auf laut gestellt hatte, war bis in den Zugflur hinein zu hören. Schnell stellte sie ihr Handy auf leise um. Sie kam sich so beschissen vor wie noch nie zuvor in ihrem Leben, dachte: „Oh Gott, was habe ich nur angerichtet. Hoffentlich hält sein Herz durch."

„Ich muss dir aber noch was beichten", sagte sie kleinlaut: „Ich habe den Senator nicht angerufen", Giulia holte tief Luft, bevor sie weitersprechen konnte: „Sondern, ähm, ich habe anrufen lassen."

„Was zum Teufel geht da vor sich?" Mit Alex gingen die Pferde durch, als er erfuhr, dass sie einen Mittelsmann vom Polizeipräsidium eingeschaltet hatte. „Verdammtes Psychologen-Pack", schrie er ins Telefon. Sie hielt sich das Handy vom Ohr weg und blickte um sich herum. Umhergehende Fahrgäste musterten sie verstohlen von der Seite. Giulia wollte sich am liebsten in das nächstbeste Mauseloch verkriechen, doch stattdessen lehnte sie sich seitlich ans Zugfenster und sah sich eingeschüchtert um. Nervös wippte sie mit dem rechten Bein, das sie etwas in den Gang gestreckt hatte, und hörte Alex widerwillig zu.

„Ihr mischt euch überall ein. Dabei ist euch jedes Mittel recht." Wutausbrüche auf dieser Stufe sind sehr gefährlich und können die Betroffenen um den Verstand bringen. Giulia versuchte deswegen zu deeskalieren und ging in die Defensive. Sie erwiderte, dass ihr das Ganze schrecklich leidtun würde, sie sich aber nicht anders zu behelfen gewusst hatte. Sie hütete sich davor, ihn eines Besseren zu belehren.

„Komm mir nur nicht in die Quere und halte dich aus meinem Leben raus", fauchte Alex gereizt in sein Gerät und drückte kurz darauf die Leitung weg.

Sein Wutanfall hatte zwar nur ein paar Minuten gedauert, er übertraf aber alles, was sie bisher erlebt hatte. Kein Wunder, dass es ihr danach schlecht ging, ziemlich schlecht sogar, und deshalb froh war, dass Laurenz fest schlief, als sie zurück an ihrem Platz im Speisewagen war. Ein Ende mit Schrecken kann besser sein als ein Schrecken ohne Ende, dachte sie, während sie vor sich hindöste und keine Sekunde daran zweifelte, mit dieser Aktion das endgültige Ende der Beziehung besiegelt zu haben.

Weit gefehlt!

Weder hatte dies ernsthafte Folgen noch hörte die Beziehung auf. Sie trafen sich, sie versöhnten sich. Nicht einmal, nicht zweimal, nein, mehrmals. Denn mit dem chronischen Beziehungsstress, den man am Abend nicht mal eben mit dem Mantel ablegt, konnten die beiden inzwischen umgehen, jeder auf seine Art: Sie im Glauben, die wahre Liebe gefunden zu haben, für die sie weiterkämpfen wollte, und er im Glauben, dass sich, wenn man vergessen und verdrängen kann, alles von alleine regeln würde. Natürlich waren über die Jahre zwischen den beiden Gewohnheiten entstanden. Gewohnheiten, die zur zweiten Haut geworden und schwer abzulegen waren. Sie wollten sich haben, und sie wollten das Wenige genießen, was ihnen geblieben war: sinnlich-erotische Momente in Hotelzimmern, romantisch-emotionale Momente in Restaurants bei Kerzenlicht, beim Tanzen auf der Straße, in Clubs. „Nichts ist so sexy, wie wenn eine Frau einem das Essen auf Französisch bestellt", sagte er während eines Abendessens und bat sie, bestens gelaunt, ihm die ganze Speisekarte auf Französisch vorzulesen. Ein anderes Mal scherzte er: „Ich kann nicht gleichzeitig tanzen und zudringlich sein, das würde mich überfordern." Alex hielt sie dabei am Arm fest und sagte: „Ich war stinksauer, als du deinen Komplizen bei meinem Chef hast anrufen lassen. Wärst du damals in greifbarer Nähe gewesen, hätte ich dich in der Luft zerrissen. Andererseits finde ich keine Antwort darauf, warum ich so viele Jahre geschwiegen habe." Er hob seine Hand, strich ihr liebevoll eine Haarsträhne aus dem Gesicht und klemmte sie ihr hinter das Ohr. „Und jetzt, ja jetzt, da tue ich nichts anderes als reden." Alex redete über seine Ehe, die gescheitert war, lange bevor sie sich kennengelernt hatten. Und er sprach über seinen erschöpfenden Kampf, den er seit Jahren gegen Einsamkeit und Verzweiflung führte.

Giulia hätte über diese Wendung glücklich sein können, wenn dieses unterschwellige, ungute Gefühl nicht gewesen wäre, ein diffuses Gefühl, dass diese Liebe doch noch unter die Räder kommen könnte. Inständig bat sie ihn darum, sich mit seiner Frau auszusöhnen, seine Verletzlichkeit und Kraftgrenzen anzusprechen, was er nicht tat, stattdessen verbrachte er seine Freizeit weiterhin auf dem Fußballplatz mit grölenden Fans und in der Kneipe. Für Giulia war es nicht leicht, sich schrittweise seiner inneren Welt anzunähern: an seine Ängste und Träume, an seine Verzweiflung. Und an eine Nähe, in der man sich eigene Freiräume offenhalten will: Freiräume für Rückzug, Entfaltung, Begeisterung und Stärke. Freiräume für Tränen, Wut und Zerstörung. Erst dann erfährt man doch von einer anderen Beziehungsrealität, die jenseits von der liegt, die für gewöhnlich wahrgenommen wird. Doch dem nicht genug: Giulia verlangte nach einer Veränderung in der Beziehung, weil sie zu neuen Ufern aufbrechen wollte. Aber sie hinterfragte die Dinge auch, weil sie die Geschehnisse, die seinen Alltag bestimmten, und die Folgen, mit denen er es zu tun hatte, verstehen wollte. Was ein Fehler war.

Eine Zeitlang schien es ihr so, als würden sie die schwierigen Phasen meistern, als ob es einen neuen Anfang geben würde. Und jedes Mal zuckte sie zusammen, wenn sie daran dachte, wie ihr Leben ohne ihn sein würde. Sie fragte sich, ob ihre Liebe ausreichen würde, um sich seinen Lebensverhältnissen anpassen zu können und sich in diesem neuen Leben weiter zu entfalten. Weil es aber klüger schien, solche Fragen nicht mehr zu stellen, entschied sie sich, den Mund zu halten, bis sie dann doch an einem Abend in einem Restaurant in Hamburg, wie aus dem Nichts, ihre Stimme darüber erhob, nicht ahnend, wie tief diese Worte in ihn eindringen würden: „Sollte sich in deiner Familiensituation etwas ändern, kannst du nicht von heute auf morgen in mein Leben einbrechen."

„Schon wieder fängst du davon an. Bin im Bilde", antwortete er zornig und verstummte gleich wieder.

„Ich wollte doch nur, ähm", stotterte sie verlegen. „Ich, ich wollte doch nur sagen, dass ich in einer komplett anderen Welt lebe, ungebunden, unabhängig und frei. Keine Woche gleicht der anderen, kein Montag, kein Dienstag, kein Sonntag. Und ich will auch nicht für den Rest meines Lebens vorhersehen, was sich für gewöhnlich an diesen Tagen abspielt. Partnerschaften scheitern doch genau an diesem Punkt, wenn sich die Partner mit eisernen Gewohnheiten gegenseitig in Schach halten und sich nur noch mit alltäglichen Routinen beschäftigen."

„Deine Ansichten kenne ich zur Genüge." Alex zog die Augenbrauen hoch: „Ohne Alltag läuft keine Beziehung. Und die Liebe, tja, da muss man sich halt anpassen."

„Wahre Liebe lässt sich doch nicht vom Alltag und den Gewohnheiten unter Druck setzen", fiel sie ihm ins Wort, wohl wissend, dass ihre Argumente auf wenig Widerhall stießen und Alex keine Anstrengungen unternehmen würde, aus seinen Denkschablonen und pragmatischen Sichtweisen herauszukommen.

„Liebe ist Alltag und muss im Alltag verfügbar sein. Auch die Nähe des Partners."

„Aber doch keine vierundzwanzig Stunden am Tag. Aber lassen wir das Thema fallen und, ähm, vielleicht sehen wir uns doch bald öfters", warf Giulia versöhnlich ein, wechselte das Thema und berichtete, dass sie sich um einen Studienplatz für ein berufsbegleitendes Masterstudium in internationaler Kriminologie an der Universität in Hamburg beworben hatte.

„Ich zieh den Hut vor so viel Mut", antwortete er verdutzt.

„Mut?"

„Weil viele Menschen im fortgeschrittenen Alter Belastungen minimieren, anstatt sie zu maximieren."

„Also, du meinst, Menschen würden sich mit 45 bereits im fortgeschrittenen Alter befinden?"

Giulia widersprach ihm heftig, weil sie davon überzeugt war, dass Menschen mit festgefahrenen Meinungen und Haltungen die vielfältigen Dynamiken des Lebens verweigern würden.

„Möglich, dass da was dran ist", räumte Alex trotzig ein. „Ich meine aber, dass nicht alle Menschen die Kraft und den Mut haben, sich lebenslang weiterzuentwickeln, Neues dazuzulernen und sich den neuen Gegebenheiten anzupassen."

Alex atmete schwer, viel zu schwer für sein Alter, und es schien so, als ob ihn ihre Begeisterung und Tatkraft überfordern würden. Giulia wechselte das Thema. Weil das kein erhellender Austausch war. Für neue Ideen war kein Platz. Außerdem wollte sie nicht auf den Knien rutschend um die Erweiterung seines persönlichen Lebensrahmens fortzanken, was doch zu nichts geführt hätte. Hauptsache er brachte seine Standpunkte durch. So fragte sie ihn, wann er sie denn das nächste Mal besuchen würde.

„Ostern?" Der Vorschlag kam so überraschend, dass sie nicht wusste, was sie darauf antworten sollte. Inzwischen hatte sie sich damit abgefunden, dass es aus den bekannten Gründen bis auf weiteres kein längeres Beisammensein geben konnte. Und jetzt sollte doch noch so schnell ein Treffen zustande kommen?

„Oh, das hättest du mit mir früher besprechen müssen. Über Ostern bin ich nämlich weg. Ich fahre nach Riparbella und mache dort einen Bildhauerkurs. Möchte an meiner Alabasterstele weiterarbeiten und brauche professionelle Unterstützung. Den Kurs habe ich auch schon bezahlt." Giulia war sichtlich enttäuscht und schüttelte den Kopf.

„Schon wieder was Neues. Du wolltest doch immer, dass ich mir Zeit für dich nehme." Die Enttäuschung war Alex anzusehen. Er schien fast verzweifelt, so sehr ärgerte er sich über ihre Absage.

„Nun", begann Giulia: „Seit zwei Jahren arbeite ich an einer drei Meter hohen Stele, auf deren Metallstange bunte, unterschiedlich große Alabasterfiguren aufgefädelt sind, die frei in der Luft schwingen und tanzen. Damit will ich zum Ausdruck bringen, dass Menschen einander gleichzeitig nahe sein und doch frei schwingen können." Die Begeisterung, mit der sie von ihrem Hobby erzählte, ließ sie das Essen vergessen und Alex umso wortkarger werden.

„Aha."

„Mein Vater war Steinbildhauer. Und wie es scheint, habe ich etwas von seinem Talent geerbt."

„Ich komme mir kläglich vor", kommentierte Alex steif. „Weil du immer so viel unternimmst und so viel zu erzählen weißt."

„Aha", entgegnete Giulia selbstbewusst, „was bleibt mir auch anderes übrig? Soll ich herumsitzen, Däumchen drehen, auf dich warten, bis du Zeit hast und deiner Frau endlich reinen Wein einschenkst?"

Giulia gehörte nicht zu den Frauen, die ohne Mann nichts auf die Reihe bringen oder sich wegen ihres nicht mehr jugendlichen Alters an einen Mann ketten. Sie war bekannt dafür, dass sie mutige Entscheidungen traf, experimentierte und von vorne anfing, wenn etwas, eine Liebe oder ein Lieblingsprojekt, in die Brüche ging. Bildhauern und Schreiben waren ihr Metier. Sie konnte sich völlig in diesen Tätigkeiten verlieren, war verschmolzen mit Fantasie und Glück. Dann verschleuderte sie auch keinen einzigen schweren Gedanken an Alex, der beruflich und familiär weiter unter Druck geriet. Der sich keinen Ausrutscher erlauben durfte, in der Kneipe nach Entspannung suchte, mit Bier und Schnaps ein gewisses Maß an innerer Sorglosigkeit erreichte, deshalb wohl durchhalten und funktionieren konnte. Wieder hatte sie Mitleid mit dem Mann, den sie begehrte, und bei dem sie doch nur zuschauen konnte, wie sich seine Lebensspirale weiter nach unten drehte, er in erster Linie selbst damit fertigwerden musste.

Energisch schob sie die trübseligen Gedanken beiseite und machte sich fertig. Anstatt in das Designerkleid schlüpfte sie in eine bequeme Jeans und eine lässige Bluse mit Tigermuster. Dieses Ensemble war genauso aufregend wie das andere, vor allen Dingen fühlte sie sich darin wohl. Und das war genau das, was sie gerade am meisten nötig hatte: Sich einfach wohlfühlen.

Schluss, aus, Ende!

Alex schleppte sein zerrissenes Dasein durch eine weitere Anzahl von Monaten hindurch. Bis es wieder so weit war: Langsam verstummte die Kommunikation zwischen ihnen, bis sie völlig abwesend war, sich nichts als Leere auftat und ihre Liebe dazu verdonnerte, in einem Temperaturbereich auszuharren, in dem es kein Überleben gab.

Ihre Intuition sagte: Es ist aus. Endgültig aus.

Und doch keimte Hoffnung bei dem Gedanken auf, dass wahre Liebe mit sehr wenig auskommen und sich von wenigen Augenblicken der Nähe und Verbundenheit nähren und dadurch fortbestehen kann. Wie oft hatte sie sich das in den letzten Jahren immer wieder eingetrichtert. Doch es war an der Zeit aufzuwachen, logisch zu denken, was ihr das vernebelte Hirn viel zu oft erschwert hatte. Schließlich fiel es ihr wie Schuppen von den Augen, und sie fragte sich ernsthaft, inwieweit sie Opfer von ihren Vorstellungen über die romantische Liebe war: Von übersteigerten romantischen Träumen. Vom nie versiegenden Glück. Weil sie diese in der Kindheit erworbenen Meinungen und Überzeugungen noch heute beeinflussten und sie hinter ihren Träumen, Hoffnungen und Ängsten über die romantische Liebe steckten? Weil es die Norm war, eine in der Gesellschaft tief verwurzelte Norm, die mit einem Bündel von Erwartungen an den Traummann einherging, und der, wenn es darauf ankam, alles sein musste: Liebhaber, Seelenverwandter, Vater, Freund, Beschützer, Versorger, Krankenpfleger. Dass das eine zu große Last für einen einzigen Menschen war, darauf war sie nicht gekommen, auch nicht darauf, die eigenen Bedürfnisse auf mehrere Schultern zu verteilen, besser, sich davon unabhängig zu machen. Das romantische Liebesideal fordert einen zu hohen Preis: Die bedingungslose Auslieferung an einen Menschen, einen Übermenschen, den es nie gab und niemals geben wird, weshalb Beziehungen zwangsläufig scheitern.

Giulia saß an ihrem Laptop und beantwortete Mails, als ihr diese Gedanken im Kopf herumschwirrten und sie dazu brachten, nach ihrem Smartphone zu greifen. Entschlossen durchsuchte sie ihre Kontaktliste und drückte auf seinen Namen. Doch mit jedem Ton, den das Anwählen von sich gab, wurde sie unsicherer. Ein starkes Gefühl meldete sich und sagte, dass das ein ungünstiger Zeitpunkt sei. Schnell drückte sie auf *Gespräch beenden*, schickte stattdessen eine SMS: *Alex, melde dich bitte. Ich mache mir Sorgen. Muss wissen, was los ist.*

Das Wochenende verbrachte sie im 22. Gemeindebezirk in der Donaustadt, im beliebten Naherholungs- und Naturschutzgebiet von Wien. Giulia war gerne an diesem magischen Ort, an dem sie auf ausgedehnten Spaziergängen und entlang des Alt-Donau-Ufers zu jeder Jahreszeit die wunderbare Ruhe genießen konnte.

Später, antwortete Alex rasch.

Ein Lebenszeichen. Gott sei dank. Giulia hüpfte vor Freude in die Höhe, als sie das las. Zora, die ruhig vor ihren Füßen lag, sprang aufgeregt an ihr hoch, bellte und lief zu dem kleinen Tischchen, auf dem ihre Hundeleine lag. Giulia kniete sich neben sie, kraulte ihre Ohren und sagte: „Gleich gehen wir Gassi." Sie zog ihre Laufschuhe an und nahm die Retriever-Hündin an die Leine, um die sie sich gerade kümmerte, da ihre Freunde über das verlängerte Wochenende verreist waren. Zora war eigensinnig, entspannt und quietsch-lebendig. Für Giulia war es die reinste Freude, Zeit mit ihr zu verbringen. Das Haus verließen sie über die Terrassentür, die Giulia nur anlehnte und nicht verschloss. Die Gegend war sicher, von Einbrüchen und Überfällen hatte man seit Jahren nichts gehört. Sie gingen durch die Gassen der gepflegten Gartensiedlung Richtung Alte Donau und dann weiter entlang des stillgelegten Flussarmes. Auf der Hundewiese ließ sie Zora frei laufen und es dauerte nicht lange, bis sie Artgenossen kennenlernte. Als es ihr zu bunt wurde, raste sie in vollem Lauf hinunter zum Fluss, warf sich hinein, schwamm ein paar Züge, kam zurück, sprang aus dem Wasser, schüttelte sich und jagte weiter hinter ihren Gefährten nach. Zora war ein richtiges Energiebündel und zeigte auch nach zwei Stunden keine Ermüdungserscheinungen, bis es ihr dann doch zu viel wurde und sie sich widerstandslos anleinen ließ. Als die beiden ins Haus zurückkehrten, lief Zora schnurstracks in die Küche, kaum dass sie die Terrassentür hinter sich geschlossen hatte. Dort beschnüffelte sie ihren Napf mit Futter, bevor sie Wasser aus dem anderen schlappte. Giulia füllte eine Handvoll Trockenfutter in den Napf, tauschte das Wasser aus, blieb neben ihr stehen und schaute auf ihr Handy, auf dem etliche Nachrichteneingänge verzeichnet waren. Von Alex war keine dabei. Enttäuscht stellte sie eine Pfanne auf die Herdplatte, machte sich zwei Spiegeleier, gab frische Kräuter und Cocktailtomaten darüber. Mit einem großen Glas kalter Milch setzte sie sich vor den Fernseher, zappte durch die Programme und blieb bei CNN hängen. Sie lehnte sich gegen das Kopfteil des Sofas und drehte den Ton des Fernsehers hoch, als der französische Staatspräsident Nicolas Sarkozy vor einer geheimnisvollen ägyptischen Pyramide gezeigt wurde, wie er seine Carla fest in den Armen hielt. Die beiden sehen sehr glücklich aus, dachte Giulia und merkte, dass sie neidisch wurde, weil sie sah, dass die beiden öffentlich zueinander standen. Sie schloss die Augen, dachte an Alex und versuchte, diesen Moment in sich einzusaugen. Und wünschte, er könnte es ebenso spüren.

Danach verfolgte sie die Breaking News über den US-Wahlkampf, in dem sich der umjubelte demokratische Präsidentschaftskandidat gerade zu Wort meldete. Obama konnte frei reden. Er trat überzeugend auf und beeindruckte sogar den republikanischen Gegenkandidaten Romney. Immer wenn sie Obamas Stimme hörte, dachte sie, dass die Stimme von David genau so klang: tief, kraftvoll, voluminös.

Kummer plagte sie den ganzen Sonntagabend lang, bis sie es satt hatte, jede zweite Minute auf ihr Handy zu schauen. Nach einem aufregenden Thriller, wo die Handlung beunruhigender war, als die Tatsache, dass sich Alex immer noch nicht gemeldet hatte, machte sie mit Zora einen flotten Abendspaziergang durch die dunklen Gassen der Siedlung. Um kurz vor Mitternacht wankte sie dann ins Badezimmer, wo sie sich für die Nacht fertig machen wollte. Als sie eine halbe Stunde später ins Schlafzimmer kam, lag Zora auf dem Fußboden. Doch noch ehe sich Giulia recht umsehen konnte, war sie mit einem riesigen Satz auf ihr Bett gesprungen und sah sie erwartungsvoll an. Todmüde ließ sie sich ins Bett fallen und schlief sofort ein. Mitten in der Nacht schreckte sie plötzlich hoch. Im ersten Moment wusste sie nicht, was es war, das sie aus dem Schlaf gerissen hatte. Sie versuchte, ihre Gedanken zu ordnen, stand auf, ging ins Badezimmer, drehte den Wasserhahn auf und hielt den Zahnputzbecher darunter. Sie trank den Becher mit einem Schluck leer und ging zurück ins Schlafzimmer. Zora, die hechelnd auf ihrem Bett lag, beobachtete sie auf Schritt und Tritt. Ein eigenartiges und beunruhigendes Gefühl erfasste Giulia, als sie wieder unter die Bettdecke schlüpfte und sich von Zoras Fell ihre kalten Füße wärmen ließ. Noch lange lag sie wach und lauschte ihrem Atem. Dabei schaute sie ständig auf das Display ihres Handys, das auf dem kleinen Nachttisch neben dem Bett lag. Immer noch keine Nachricht. Als ihr allmählich die Augen zufielen, wurde es schon hell. Lang war die Nacht nicht, denn in aller Herrgottsfrühe stand Zora vor dem Bett und forderte sie schwanzwedelnd zum Spiel mit einer Stoffpuppe auf. Im Halbschlaf kraulte Giulia die Hündin hinter den Ohren und hoffte, sie würde sich damit zufriedengeben. Doch Zora ließ nicht locker, so dass Giulia gequält aus dem Bett ausstieg und das Spiel mit der Hündin begann, bei dem nicht nur ihr Kreislauf in Schwung kam. Sie konnte in diesem Augenblick auch die penetranten Gedanken an Alex loswerden. Danach zog sie sich eine Jogginghose und ein passendes Shirt an und nahm die Leine vom Beistelltisch. Zora sprang in dem Moment auf, gab kleine Freudenjauchzer von sich und tänzelte auf ihren Hinterpfoten. Es war erst kurz nach 07:00 Uhr, als sie wieder über die Terrassentür das Haus verließen und sich durch die Gassen der Gartensiedlung zur nahegelegenen Bäckerei aufmachten. Die Vögel zwitscherten und ein leichter Wind brachte frische Luft heran an diesem herrlich sonnigen Frühlingsmorgen. Weit und breit war niemand zu sehen, so dass sich Giulia entschied, Zora frei laufen zu lassen und die Hundeleine über die Schulter zu legen. Der morgendliche Spaziergang tat ihr gut und gab ihr für den bevorstehenden Bürotag Kraft. Zora sprang ein paar Meter voraus, wieder zurück und an Giulia hoch, kaum dass diese die Terrassentür hinter sich geschlossen hatte. Dann ging Giulia als Erstes in die Küche und setzte einen starken Kaffee auf, warf einen sehnsuchtsvollen Blick auf ihr Handy, das auf dem Küchentisch lag, gab Zora zwei Leckerlis und stellte sich dann unter die Dusche. Danach setzte sie sich im Bademantel und mit nassen Haaren, die sie zu einem Zopf zusammengebunden hatte, mit einer großen Tasse Kaffee und einer Scheibe Brot mit Marillenmarmelade an den Schreibtisch. Sie musste wissen, was los war, zumal dieser ungewisse Zustand das ungute Gefühl bestärkte, das Giulia seit Stunden quälte. Da sich Informationen über Personen im öffentlichen Leben schnell im Netz verbreiten, fuhr sie den Laptop hoch, tippte bei Google seinen Namen ein und fahndete nach den News, während Zora mit einem Knochen zwischen den Vorderpfoten unterm Schreibtisch lag und in aller Seelenruhe daran herumnagte.

Und dann geschah es, etwas ganz Unerwartetes, das alles, aber auch alles verändern sollte, als sie die kleine mit einem schwarzen Rahmen versehene Anzeige vom Juristenverband in einem Hamburger Lokalblatt entdeckte und die in Großbuchstaben gedruckte Anzeigenüberschrift las: TRAUER UM JUDITH WESSNER. Wie ein Donnerschlag durchfuhr es sie, als sie das las. Es war ein Schock, und Giulia war überhaupt nicht in der Lage, das Geschehene zu begreifen, noch weniger zu verarbeiten. Plötzlich umgab sie Stille, die sich auf ihren Verstand und ihre Sinne ablegte. Sie fühlte sich wie erstarrt, saß regungslos vor dem Laptop. „Tot? Seine Frau soll tot sein?", fragte sie sich und spürte, wie sie von einer leichten Panik erfasst wurde, als sie unter der Überschrift den Trauertext und die Namen der Trauernden las: Alexander Wessner mit Töchtern Hanna und Marga. Die Nachricht über den Tod einer Frau, die sie niemals gesehen hatte, von der sie weder wusste, wie ihre Stimme klang noch welche Haarfarbe sie hatte, ob sie klein oder groß war, was sie dachte, fühlte, empfand, schlug wie eine Bombe ein. Von einer Frau, die für sie eine Fremde und doch allgegenwärtig war, wie jetzt in diesem Augenblick, in dem sie auf eine seltsame Weise spürbar war. Es war ein geradezu unheimlicher Moment, in dem Giulia erfuhr, wie sehr sie beherrscht war von dieser Frau, von ihrem Alkoholismus und ihrer Ohnmacht. „Eines Tages wirst du uns beide verlieren", hatte Giulia vor nicht allzu langer Zeit völlig überraschend und aus dem Bauch heraus zu Alex gesagt, der darauf nur den Kopf geschüttelt hatte. Es waren verwirrende Gedanken, die ihr jetzt durch den Kopf gingen und die sie weit, sehr weit von sich wegschieben musste, um in den Tag zu kommen, was nicht funktionierte, da ihre heile Gedankenwelt zerstört war, ein für allemal zerstört.

„Den Trauernden wünschen wir viel Kraft in dieser schweren Zeit", las sie, derweil sie auf derselben Seite das Foto vom Oberbürgermeister Ole von Beust betrachtete, der mit einem strahlenden Lachen ein Sportereignis eröffnet hatte. Das Leben geht weiter, dachte Giulia und merkte, dass ihr Zora über die rechte Hand leckte, die sie über die Seitenlehne des Stuhls hängen ließ. Sie kniff sich ein paar Mal mit der linken Hand in den Oberarm, um aufzuwachen aus diesem Albtraum. Giulia wollte schreien, doch es kam kein Laut heraus. Sie schluckte und versuchte es erneut. Wieder ohne Erfolg. Ihre langen goldblonden Haare waren inzwischen trocken und sie begann, den sorgsam geflochtenen Zopf zu öffnen und ihr Haar zu bürsten. Dann schaltete sie den Laptop aus, kniff die Augen zusammen, als könnte sie damit dieses beunruhigende Ereignis aus ihrem Gedächtnis radieren. Noch immer davon benommen, packte sie ihre Arbeitsunterlagen in die Aktentasche, stand auf und ging zum Kleiderschrank. Sie zog das erstbeste Oberteil an, das ihr in die Hände fiel – eine lässige rote Bluse, die ihr bis an die Oberschenkel reichte, dazu eine weiße Leinenhose. Sie ging ins Badezimmer, stellte sich vor den Spiegel und trug ein wenig Lipgloss auf, ansonsten kein Make-up. Zora folgte ihr auf Schritt und Tritt, als würde sie spüren, dass etwas nicht stimmt. „Es war gut, dass sie mich heute so früh geweckt hat", motivierte sich Giulia selbst und fuhr sich mit der Bürste noch einmal kräftig durch die Haare. Dann ging sie die Wendeltreppe ins Esszimmer hinunter, nahm sich im Flur die Jacke vom Haken, griff nach ihrer Aktentasche, vergewisserte sich, dass der Geldbeutel, die Haus- und Autoschlüssel darin waren und ging zur Haustür. Zora winselte leise, als sie die Türklinke hinunterdrückte. „Jetzt nicht, Zora", sagte sie mit einer weichen Stimme und streichelte ihren Kopf. „Du musst hierbleiben. Aber Frauchen und Herrchen werden heute bald nach Hause kommen." Ohne sich umzudrehen zog sie schnell die Tür hinter sich zu und ging zum Auto, das sie auf der Straße vor dem Haus geparkt hatte.

Viel darf heute nicht mehr passieren, sagte sie sich im Stillen, als sie zur UBahnStation Kagran fuhr und ihr Auto auf einem P & RParkplatz abstellte. Mit der U1 fuhr sie weiter zum Stephansplatz und legte die restliche Strecke ins Büro zu Fuß im Zickzack über die menschenüberflutete Kärntner Straße zum Schottentor und bis zur Votivkirche zurück. Die Bewegung an der frischen Luft tat ihr gut. Sie war abgelenkt und ließ ihren Gedanken freien Lauf, ohne dass sie versuchte, diese zu interpretieren, zu manipulieren. Das Gefühl, in Wien zu sein, jetzt, in dieser Minute, wirkte beruhigend auf sie. In der Metropole fühlte sie sich heimisch. Zudem war sie mächtig stolz, wenn sie von Touristen nach dem Weg gefragt wurde. Ein sanfter Wind blies von hinten in ihr Haar, was sie als sehr angenehm empfand. Am Himmel war kein Wölkchen zu sehen und Sonnenstrahlen brachten sie zum Blinzeln. In einem Straßencafé, das sich schräg gegenüber vom Bürogebäude im 9. Bezirk befand, bestellte sie einen kleinen Schwarzen und ein Nusskipferl, das sie gierig verschlang. Das Koffein wirkte Wunder, und neue Energie durchströmte ihren Körper, als sie ihr kleines Büro im zweiten Stock eines Jugendstilgebäudes betrat, das wegen der hohen Wände, die weiß gekalkt waren, geräumig, offen und luftig wirkte. An einer Wand hing ein riesiges Ölgemälde, das die Künstlerin mit Karneval betitelt hatte, was ihrer malerischen Ausdrucksweise gerecht wurde: Intensive Farben flossen bunt ineinander und wirbelten vergnügt durcheinander. Alles war in Unordnung, wirkte wie hingeschmiert, übertrieben, unkonventionell – den Rahmen sprengend. Und doch hatte das Gemälde eine Struktur, ein inneres Muster, dem die Malerin folgte und das man erkennen konnte, wenn man genau hinsah. Auf dem Schreibtisch türmten sich links und rechts Manuskripte, Protokolle, Berichte, Notizen, To-do-Listen. In der Mitte lag eine mit Hauspost gefüllte Mappe. Giulia legte ihr Handy griffbereit vor sich hin und blätterte mit gerunzelten Augenbrauen im Stehen durch den riesigen Papierhaufen. Dann geschah etwas, so wie alles geschah, wenn etwas geschehen sollte: Beim Durchwühlen der Papiere und Manuskripte fiel ihr ein Schnellhefter mit transparentem Vorderdeckel und einem farbigen Rückendeckel auf. Auf dem Beschriftungsfenster stand in Großbuchstaben das Wort ALKOHOLISMUS. Giulia war sprachlos. Sofort nahm sie den Hefter aus dem Papierstapel heraus, setzte sich an den runden Besprechungstisch und begann zu lesen. Der Autor schrieb über die Alkoholsucht. Bereits das Vorwort war packend wie kaum ein anderes zu diesem Thema. Er bezog in diesem eindeutig Stellung dazu, dass neben Ecstasy, Kokain und Crystal Meth die Alkoholsucht zu den großen gesellschaftlichen Herausforderungen gehört und es die Suchthilfe mit steigenden Klientenzahlen und einer stark ansteigenden Beratungsnachfrage zu tun hätte. Neugierig blätterte sie Seite für Seite um, bis sie beim Kapitel Suchtentwicklung hängen blieb. Sie las, dass die meisten alkoholkranken Menschen zwischen 40 und 50 Jahre alt seien und sich in einer Lebensphase befänden, in der sie ihre (Lebens-)Weichen gestellt hätten, Beziehungen etabliert, Häuser gebaut und Familien gegründet. Und deshalb sei dies auch eine Zeit, in der es zu großem Stress und Frustrationen kommen kann, weil sich die Folgen von früh getroffenen Entscheidungen bemerkbar machten. Alkoholismus sei primär zwar ein Männerproblem, von dem aber auch Frauen immer mehr betroffen seien. Denn Alkohol würde dem Abbau von Stress dienen und die Betroffenen aus ihrer harten Wirklichkeit und der gähnenden Langeweile befreien.

Während Giulia den Stoff in sich aufsog, schob sich ein Bild über Judith Wessner vor ihr geistiges Auge. Und plötzlich stellte sie sich diese Frau klein, zierlich, mit flottem Kurzhaarschnitt, feinen Gesichtszügen und in eleganter Kleidung vor. Es gab also keinen Grund, sich vor ihr zu fürchten. Auch rätselte sie darüber, woran die Frau, die in ihren Vierzigern war, gestorben sein könnte. War es Nierenversagen? Ein Kreislaufkollaps, eine Alkoholvergiftung, ein Schlaganfall? Auch wenn sie darauf keine Antwort fand, die jetzt sowieso niemandem mehr nutzte, hinterfragte Giulia ihre Lebensumstände, wodurch sie in eine Sackgasse geraten und nicht mehr herausgekommen sein könnte.

Giulia öffnete eine Flasche Mineralwasser, die noch vom Vortag auf dem Tisch stand, und schenkte sich ein Glas ein. Sie trank es mit einem Schluck leer, spähte dabei aus dem Fenster, hinunter in den Hof, und dachte an ihre Mutter, die an Depressionen gelitten hatte, in einer Zeit, in der Ärzte diese Krankheit mit brachialen Methoden behandelt hatten. Burnout, Resilienz, Coping-Strategien, Heilen, Mitfühlen waren unbekannte medizinische Welten in den Siebzigern, Achtzigern, was ihre Mutter, die nach einer Elektroschockbehandlung diesbezügliche Behandlungen einstellte, auch zu spüren bekommen hatte. Stark wie eine Löwin kämpfte sie bis zum Schluss alleine und mutig dagegen an. In guten Zeiten war sie voller Zuversicht, in schlechten Zeiten voller Angst. Es war eine Angst, die sie isolierte und ihr den Zugang zur eigenen inneren Stärke versperrte. Depressionen sind eine Volkskrankheit, unter der Millionen von Menschen auf der ganzen Welt leiden. Dennoch herrscht große Verunsicherung vor: Außenstehende stehen dieser Krankheit oft hilflos gegenüber, reagieren mit Abwehr, böswilligen Unterstellungen, und setzen zuweilen die Krankheit mit Schwäche gleich. So müssen sich depressive Menschen immer wieder anhören, dass sie sich zusammenreißen sollen. Mit dramatischen Lebensgeschichten hatte es Giulia zuhauf in den Kursen mit jungen Strafgefangenen zu tun. Es waren Geschichten vom Siegen und Verlieren, von Wendungen und Brüchen, inmitten extremer Gefühle und Handlungen, gefangen in der Welt zwischen Tod und Leben.

Diese Geschichten prägten und veränderten in ganz besonderer Weise ihr persönliches Leben und ihre Sichtweisen auf Leid, Schmerz und Verlust. Den Schnellhefter legte sie auf den Papierstapel zurück, setzte sich hinter ihren Schreibtisch und versuchte, die heutige Terminlage in den Griff zu bekommen. Was nicht funktionierte, da ihr Alex und seine gottverdammte Geheimniskrämerei, sein verfluchtes Schweigen, sein Schicksal nicht aus dem Kopf gingen. Vielleicht erkennt er eines Tages, was ihm seine verstorbene Frau tatsächlich hinterließ und wie stark ihn ihre Lebensgeschichte prägte. Auch Giulia stand jetzt in dieser Beziehung an einer Wegkreuzung und fragte sich: Wer soll im Moment des ultimativen Abschieds wem vergeben? Der, der säuft? Oder der, der sich opfert und mitsäuft? Es ist ein erbärmliches Spiel, das in starken Abhängigkeitsverhältnissen stattfindet, in denen quälende Schuld- und Schamgefühle rotieren, bis es allen Beteiligten schwindlig wird, sie nicht mehr wissen, was unten, was oben ist, es aber immer weiter nach unten geht.

Ihr Blick fiel auf das Gemälde in ihrem Büro, in dem ein farbliches Chaos herrschte, eine kreative, positive Unordnung, in der es mehr als tausend Wege gab, sich darin zurechtzufinden und einen Weg zu finden. Wie oft hatte sie schon aus dieser elenden Beziehung aussteigen wollen, die keine war und in der es schon lange nur noch bergab ging. Die räumliche Distanz zwischen ihnen, die keine spontanen Treffen zuließ, war gut. Dadurch behielt sie die Kontrolle über ihr Leben, ihren Beruf und Alltag. Nie hatte sie Alex bedrängt, sich von seiner Frau zu trennen. Und genau das war es, was sie jetzt entlastete und keine Schuldgefühle aufkommen ließ. Schließlich, wägte sie sorgfältig ab, kann kein Mensch in eine gut funktionierende Ehe einbrechen und sie zum Einstürzen bringen. Wenn doch, dann war der innere Bruch in einer Ehe schon lange vorher vollzogen. Solche Dinge geschehen nun mal. Sie geschehen überall auf der Welt, jeden Tag, zu jeder Zeit. Was geschah und wie es geschah, beendete sie ihre Überlegungen, wird am Ende etwas Neues entstehen lassen und eine neue Blickrichtung verschaffen. Giulia stützte ihren Kopf auf die Hände und atmete kräftig durch die Nase aus.

„Na, wie geht's?", rief ein Kollege bestens gelaunt durch die offene Bürotür hinein. Er blieb im Türrahmen stehen und schielte schräg zu ihr hinüber, während er verschmitzt lächelnd anmerkte: „Du siehst heute aber blass aus. Alles okay bei dir? Soll ich dir einen Kaffee holen?"

„Alles gut. Dein Angebot nehme ich aber gerne an." Giulia nickte und wartete, bis er mit einem Verlängerten zurückkam, während sie sich leicht mit den Handflächen ins Gesicht klatschte, um etwas Farbe zu bekommen.

„Schwarz, wie immer."

Giulia bedankte sich, lächelte ihn an und tauschte ein paar belanglose Floskeln mit ihm aus, bevor sie sich an die Arbeit machte, die ihr nur sehr schwer von der Hand ging. Ihr Schädel drohte jede Minute zu platzen und hinter ihren Schläfen pochte es wie wild. Der ganze Körper war in Aufruhr. Sie musste mit jemandem sprechen, den Kopf frei kriegen, noch bevor die ganzen Nachmittagstermine beginnen sollten. Mit einem Menschen, der sie verstand, der diese Liebe kannte und mehr dazu beitragen konnte als bloßes Entsetzen und Mitleid.

Giulia wählte die Telefonnummer von Leo. Nach einer gefühlten Ewigkeit meldete sich seine Stimme.

„Hallo, Leo hier."

Vor Jahren hatten sie sich in einer Buchhandlung kennengelernt, als sie beide vor demselben Regal gestanden hatten. Da er mit deutlich über 185 cm Körpergröße das oberste Regal gut erreichen konnte, sprach sie ihn an und bat ihn darum, dort ein Buch für sie herunterzuholen. Darauf kamen sie ins Gespräch, in ein leichtes und lockeres Gespräch über Reisebücher, die Weltenbummler unbedingt lesen sollten. Leo, der nunmehr fast 50 Jahre verheiratet war, hätte leicht ihr Vater sein können. Er war loyal und aufrichtig wie viele seiner Generation, weil Liebesversprechen, die sich Eheleute damals gaben, nicht leichtfertig gebrochen wurden. Damals war das einfach so: Ehen aus dieser Zeit hielten oft das ganze Leben, was weniger über die ewige Liebe und das Eheglück an sich etwas aussagt, als über die Notwendigkeit, sein Leben im Schutz einer Familie, in verwandtschaftlichen, nachbarschaftlichen Verhältnissen einer Dorfgemeinschaft oder eines Stadtteils zu verbringen. Individualisierte Lebensentwürfe waren ebenso wenig normal wie vielfältige Lebensformen mit dem Drang zur Selbstoptimierung bekannt waren. Doch auch Leo reiste schon durch die Welt, über Kontinente von Nord- und Südamerika, durch den Nahen Osten und querfeldein durch Afrika. „Ich wollte hinaus in die Welt", pflegte er dann zu sagen, wenn er über seine Reiseerlebnisse sprach. Nach dem Krieg arbeitete er als Redakteur und Reporter für eine Tageszeitung, blieb dort bis zu seiner Pensionierung. Heute widmete er sich vornehmlich dem Kochen und Essen und Wein. Und da er neuen Kochmethoden nicht abgeneigt war, experimentierte er auch mit dem Thermomix. Erst neulich schwärmte er von seiner Mousse au Chocolat, die er darin zubereitet hatte und die wohl die beste seines Lebens war.

„Störe ich?", fragte Giulia mit zittriger Stimme. Da sie keine Antwort auf ihre Frage erwartete, fiel sie gleich mit der Tür ins Haus. Sie müsse mit ihm reden, erklärte sie noch.

„Bin ganz Ohr."

Leo wartete gespannt darauf, was sie zu sagen hatte. Giulia war erleichtert und atmete tief ein. Es tat so gut, seine vertraute Stimme zu hören.

„Die Frau von Alex ist tot. Heute früh habe ich davon im Internet gelesen. Ich wollte wissen, was los ist, weil, weil ich wieder nichts von dem Mistkerl gehört habe, ähm, er mich zurückrufen wollte. Es geht mir schlecht, sehr schlecht, Leo. Ich hätte mich nicht einlassen dürfen auf diesen Mist. Auf diese Achterbahnfahrt. Wenn ich nur an seine jahrelange Heimlichtuerei denke, wird mir schon speiübel."

Alles, was sich in Giulia aufgestaut hatte, brach mit einem Schlag aus ihr heraus, ohne Herumgerede, ohne Zweideutigkeiten, ohne Floskeln. Leo war sofort im Bilde und wusste, wie es um sie stand. Nur ab und zu und wenn er etwas nicht verstanden hatte, unterbrach er sie, hielt sich ansonsten zurück, auch wenn ihm das, was sie zu berichten hatte, naheging, und er Alex schon einige Male zum Teufel gewünscht hatte. Dennoch, über seine Lippen kamen keine Vorwürfe oder zynischen Kommentare. Es kam kein „hättest du nicht" oder „hättest du doch", stattdessen kam er auf Viktor Frankl zu sprechen.

„Du kennst seine Ansätze", begann er langsam und konzentriert, als die Wut aus ihr gewichen war und es still wurde in der Leitung. „Frankl sagt, dass wir frei sind und dass wir uns jederzeit so oder so entscheiden, so oder so handeln können. Weil Menschen nicht die bloßen Produkte von Beziehungskonflikten, Indoktrination aus Erziehung, ihren Lebensumständen, nicht die Opfer ihrer Verhältnisse sind, sondern Gestaltungsspielräume haben und sich umorientieren können, und das zu jeder beliebigen Zeit."

Leo pausierte, holte Luft und kehrte zum Thema zurück.

„Solltest du aber meinen, dass du Opfer deines Beziehungsverhältnisses zu Alex bist, dann hängt jetzt ein ziemlich großer Mühlstein an dir."

Darauf machte er eine längere Pause, als ob er seine Gedanken sammeln müsste. Giulia gab keinen Mucks von sich und lauschte der leisen Klaviermusik, die durch den Telefonhörer an ihr Ohr drang.

„Du hattest die Freiheit, dich auf diese Beziehung einzulassen. Du warst frei, weiterzumachen, und frei genug, alle Warnsignale zu übersehen. Ich erinnere dich an die halbleere Schnapsflasche im Kühlschrank, an sein feiges Gehabe, deinen Mut und deine Zähigkeit, die Dinge aufzuklären."

Leo seufzte. Ich sollte etwas essen, dachte Giulia und trank stattdessen den letzten Rest Kaffee, der inzwischen kalt war.

„Jetzt ist es Zeit, Verantwortung zu übernehmen, die Vergangenheit ruhen zu lassen. Und" – Leo zögerte – "und es ist Zeit, dass du über deine Schuldgefühle hinauswächst. Eine Lösung wird es geben, und du wirst in die richtige Richtung gehen. Davon bin ich überzeugt."

Er konnte sie nicht einfach belügen oder ihr nur etwas Nettes sagen und es dabei belassen. Leo sprach Klartext, und dafür war sie ihm unendlich dankbar. Er fand die richtigen Worte, Worte, die sie bitter nötig hatte, die sie nicht in Selbstmitleid versinken ließen. Giulia war jetzt an einem Punkt angekommen, an dem es um Verantwortung ging, die es zu übernehmen galt, weil sie selbst ein Teil von dem Schmerz und Leid in dieser Geschichte war. Nach Frankl wirkt dann humane Liebe, eine Liebe, die von Mensch zu Mensch, von Herz zu Herz handeln kann.

„Früher war alles einfach", schluchzte sie ins Telefon. „Das Leben und die Liebe sind einfach passiert. Heute ist alles komplizierter und es ist schwerer, ein gefühlsduseliges Herz zu besiegen."

„Aber, aber", redete ihr Leo ins Gewissen. „Verfalle jetzt bloß nicht in Selbstmitleid und sei nicht zu streng mit dir. Wenn dein Herz in Momenten großer Verliebtheit gefühlsduselig ist, dann bist du auch nur ein Mensch, wie alle anderen, die sich nach der wahren und großen Liebe sehnen. Vielleicht erfährt man aber erst etwas über die wahre menschliche Liebe in Momenten der Trauer und des Leids, die einen auf die Probe stellen. Im Übrigen, das sind deine Worte." Mit tröstlichen Worten brachte Leo ihr Gefühlsschlamassel auf den Punkt. Doch noch sah Giulia nicht, in welche Richtung sie gehen sollte und wie das alles weitergehen würde. Liebe, Leidenschaft, Sehnsucht, hungrige Gefühle – all das, wonach sie sich sehnte, tagein, tagaus. All das war jetzt zu viel und es war ein zu großer Schmerz.

Nach etwas mehr als einer Woche des Wartens piepte ihr Handy. Giulia war gerade auf dem Weg zur Regionalbahn. Eine SMS von Alex ploppte auf: *Bemerkenswert. An dem Tag, auf die Minute genau, als du mich nach einem Lebenszeichen gefragt hast, starb meine Frau. Ich rufe dich nächste Woche an. In Liebe, dein Alex.*

An jenem Tag musste ich unentwegt an dich denken. In Liebe, deine Giulia, tippte sie unverzüglich zurück, ging danach in die tibetische Boutique in der Bahnhofshalle, an der sie gerade vorbeiging, um nach einer passenden Trauerkarte zu suchen. Die leise meditative Musik im Innenraum wirkte beruhigend auf sie. Bedächtig ging sie um die vielen Regale herum und blieb an einem Kartenständer stehen. Ihr Blick fiel auf eine Karte, die eine Gebirgskette bei Sonnenaufgang abbildete. Frankl hatte das Leben mit einer Bergkette verglichen, mit Höhen und Tiefen, und hatte davor gewarnt, das Leben und den Sinn des Lebens nur an den Höhen beziehungsweise an den eigenen Höhepunkten zu messen. Weil es wichtig sei, die Tiefen im Leben zuzulassen, sich darauf einzulassen und diese bewusst zu durchleben. Da Tiefpunkte Selbsterkenntnis ermöglichen und Menschen dazu auffordern würden, ihr Leben selbst in die Hand zu nehmen, ihre Entscheidungen zu verantworten und sich weiterzuentwickeln. Der Tod des Ehepartners ist ein großer, wenn nicht der größte Tiefpunkt in einer Partnerschaft. Er ist aber auch ein Neubeginn und Aufbruch zu unbekannten Höhen. Ganz in Gedanken nahm Giulia diese Karte aus dem Ständer, bezahlte und verließ das Geschäft.

Die kommenden Tage hingen wie ein Mühlstein an ihr, so wie Leo vorausgesagt hatte. Sie konnte an nichts anderes mehr denken. Kein noch so inspirierendes Gespräch, keine noch so interessante Begegnung lenkte sie ab. Sie spürte seine Nähe, seine Wärme, wollte bei ihm sein. Stattdessen war er unendlich weit weg, als sie mit dem Schreiben der längst fälligen Kondolenzkarte an einem Sonntagmorgen am Wohnzimmertisch anfing, mit dem fröhlichen Gezwitscher von Jojo und Kylie im Ohr. Die Piepmätze waren Scheidungswaisen. Sie hatte sie zu sich genommen, als sich ein befreundetes Ehepaar getrennt hatte und keiner die beiden Wellensittiche hatte haben wollen. Nun flogen sie munter in Giulias Wohnzimmer umher und genossen ihr neues Zuhause in vollen Zügen.

„Was wird mir wohl als Nächstes ins Haus flattern?", fragte sie sich verwirrt, nahm ihren blauen Lieblingskugelschreiber in die Hand und begann zu schreiben. Eine Schar unsichtbarer Helfer musste um sie herum gewesen sein, denn die Sätze flossen nur so aus ihr heraus. Und irgendwie fühlte es sich so an, als würde sie einen Schlusspunkt setzen und diese Geschichte hinter sich lassen. Im Brief erwähnte sie die Trauerphasen von Kübler-Ross, die vom göttlichen Funken sprach, mit dem Menschen bei ihrer Geburt ausgestattet werden und der bei Eintritt des Todes und beim Verlassen des physischen Körpers wieder austritt, damit sich die Seele frei wie ein Schmetterling durch Raum und Zeit bewegen kann. Sie schrieb, dass sie ihm als Freundin und Beraterin zur Seite stehen würde, keinesfalls jedoch die Position seiner verstorbenen Frau einnehmen werde. Giulia dachte über Schicksalsentscheidungen nach, dass sie zwar keine Spielräume für konstruktive Lösungen lassen, doch man mit der Zeit lernen kann, mit den Wunden, die sie hinterlassen, zu leben. Als sie mit dem Brief fertig war, umwickelte sie ihn mit einem weiß-goldenen Band und schob drei kleine weiße Kerzen darunter: für ihn und seine Töchter.

Am nächsten Tag brachte sie das kleine Päckchen zur Post. Und dann geschah es wieder: Alex meldete sich nicht, sagte weder Danke noch Bitte. Es kam keine Antwort, kein Anruf, keine SMS, kein Mail. Giulia litt im Stillen, und die Tränen, die ihr in die Augen schossen, wenn sie an ihn dachte, wischte sie schnell weg. So konnte eine wirkliche Beziehung zwischen ihnen einfach nicht funktionieren. Sie hatte genug, genug von seiner Art und seinen Lügen, die er im Nachhinein oft als Gedächtnislücke, Irrtum oder als eine falsche Versprechung betitelte. Wieder war sie im Abseits in dieser Beziehung. Und einsamer als je zuvor. Wut und Frustrationen gruben sich in ihre Brust ein und versetzten jeglichem Gefühl der Zuneigung vollends den Rest.

Schon beim Aufwachen, Morgen für Morgen, erinnerte sie sich aufs Neue an das Gefühl, das sie mit *Oh, Gott, da war doch was!* umschrieb und das sich in den Vordergrund ihres Lebens drängte. Bloß nichts anmerken lassen, Haltung bewahren. In ihrem Innern dagegen tobte ein Orkan der Enttäuschung und Traurigkeit. Sie hatte Angst vor dem, was sie tun musste und was unvermeidbar war. Furchterregende Gedanken gruben sich wie kleine gefräßige Monster in ihre Gehirnwindungen ein, als sie an das Schicksal ihrer Mutter dachte. Sie schaufelten mitten im Kampf, den Giulia gerade mit sich führte, fleißig und mitleidlos Verdrängtes an die Oberfläche. Es war ein gnadenloser Kampf um Freiheit und Nähe, Hoffnungen und Erwartungen, um „Ich brauche dich" und „Ich kann ohne dich nicht leben".

Dieses Spannungsfeld von Nähe und Freiheit kannte sie: In ihren Zwanzigern hatte ihr Ex gedroht, sich vom Balkon zu stürzen, wenn sie ihn verlassen würde. Ein anderer Mann hatte einmal betrunken vor ihrer Wohnungstür gestanden, mit einer Pistole aus dem Waffenschrank seines Vaters in der Hand, hatte mit einem Blutbad gedroht, wenn sie sich nicht sofort für ihn entscheiden würde. Im Namen der Liebe erfuhr Giulia sowohl Großzügigkeit, Einzigartigkeit und Güte, als auch Inbesitznahme, Egoismus, Hartherzigkeit und Gewalt.
So war in vielerlei Hinsicht die Liebe für sie ein Minenfeld, in der einer gewinnt und einer verliert. Diese Aufgabe versuchte sie zu meistern wie alle anderen auch. Sie arbeitete sogar daran, sich und ihre Interessen in einer Liebesbeziehung zu übersehen, zu vergessen. Als sie in der Beziehung zu ihrer Mutter, mit der sie eine große Liebe verband, schließlich dazu in der Lage gewesen war, hatte ihre Mutter den Freitod gewählt. Erst viel später hatte Giulia begriffen, dass sie von ihrer Mutter damit ihr eignes Leben geschenkt bekommen hatte, und dass sie das hatte tun können, weil sie grenzenloses Gottvertrauen hatte. In jeder Liebesbeziehung gibt es Berge und Täler. Es gibt einen Anfang und ein Ende. Und es gibt Wendepunkte, die verknüpft sind, mit dem Glück, dem Willen, dem Schicksal. Der Tag, an dem ihre Mutter starb, war ein großer, wenn nicht der größte Wendepunkt in ihrem Leben, herbeigeführt vom Schicksal, verknüpft mit dem Mut und Glauben, der Willenskraft und Liebe ihrer Mutter. Der Tag, an dem Judith Wessner starb, war ein anderer Wendepunkt, weniger mächtig, doch wieder herbeigeführt vom Schicksal, verknüpft mit Giulias Willen und Mut, das zu ändern, was geändert werden muss.

An einem Freitag, dem 13., flog Kylie auf und davon, als die Voliere auf dem Balkon stand und sie so lange am Gittergestänge herumgeknabbert hatte, bis sich eine Halterung löste und sich eine Öffnung ergab. Durch ein kleines Schlupfloch konnte sie entkommen, in die für sie fatale Freiheit. Als Jojo das bemerkte, trauerte er um die verlorene Liebe: Er fraß nicht. Er flog nicht.

Sein Trauergezwitscher ging Giulia durch Mark und Bein, so dass sie sich bald für ein neues Vogelweibchen entschloss. Als dann Kiki einzog, ging das pulsierende Leben wieder los: Sie flogen herum, schnäbelten, waren aufgeweckt, fröhlich, an Neuem interessiert. Jojo war wieder ein quietschlebendiger Vogel, zwitscherte wie toll und verrückt.

Es wird Zeit, dass ich endlich wieder anfange zu leben und mich nicht länger von ihm dominieren lasse, von seiner Hinhalterei, ging Giulia beim Anblick der Piepmätze durch den Kopf. Dies kaum gedacht, war es auch schon geschehen: Auf der Stelle griff sie zum Telefonhörer und rief ihn am späten Freitagabend an. Alex war sofort dran. Durch den Telefonhörer dröhnte laute Musik. Dann vernahm sie ein undeutliches Genuschel, dem albernes Gelächter folgte.

„Ah", rief er ins Handy: „Ich verstehe kein Wort. Warte."

Sie hörte ein Klappern und das laute Lachen einer Frau, direkt an ihrem Ohr.

„Hallo nochmal. Dein Anruf ist ungünstig. Kann nicht sprechen. Geht jetzt nicht." Alex war ganz der Alte: abweisend, schroff, egoistisch.

„Was ist bloß los mit dir? Du wolltest mich zurückrufen." Sie ließ sich nicht abwimmeln, nicht dieses Mal. Weder wollte sie vertröstet werden noch seine Ignoranz dulden.

„Ich rufe dich nächste Woche an. Versprochen."

„Versprochen heißt bei dir gebrochen", sagte Giulia und legte auf. Wie erwartet rief Alex nicht zurück, woraufhin sie sich meldete.

„Störe ich?", fragte Giulia höflich und nahm sich vor, ruhig zu bleiben. Den größten Teil ihrer Tage hatte sie bislang damit zugebracht, sich zusammenzureimen, was bei ihm los sein und wie sie ihm beistehen könnte. Nun musste ein für alle Male Schluss damit sein, und befahl sich, radikal und konsequent vorzugehen

„Ja, richtig. Du störst schon wieder. Ich rufe zurück, wie ich gesagt habe." Alex war unverschämt und dreist genug, sich über ihre Anliegen eiskalt hinwegzusetzen, so wie es ein Herrenmensch vermochte, dem die Unverschämtheit mit der Muttermilch verabreicht worden war.

„Wann?"

In ihr drehte sich alles, und das Einzige, was sie in dieser Situation begriff, war, dass das Unvermeidbare nicht vor der Tür stand, sondern bereits im Raum war.

„Mittwoch", antwortete er barsch und legte auf. Natürlich wurde auch dieses Versprechen wieder gebrochen. Nichts kam, kein Anruf, kein Mail.

Ich komme nach Hamburg, übermorgen, simste sie in ihrer Verzweiflung tags drauf. Sie tat das, gerade weil sie das Unheil schon ahnte.

Nein. Habe eine andere, simste er zurück.

Giulias Herz stand still. Ihr Magen krampfte sich zu einem Stein zusammen. Alex schien das bemerkt zu haben und meldete sich gleich darauf telefonisch bei ihr.

„Warum? Warum gibst du uns keine Chance? Ich fühle mich stark mit dir verbunden."

Ihr Herz begann jetzt schneller zu schlagen. Sie hatte mit allem gerechnet, nur nicht mit so was, kaum dass seine Frau zehn Tage unter der Erde war.

„So geht es mir doch auch. Aber das bedeutet nicht, dass wir uns nicht mehr treffen können. Kann jetzt aber nicht sprechen. Bin beruflich gefordert. Wir telefonieren nächste Woche. Versprochen. Ehrlich."

Wieder kam er mit der alten, einfältigen Masche daher: Hinhalten und Aussitzen, wie es Menschen tun, denen nichts mehr einfällt, die sich nicht ändern, die nur ihre Interessen in den Vordergrund stellen. Diese Offenlegung seines Charakters brachte das Fass nun endgültig zum Überlaufen.

„Deine Versprechen kannst du dir zukünftig sparen, Alex. Genug ist genug. Schluss, aus, Ende! Ich verlasse dein Leben, jetzt, sofort."

Damit beendete Giulia nicht nur seinen Handyanruf, sondern gleich die Beziehung. Die Neue und sein chauvinistisches Gehabe, sich mit ihr weiterhin treffen zu wollen, brachten die Beziehung endgültig zu Fall.

Fast sechs Jahre lang war sie Teil eines Lügengebäudes gewesen und hatte es aufrechterhalten. Jetzt war es Zeit, sich der ganzen Wahrheit zu stellen und sie mitzuverantworten. Deshalb vermied sie jetzt tunlichst eine einseitige Schuldzuweisung, heilfroh darüber, den Schlussstrich gezogen zu haben, der sie bewahrte, weiter hineinzusinken in eine On-Off-Beziehung, in der sich das Ende und der Anfang abwechselten wie die Gezeiten des offenen Meeres. Und weil die Beziehung mit einem Brief begonnen hatte, hörte sie mit einem Brief auf. Sie nahm Stift und Papier zur Hand, überlegte und fing an zu schreiben:

Lieber Alex, unsere Liebe begann mit einem Brief und sie hört mit einem Brief auf. Verzeihen, nein, das will ich nicht, zu tief sitzt der Schmerz, die Enttäuschung. Wir gingen durch Höhen und Tiefen, meisterten schwierige Phasen, fassten neue Hoffnung. Meine Gefühle und Sehnsüchte stellte ich zurück, war zufrieden mit der einen oder anderen Nachricht, mit der einen oder anderen Stunde im Hotel. Gerade weil ich deine emotionale Ausnahmesituation wahrnahm, habe ich getragen, ertragen. Und doch sind wir in dieser Achterbahn zusammengewachsen, haben gelernt, durchzuhalten und nicht aufzugeben. Mein Verlangen und meine Sehnsucht waren groß, zu groß. Jetzt wurden sie besiegt. Nach dem so frühen Tod deiner Frau, dachte ich, wow, das Schicksal ist uns gnädig. Und doch ändert sich alles. Ich wusste: Frauen werden hinter dir her sein, dich verführen, deinen Alltag versüßen. Nach dem Tod deiner Frau habe ich mich bewusst zurückgehalten – wollte dir Zeit für deine Trauerarbeit schenken. Ich dachte, du würdest es aus eigenen Stücken schaffen und dich befreien. Wie schön wäre danach ein gemeinsamer Urlaub gewesen. Wie berauschend, dich an jedem einzelnen Tag zu erleben und zu erfahren, was dich bewegt, wo du stehst, was dich und dein Leben ausmacht. Stattdessen bietest du mir eine Position an, die ich seit Jahren innehabe, in einem kräftezehrenden Spiel: Ich bin die heimliche Liebschaft, und du hast deine Alltags- und Nahversorgung in Hamburg. Wie rücksichtslos und egoistisch von dir, sich mir so zu präsentieren. Der Gedanke an meine eigene Dummheit schmerzt. Und dass diese Liebe eine Illusion war, eine Seifenblase, die zerplatzte, zerplatzen musste. Ich werde nun all das loslassen, was mich an dich bindet, was mich an dich gebunden hat. Adieu. Lebe gut.

Giulias Partnerschaftsanzeige für dieses Liebesabenteuer hätte lauten können: „Attraktive, selbstbewusste, unabhängige Frau sucht verheirateten Mann mit familiären Problemen und Verpflichtungen. Der Mann sollte sich in einem großen inneren Konflikt befinden, den er mit Alkohol bekämpft, damit die Liebe spannend bleibt." Man hat, was man liebt, schon am Anfang verloren, kam ihr in den Sinn, als sie den Brief noch einmal las und noch einmal und noch einmal. Als sie ihn dann zur Seite legte, fror sie. Nicht äußerlich. Innerlich. Schwer war es zu fassen, das Unglück, das mit aller Härte über sie hereingebrochen war. Ja, in dieser Liebesbeziehung basierte viel auf Lust und Verlangen, dem Kick, der das leicht entflammen konnte. In Windeseile schlüpfte sie in ihre Jogginghose, zog sich ein T-Shirt und die Laufschuhe an, während sich in ihr eine Leere ausbreitete – eine bittere Leere, die ihr viel Angst einflößte.

Wenn man etwas vermeintlich Großes verliert, muss man etwas Größeres finden, um ein Loch zu stopfen, das sich danach im Innern auftut. Mit Joggen ging das nicht, das wusste sie. Aber es war eine Ablenkung und diese sollte sie auf andere Gedanken bringen. Da sie vor lauter Anspannung beim Laufen kaum Luft bekam, setzte sie sich auf eine Bank, direkt unter einem alten Eichenbaum. Die Blätter hatten bereits zu sprießen begonnen. Der Frühling war wieder in vollem Gange. Wie sehr sie sich jetzt wünschte, diese Aufbruchstimmung in ihr wundes Herz zu zaubern, was nicht gelang. Giulia blieb sitzen. Sie fühlte sich abgeschlagen, müde, antriebslos – war am Boden zerstört. Sie wusste, was ihr bevorstand und dass die Auflösung einer Liebesbeziehung wie ein Drogen- oder Nikotinentzug auf das Gehirn einwirkt, der Körper schlapp, das Immunsystem schwach ist. Es war ein Ausnahmezustand, der physische wie psychische Schmerzen bereitet.

Giulia hinterfragte ihr Verhalten, ob ihre Entscheidung nicht zu voreilig war, und ob sie an der ganzen Entwicklung die alleinige Schuld trug? Weil sie lange gezögert, sich nie eindeutig für ihn und seinen Lebensstil entschieden hatte. Sie beobachtete den Specht, der Insekten aus der Baumrinde hakte, klatschte zweimal in die Hände, verjagte ihn und lächelte. Wäre es doch nur so einfach: Zweimal in die Hände klatschen und den Liebeskummer verscheuchen. Nie mehr sollten seine Lippen die ihrigen berühren. Nie mehr. Der Schmerz war schwer auszuhalten, und ihr Puls fing an zu rasen. Aus dem Studium war ihr das *Broken-Heart-Syndrom* bekannt, eine zwar seltene, spontan einsetzende, doch oft schwerwiegende Funktionsstörung des Herzmuskels, die bei Liebeskummer auftreten kann oder wenn man das Ende einer Liebesbeziehung verkraften muss. Die Symptome ähneln denen eines Herzinfarkts. Sie verursachen Brustschmerzen und Atemnot. Manche Menschen müssen im akuten Stadium sogar auf der Intensivstation versorgt werden, regenerieren sich jedoch glücklicherweise binnen weniger Wochen wieder.

Giulia konzentrierte sich auf ihren Atem, sog die Luft tief und regelmäßig ein, was sie beruhigte. In Krisenzeiten sollte man sich nicht zu viel abverlangen, sagte sie den betroffenen Mitarbeitern im Chemiekonzern in Rotterdam, wenn diese ein kritisches Ereignis verkraften mussten, einen schlimmen Arbeitsunfall beispielsweise. Und wenn sie als Krisenspezialistin dann vor Ort war, klärte sie sie über die möglichen Symptome auf: über Schlafstörungen, Appetitlosigkeit, Konzentrationsstörungen, Wutausbrüche, Depressionen und über Flashbacks, das Wiedererinnern des erlebten Gefühlszustands. Ihren eigenen Liebesschmerz nahm sie deshalb nicht auf die leichte Schulter, zumal die Trennung plötzlich und unerwartet erfolgt war und weil man in dieser Zeit anfälliger für Krankheiten ist und zwischen Panik, Hoffnungslosigkeit, Sehnsucht, Verlangen, großer Traurigkeit hin- und herschwingt. Giulia erhob sich von der Bank und ging langsam weiter. Sie atmete tief durch. Die frische Waldluft tat ihr gut und sie spürte, wie sie zu neuen Kräften kam.

Es gibt Menschen, die sich leichter trennen als andere, ging ihr durch den Kopf, als sie ihren Spaziergang fortsetzte. Die ‚Schlussmach-Profis' verabschieden sich mit einem Schulterzucken, wenn der Idealzustand in einer Beziehung binnen kürzester Zeit nicht hergestellt ist. Die ‚Aushalter' hingegen verharren in den Beziehungen, nehmen langfristige Frustrationen in Kauf, auch wenn sie von Langeweile, öden Wüsten, Streit und Zwietracht umgeben sind. Sollte eine Trennung dann doch unvermeidlich werden, sehnen sie sich nach einem einvernehmlichen Abschluss. Was beide Gruppen jedoch verleugnen, sind ihre wahren und tiefen emotionalen Bedürfnisse nach Intimität und Bindung, und von daher sind beide Gruppen auch nicht in der Lage, Krisen zu bewältigen, Geborgenheit und Verlässlichkeit in einer Beziehung herzustellen. Die Mehrheit der Menschen, vermuten Fachleute, bewegt sich zwischen diesen beiden Extremen. Trennungsandrohungen von den sogenannten ‚Schlussmach-Profis' laufen deshalb häufig ins Leere. Und Ohnmachtsgefühle von den ‚Aushaltern' in die Untreue. Alex könnte unter Ohnmachtsgefühlen gelitten und gleichzeitig unterschätzt haben, dass Giulia den Schlussstrich ziehen konnte.

„Aber nein, ich gehöre nicht in die Gruppe der astreinen ‚Schlussmach-Profi'", bekräftigte sie ihre feste Überzeugung in dem Gedanken, dass sie viel aushalten kann, auch weil sie auf einem festen persönlichen Fundament stand. Im Elternhaus hatte sie Zuverlässigkeit, Bindung und seelische Resonanz erlebt. Trennungen konnte sie also verkraften, ob nun selbst initiiert oder erlitten, was sie schon einige Male unter Beweis gestellt hatte. Dagegen hielt sie problematische Beziehungen nicht um jeden Preis aufrecht, schon gar nicht um den Preis der Selbstaufgabe. Außerdem war sie keine Bittstellerin. Ihr Wille und ihre Widerstandskraft waren stark genug, Liebeskummer zu überstehen und aus der Opferrolle herauszutreten. Nein, natürlich trug sie nicht die ganze Schuld an dem Liebesbruch. Und natürlich würde sie Alex nicht demütigen, vorführen, schon gar nicht stalken. Sie wusste, dass sie mit der Zeit in ihr Leben zurückfinden würde, und sie vertraute ihren Wiederherstellungsstrategien, die sie nicht zum ersten Mal in ihrem Leben anwenden musste:

1. Für sich selbst gut sorgen.
2. Sich Zeit nehmen und alleine über das Ereignis nachdenken.
3. Das Ereignis Revue passieren lassen.
4. Sich über die Folgen bewusst sein.
5. Einen Mittelweg zwischen *niemals darüber sprechen* und *ständig darüber reden* finden.

Erwartungen von anderen stellte sie in dieser angespannten Zeit zurück. Und sie tat das, was sie beherrschte, und ließ ihre Finger von den Dingen, von denen sie keine Ahnung hatte. Das Wichtigste aber war: Sie durfte nicht stehen bleiben, schon gar nicht auf der Stelle treten, weil sie dann mit ihren Gedanken um eine einzige Frage herumkreisen würde: Um die Frage nach dem Warum – auf die es keine Antwort gab.

Neben Ruhe, leichten Spaziergängen, Alleinsein waren jetzt Gespräche mit guten, sehr guten Freunden angesagt, von denen man in Krisenzeiten ein gesamtes Dorf braucht. Weil wir mit Freunden und guten Gesprächen Verlassenheits- und Einsamkeitsgefühle ausgleichen können. Hat man die nicht, dann kann die Lebensentwicklung sehr problematisch werden mit dem zunehmenden Lärm, der Hektik und den Leistungsanforderungen in westlichen Gesellschaften. Zu ihrem Freundesdorf gehörte zu der Zeit auch Buck. Ihm konnte sich Giulia angstfrei anvertrauen, und er vermochte es, einfache Fragen zu stellen: Wie ist der heutige Tag gelaufen? Hat alles geklappt? Was hat dich geärgert? Was macht dich traurig? Es waren genau die richtigen Fragen, die ihr halfen, sich von ihrem Liebeskummer langsam zu distanzieren und in die Normalität zurückzufinden. Buck war ein Freigeist. Er sagte, was er dachte, schonungslos, aber wohlwollend. Entsprechend deutlich fielen seine Worte in einem Brief an sie dann auch aus:

Es tut mir sehr leid, dass die Beziehung mit Alex in die Brüche ging. Aber ehrlich, ich muss dir schon sagen, dass ich diese Liebe sowieso nie ganz verstanden habe. Weil ich weiß, und es auch erfahren habe, dass solche Beziehungen fundamental ungesund sind. Seien wir doch ehrlich: Normalerweise sollten die Partner zusammenwachsen und ihre Beziehung stärken. Aber ihr habt euch doch immer mehr auseinanderentwickelt, so lange, bis das Ende kommen musste. Ein derartiger Weg ist für jede Beziehung extrem schwierig und behindert jegliche Weiterentwicklung. Und glaub mir, Männer werden auf deine unabhängige Power sowieso immer auf die gleiche Weise reagieren müssen: Entweder werden sie das Leuchtfeuer, das du verbreitest und auf deinem Lebensweg ausströmst, erkennen und es zu schätzen lernen, oder sie werden deine Energie auffressen und sich diese für ihr eigenes Wachstum zu eigen machen. Andererseits werden Männer, ich kenne das von mir, auch oft eifersüchtig und wütend wegen ihrer Unfähigkeit, sich selbst ihren emotionalen Herausforderungen zu stellen. In diesem Stadium irren wir dann im Dunkeln ohne Licht und Kompass, bräuchten Hilfe und Sicherheit. Was wir aber nicht zulassen können, weil wir die Stärkeren, die Unbesiegbaren sind, die zudem noch viel zu oft das bequeme Leben vorziehen. Männer geben wegen ihrer Unfähigkeit, ihre inneren Konflikte zu lösen, vielfach auch auf und beginnen, Frauen wie dich zu verachten, weil diese Frauen die Kraft haben, ihren eigenen Weg zu gehen und zu bestehen. Sei gewappnet, Giulia, denn diese Männer wird es noch lange geben und sie werden es dir nicht leicht machen. Männer, die Angst vor starken Frauen haben, und mit denen es zu Konflikten kommt, spätestens dann, wenn diese Frauen die besseren Universitätsabschlüsse vorweisen und Führungsetagen in Politik und Wirtschaft betreten. Doch solange du ihnen voraus bist, authentisch bleibst und Verantwortung für deine Handlungen übernimmst, dann sind der Ärger, den sie in sich aufladen, und die Sehnsucht nach einer unabhängigen Kraft ganz allein ihre Sache.

Giulia verschlang Bucks ehrlichen Brief, Wort für Wort, Zeile um Zeile, ohne die Augen von der jeweiligen Seite zu nehmen, auf der sie sich gerade befand. Sie wusste, wer hier sprach und welche Lebenstiefpunkte sich hinter seinen Worten verbargen, wofür er jahrelang hinter Gittern gesessen hatte. Seine Sichtweisen konnte sie also gut nachvollziehen und in sie hineintauchen.

Etwa zur gleichen Zeit ging Laura durch eine gesundheitliche Krise. Plötzlich war sie krank, von einem Tag auf den anderen. Der aufklärende Anruf kam an einem Sonntagabend, kurz vor Mitternacht. Giulia kam gerade aus dem Bad, als das Telefon klingelte und wollte nur noch ins Bett gehen. Sie schaute auf das Display, es war Laura. Sofort ging sie ran.

„Hallo Giulia, es sieht danach aus, dass ich Leukämie habe. Mach dir aber keine Sorgen. Ich kenne viele Leute, die diese Krankheit besiegt haben und jetzt wieder putzmunter in der Gegend herumlaufen. Ich schaffe das."

Giulia konnte gar nicht anders. So gut es ging, musste sie diese aufwühlende Nachricht verdrängen und herunterspielen, was ihr nicht lange gelang, denn Laura schilderte ihr in den kommenden Wochen bis ins kleinste Detail jeden Besuch beim Arzt und wie sich dadurch ihr Alltag veränderte. Beinahe täglich erreichten sie Mails und Anrufe.

Vorletzte Woche war ich beim Hämatologen, fing sie in einem E-Mail an: *Dort haben sie mir 15, vielleicht auch 20 Ampullen Blut abgenommen und diese nach Berlin geschickt. Davor musste ich eine Einverständniserklärung unterschreiben, dass man das Blut auf alles Mögliche untersuchen darf. Am vergangenen Mittwoch erfuhr ich dann, dass die Anzahl der weißen Blutkörperchen zwar stimmen würde, aber sie sind nicht ausgereift und nicht gesund. Der HB-Wert, also die Anzahl der roten Blutkörperchen, ist weiter gesunken. Ansonsten fanden sie keinen Hinweis auf weitere versteckte Entzündungen im Körper. Am Donnerstagvormittag tanzte ich zum kleinen Labor an. Und am späten Nachmittag kam der Anruf, ich solle am Freitagmorgen zur Bluttransfusion kommen. Dort war ich dann auch. Obschon ich vorher häufig ein leeres, hohles Gefühl im Kopf hatte, wohl wegen mangelnder Durchblutung im Gehirn, fühlte sich am Freitag mein Kopf überfüllt an. Ich hatte leichte Kopfschmerzen, die ich an mir so gar nicht kenne. Am Samstag war alles wieder okay. Der Arzt hat mir sogar erlaubt, Sport zu treiben. Ich ging Schwimmen, war aber langsamer als früher, eben nicht mehr so fit. Dann fingen erhebliche Rücken- und Schulterprobleme auf der linken Seite mit starken Schmerzen an. Der Orthopäde behandelte sie auf elektrischer Basis. Viermal. Die Behandlungen brachten nichts, füllten nur sein Konto. Ich mache jetzt wieder Gymnastik zu Hause. Jedenfalls habe ich mit meinen Schulterübungen die starken Schmerzen in der linken Brust behoben. Am Dienstagnachmittag muss ich zum Hämatologen und zum Internisten wegen einer Knochenmarkpunktion. Die wurde zwar schon im Krankenhaus gemacht, offenbar waren die Krankenpfleger aber zu blöd und untersuchten nur das Blut, nicht das Gewebe. So muss ich noch einmal zum Aderlass. Meine Dickdarmentzündung kann zwar ein schlechtes Blutbild verursachen, aber andererseits kann auch Knochenmarkkrebs oder Leukämie eine Dickdarmentzündung hervorrufen. Die Untersuchung am kommenden Dienstag muss ich ernst neh-*

men, und hoffentlich stellt sich dabei heraus, dass ich doch keinen Krebs habe. Denn darauf bin ich überhaupt nicht eingestellt.

Giulia starrte ratlos auf den Bildschirm, las die Mails von Laura wieder und wieder und wieder. Sie fühlte sich überfordert, hilflos und konnte an nichts anderes mehr denken. Sie musste sich erst sammeln, ehe sie sich ein Bild von diesem Unglück machen konnte. Und ehe sie begriffen hatte, was das möglicherweise bedeuten könnte. Nein, ängstliche Verlustgedanken durfte sie nicht aufkommen lassen. Darauf war auch sie nicht eingestellt. In ihrer Ratlosigkeit begann sie die vielen Mails von Laura nach Datum und Uhrzeit zu sortieren, legte sie in ihr privates Postfach und beschloss, sie in chronologischer Abfolge, wenn sie wieder bei klarem Verstand war, in Ruhe zu lesen. Giulia steckte in einer Sackgasse und erschrak bis ins Mark, bei dem Gedanken, Laura verlieren zu können, dass ihr Herz fast aufhörte zu schlagen. Gleichzeitig fragte sie sich, woher Laura jetzt die Kraft schöpfte, positiv zu bleiben und in diesem lebensbedrohlichen Zustand nach vorne zu blicken.

Optimismus sei der größte Motor des Lebens, erforschten Psychologen, auch wenn zu viel Optimismus einen nicht weiterbringt und man sich vor der menschlichen Tendenz zur Selbstüberschätzung und zur Schönmalerei in Acht nehmen sollte. Wenn man beispielsweise ungetrübt an die ewige Liebe und Treue glaubt, die sich nur in der heterosexuellen Ehe entfalten und dort ein Leben lang anhalten kann, trotz Scheidungsraten und Gewaltübergriffen. Oder den bevorstehenden Tod eines geliebten Menschen ausblendet, selbst wenn dieser schon vor der Tür steht.

Während Giulia darüber nachdachte, suchte sie auf ihrem Bücherstapel nach dem Buch von Tali Sharot, einer Neurowissenschaftlerin, das sie erst kürzlich erworben und in dem sie gleich ein paar Stellen markiert hatte. Auf ihrem Schreibtisch hatte sie alles ausgebreitet, was in Reichweite liegen musste: Ein Stapel von Zeitungsausschnitten lag gleich rechts auf dem Schreibtisch. Ein weiterer Stapel von Fachmagazinen lag dahinter, daneben ein paar Bücher und das Sharot-Buch mit dem Titel „Das optimistische Gehirn". Sie schlug das Buch an den gelb markierten

Stellen auf und fing an, ganze Sätze laut vorzulesen: „Menschen wissen, dass sie eine Zukunft und ein Leben vor sich haben und sie wissen, dass am Ende des Lebens auf jeden Menschen Verfall, Krankheit und Tod warten. Das menschliche Gehirn befördert den Optimismus, ohne den Menschen nicht überleben können. Optimismus wirkt wie Rauschgift. Er treibt Menschen zum Weitermachen an, hilft mit der Ohnmacht des Sterben-Müssens umzugehen und wirkt auf die Lebenseinstellungen ein. Optimisten sind gesünder und leben länger, im Gegensatz zu den Pessimisten, weil sie mehr auf ihre Gesundheit achten, sich gesünder ernähren, mehr Sport treiben und weniger Fett essen. Und weil sich Optimisten grundsätzlich weniger vor der Zukunft fürchten und sie sich selbst weniger unter Stress setzen." Sharot unterscheidet den glücksbringenden und den unheilvollen Optimismus. Der unheilvolle Optimismus, der sich mit Vorliebe bei den zügellosen Optimisten ausbreiten würde, würde sich auch im Leichtsinn äußern. Menschen würden dann in den Tag hineinleben und Geld ausgeben, das sie nicht haben. Sie seien anfälliger für Rauchen, Trinken, schlechte Ernährung und Rasereien im Straßenverkehr. Zügellose Optimisten seien felsenfest davon überzeugt, dass etwas Unheilvolles und Schlechtes nur anderen Menschen passieren könne. Sie würden deshalb ein Korrektiv benötigen, das sie ausgleichen und auf den Boden der Tatsachen zurückholen würde, wofür Realisten gut wären. Sharot schreibt weiter, dass der gesunde Hang zum Optimismus sich in einer Zeit entwickelt hat, als die Menschen noch in überschaubaren Zusammenschlüssen von Familie und Arbeit lebten und in einen linearen, vorhersehbaren Lebenslauf vertrauen konnten. Im digitalen Zeitalter könne man sich darauf nicht mehr verlassen. Ein gesunder Optimismus könne in den sozialen Netzwerken aber auch schnell in Übermut und Übertreibung münden, unheilvolle Züge annehmen und zu einem Fluch werden, weil sich die positiven Zukunftserwartungen von einzelnen Personen auf ein problematisches und gefährliches Maß summieren können.

Laura ist eine gesunde Optimistin, keinesfalls eine Traumtänzerin, dachte Giulia. Sie schlug das Buch zu und legte es wieder neben den Papierstapel. Ihre Einschätzung sollte sich am nächsten Morgen schon bewahrheiten, als sie die neue Mail von ihrer Freundin öffnete und durchlas: *Giulia, ich habe Leukämie. Heute kam der Befund. Jetzt ist die Katze aus dem Sack. Ich hoffe, dass alles gut wird, dass das geliehene Blut von meinem Körper gut angenommen wird und dieser wieder rote Blutkörperchen aufbaut. Und ich hoffe, dass ich weiterhin Sport treiben, ins Theater und in Kunstausstellungen gehen kann. Am meisten hoffe ich jedoch auf ein gutes Ergebnis bei der nächsten Untersuchung.*

Laura nahm ihre gesundheitlichen Probleme ernst, ließ sich aber nicht davon unterkriegen. Mit dieser Einstellung konzentrierte sie sich auf ihre Gegenwart und fand, trotz aufkommenden Ängsten und ärztlichem Behandlungsstress, zurück in ihre persönliche Welt, die sie ihre Krankheit ein Stück weit sogar vergessen ließ. Dann konnte sie sich wieder über all das ärgern, worüber sich gesunde Leute ärgern: über das Wetter, die schlechte W-Lan-Verbindung, die Probleme mit der Software, dem Laptop, die unfreundliche Bedienung im Restaurant, die Hektik und den Lärm im Alltag. Und dann verfasste sie Leserbriefe, mischte sich in die Tagespolitik ein, unterhielt sich mit dem Hausmeister über die schlampige Müllentsorgung im Mietshaus und das steigende Hausgeld für Eigentümer. An schlechten Tagen ging Laura zum Friseur, zur Massage, Fußpflege, in die Sauna, kam danach zwar müde, aber beglückt nach Hause. Die Freundinnen tauschten dann telefonisch oder elektronisch Kochrezepte aus, diskutierten über vegane Ernährungsweisen und immer wieder über die Liebe, die ach so ewige Liebe. Abwechselnd erzählten sie sich, wie der Tag verlaufen war, was sie traurig, was sie ärgerlich stimmte.

„Es ist verrückt", eröffnete Giulia einmal das Thema Geschlechtergerechtigkeit, „je unabhängiger Frauen sind, desto schwieriger wird es mit den Männern und der Liebe. Kein Wunder, dass es immer mehr Singlefrauen gibt."

„Und ob. Außerdem sind souveräne Männer, die sich als Partner für diesen Frauentypus eignen würden, rar gesät", antwortete Laura, hustete ins Telefon und sprach weiter: „Ähm. Es ist doch so, dass erfolgreiche Frauen nicht mit Männern ausgehen, die kleiner, unattraktiv, gähnend langweilig sind. Wir kennen das doch aus eigener Erfahrung. Jedenfalls bin ich heilfroh, Giulia, dass du endlich Schluss mit Alex gemacht hast. Nun bist du frei, von seinen Lügengeschichten, seinen Heimlichtuereien."

„Bist du erkältet?", fragte Giulia, wohl wissend, dass Erkältungen und Entzündungen für eine Leukämiekranke immens gefährlich waren.

„Nein, habe mich verschluckt, beim Tee trinken", erwiderte sie und beteuerte, dass sie das mit der Leukämie schon hinkriegen würde, weil sie vorhabe, noch viele weitere Jahre zu leben.

„Die Trennung von Alex tut immer noch verdammt weh, Laura." Giulia wechselte das Thema und sprach über ihren Liebeskummer, der noch andauern würde.

„Aber, aber. Wenn es nicht wehtut, dann hat man doch nichts gelernt", tröstete sie Laura und bat um eine kurze Pause, da jemand an ihre Wohnungstür klopfte. Die Unterbrechung nutzte Giulia, um sich die Tränen aus dem Gesicht zu wischen.

Wie Recht Laura doch hatte, und wie heilsam es war, dass es diese Fülle von Vertrauen zwischen ihnen gab. Als Laura zurückkam, meinte sie, sie sei gerade von ihren Nachbarn zum Abendessen eingeladen worden und könne nun nicht mehr lange telefonieren.

„Was ich noch loswerden will, ähm, die Ansprüche von unabhängigen Frauen sind aber auch gewaltig. Kein Wunder, dass es mit der Liebe schwieriger wird. Auf der anderen Seite frage ich mich ständig, warum wir uns ein Leben lang auf den Mister Perfect konzentrieren, den es nicht gibt und niemals geben wird."

„Wir sind Sklaven unserer Vorstellungen über die romantische Liebe. Verrückt, nicht?", antwortete Laura und gab zu, dass sie in der Liebespraxis nicht so risikofreudig gewesen und seit dem Unfalltod ihres Verlobten sowieso vor jeder neuen Beziehung davongelaufen sei, aus lauter Angst, so etwas könnte sich wiederholen.

„Mir stellt sich da eher eine andere Frage", erwiderte Giulia nachdenklich.

„Wie? Was?"

„Die Frage, ob der Mensch alleine glücklich sein kann? Oder anders formuliert: Können wir auch ohne das ewige Eheversprechen ein erfülltes Leben führen?"

„Wenn man ein Dorf voller Freunde hat und sich sehenden Auges durchs Leben bewegt, wird es dutzende Menschen geben, die einem den Atem rauben. Zweisamkeit bezieht sich doch auf alle Menschen, mit denen man enge Beziehungen eingeht. Freunde, Verwandte, Kollegen, Kinder. Auch wir erleben doch dieses innige Gefühl in unserer Freundschaft."

Giulia lachte und meinte, dass sie das genauso sehen würde.

„Giulia, ich muss jetzt gehen. Mein Magen knurrt schon. Bis bald." Laura verabschiedete sich mit den Worten, dass sie sich nun mit großem Appetit in die nachbarschaftliche Zweisamkeit begeben werde.

Wie verabredet fuhr Giulia in ihrer freien Zeit im Hochsommer nach Bremen. Sie wollte sich um Laura kümmern, für sie da sein und für sie sorgen. Sie kochte, kaufte ein, putzte, räumte auf. Für ihre Freundin wollte sie mehr tun, als bloßes Mitleid zeigen und im Nichtstun verweilen. Und sie wollte erfahren, wie es tatsächlich um sie stand, ihr nahe sein. Als Zaungast bleibt man immer draußen aus der Welt eines anderen Menschen. Man fühlt nichts, man weiß nichts, man hat keine Ahnung, wie es dem anderen wirklich geht. Und wenn man sich meldet, dann doch nur, um den eigenen Schmerz mit dem Leid von anderen zu überlagern bzw. eigene Lebensdramen zu verdrängen. Laura war ihr viel zu wichtig, als dass sie ein derart oberflächliches, eigennütziges Gehabe gutheißen konnte.

Laura sprühte vor Lebensfreude. Sie war voller Elan und Kraft, als Giulia in Bremen ankam. Alles, was die Freundin um sich herum wahrnahm, erfuhr sie mit einer ungeheuren Intensität und Klarheit: die rot und weiß blühenden Geranien in den Balkonkästen, den erholsamen Blick vom Balkon auf den bewaldeten Park gegenüber, den sommerlichen Duft von Holunder und Zitrone, Giulias selbstgemachte Erdbeermarmelade und ihre italienischen Kochkünste. Laura schmiedete Zukunftspläne, freute sich auf ihren Kuraufenthalt an der Nordsee, der nach der Chemotherapie geplant war, wofür sie sich neu einkleiden wollte.

Dann rief sie mitten am Tag ihre zahllosen Freunde an, hinterließ Nachrichten auf dem Anrufbeantworter, wenn sie sie nicht direkt erreichte, bedankte sich für die Treue, Verlässlichkeit und für die Liebe, die sie von ihnen erfuhr. Überhaupt war Laura an jenen Tagen sehr dankbar und fest entschlossen, ihren Reisetraum zu verwirklichen: eine Kreuzfahrt nach Spitzbergen. Sie besorgte sich Reiseangebote und träumte. Dann war es so, als hätte Giulia eine andere Person vor sich, eine völlig andere Laura, die den ganzen Klang des Lebens um sich herum erfuhr und alles, aber auch alles für machbar hielt.

Beim Abendessen sprachen sie über all das, manchmal auch über die Symptome und Ursachen für die Entstehung von Leukämien. Doch über ihre spezielle Leukämieerkrankung sprachen sie nicht. Dann erinnerte sich Giulia an die Sterbephasen, die von Elisabeth Kübler-Ross erforscht wurden und durch die alle Menschen auch bei schweren Krankheitsdiagnosen gehen. Es dauert, bis ein Mensch so weit ist und seiner Lage offen ins Auge blicken kann, hatte Giulia in einem ihrer Bücher gelesen. Sie hatte den Satz so lange vergessen, bis er in dieser passenden Situation wieder in ihrem Gedächtnis auftauchte. In welcher Phase mag sich derzeit wohl Laura befinden, fragte sie sich im Stillen, dachte an ihren eigenen Liebesschmerz und merkte, dass sie die Trennung von Alex langsam akzeptieren und wieder nach vorne blicken konnte.

„Um welche Leukämie-Art handelt es sich denn bei dir?, fragte sie Laura am Vorabend ihrer Abreise. Sie musste nun endlich wissen, wie es um ihre Freundin tatsächlich stand. Giulia hatte Laura bisher mit dieser direkten Frage verschont, und das nicht ohne Grund. Da Laura mit ihrem Schicksal haderte und sich ständig fragte, warum es ausgerechnet sie getroffen hatte und ob diese Krankheit therapierbar war.

„Akute myeloische Leukämie. AML", antwortete Laura so schnell wie einsilbig. Sie starrte auf den Fernseher und blieb mucksmäuschenstill in ihrem Sessel sitzen. Nicht weil Giulia sie mit ihrer Frage schockiert hatte, nein, im Fernseher lief gerade ihre Lieblingsserie *Der Report der Magd* von der sie keine Sekunde verpassen wollte und die einen festen Platz in ihrer täglichen Routine hatte.

„Was heißt das nun genau?", fragte Giulia.

„Keine Ahnung", erwiderte sie schroff, ohne sie auch nur eines Blickes zu würdigen.

„Soll ich?"

„Was?", unterbrach Laura harsch und warf Giulia, die auf dem Sofa saß, einen bösen Blick mit einer abweisenden Handbewegung zu.

„Ähm, mich informieren, über AML?"

„Nee, habe keinen Bedarf."

Laura wollte zu diesem Zeitpunkt nichts über dieses Krankheitsbild wissen. Und da man keinen Menschen zu etwas zwingen kann, schon gar nicht, wenn es um lebensbedrohliche Krankheiten geht, hörte Giulia auf, ihr weitere Fragen zu stellen, und verbrachte den restlichen Abend mit ihr in einer unangestrengten, gemütlichen Zweisamkeit.

„Wie ging die Geschichte denn weiter? Ich meine, die mit der Frau und dem Mann, dem ‚Schlussmach-Profi', der an einer roten Ampel aus dem Auto ausstieg und die Frau abrupt wegen einer anderen verließ", fragte Laura, als der Fernseher ausgeschaltet war. Dabei musterte sie Giulia neugierig und schaute sie verschmitzt mit leuchtenden Augen an, als ob sie sagen wollte: Tut mir leid, das von vorhin.

„Ach, du meinst die Geschichte, in der es um Liebeskummer geht?"

„Yep."

Giulia begann zu erzählen: „Der fremde Mann, der neben der Frau auf der Bank vor dem Einkaufscenter saß, wollte wissen, weshalb sie so niedergeschlagen und verzweifelt wirkte. Die Frau erzählte über ihre Ehe, die sie in den vielen Jahren als ganz normal erlebt hätte, ohne Höhen und Tiefen. Jeden Tag seien sie zur gleichen Zeit aufgestanden, hätten sich früh in die Arbeit aufgemacht und seien abends müde nach Hause gekommen. Familienfeste jedweder Art, zu denen auch die Kinder zu Hause gewesen wären, hätten immer ihren festen Platz gehabt. Jeden Freitag hätten sie ihren Wocheneinkauf gemacht und es sich am Abend vor dem Fernseher gemütlich gemacht. Das alles gehörte zu ihrer Routine, es hätte ihnen ein Gefühl von Sicherheit gegeben. Da sei wenig Platz für spontane und neue Dinge gewesen. Und nun soll das plötzlich anders sein, nur weil ihr Mann spontan aus ihrem Auto ausgestiegen war, um mit einer anderen weiterzufahren? Während die Frau weitererzählte und sichtlich entspannter wirkte, wollte der Mann, der neben ihr saß, wissen, wo sich der Vorfall denn genau ereignet hatte und wie sie sich an diesem Freitag gefühlt hatte, als sie mit ihrem Ehemann zum Einkaufen gefahren war. ‚Alles war normal, eigentlich wie immer', antwortete die Frau. Der Mann blieb hartnäckig, wollte darauf wissen, wie sich diese Normalität denn genau anfühlen würde. Ohne auf ihre Antwort zu warten, fuhr der Mann gleich fort, dass er selbst stets gedacht hätte, alles im Leben wäre normal und würde so verlaufen, wie er es sich vorgestellt hatte. Und jetzt, in seinen Vierzigern, würde er sich im Dialysezentrum befinden und nicht wissen, wie lange das noch gut gehen würde. Die Frau schaute ihn mit aufgerissenen Augen an, und ihr Puls raste, als er sie danach fragte, wovor sie denn genau Angst habe. ‚Vor Einsamkeit', sagte sie leise, und dass sie hoffen würde, ihr Mann würde bald zurückkommen. Sie würde ihm auch keine Vorwürfe machen, nein, das würde sie auf keinen Fall tun. ‚Jetzt würden Sie die Uhr gerne zurückdrehen und das Ganze ungeschehen machen, nicht?' unterbrach sie der Mann. ‚Sie wissen aber gleichzeitig, dass das nicht geht, auch wenn er wieder zurückkommen sollte. Die Atmosphäre in der Ehe hat sich ein für alle Mal geändert. Was aber bleibt, sind Chancen, die sich wegen solcher Vorfälle ergeben. Stellen Sie sich vor, Sie hätten Ihren Partner jetzt und für immer verloren: Was würden Sie tun? Was denken Sie jetzt? Wem geben Sie die Schuld? Weshalb?' ‚Und ich dachte, Sie hätten Mitleid mit mir', erwiderte die Frau, die sich selbst bemitleidete, weinerlich auf der Bank saß. Und doch stabiler wirkte als zuvor. Denn die Fragen halfen ihr. Sie konnte über das Erlebte nachdenken, es in eigene Worte und Gedanken fassen und eine gewisse Distanz dazu gewinnen.

„Was lernen wir daraus?"

Laura schaute sehr ernst drein, als sie darüber nachdachte und stoß einen tiefen Seufzer aus.

„Hm, ich denke, dass jede Verständigung mit einem anderen Menschen etwas in einem auslöst, beispielsweise, ob wir uns danach besser oder schlechter fühlen, je nachdem, mit was oder mit wem wir es zu tun hatten. Und jeder negativ erlebte Stress, Liebeskummer, gesundheitliche Probleme, Probleme mit dem Arbeitsplatz, bringt uns in emotionale Bedrängnis. Gute Fragen können doch helfen, mit starken Emotionen wie Wut, Ärger, Eifersucht umzugehen. Und wenn man es schafft, diese Vorfälle radikal zu hinterfragen, dann kann man ein tiefes Verständnis dafür entwickeln, weil man dann weiß, was dazu geführt hat, und man lernt, die – wie auch immer geartete – Normalität zu hinterfragen. Meiner Meinung nach, verstand es der fremde Mann mit guten Fragen, Angst und Schuldgefühle bei der Frau zu reduzieren. Er half ihr, sich in einer schwierigen Situation zu öffnen und darüber zu sprechen. Das verschaffte ihr doch wirklich Erleichterung. Denn durch die unerschrockene und aktive Einfühlung von dem Mann bekam sie die Gelegenheit, klarer zu sehen und sich der neuen Situation zu stellen. Außerdem war das richtig mutig von der Frau, sich seinen Fragen zu stellen."

„Vielleicht", antwortete Laura einsilbig und wollte wissen, von wem sie diese Geschichte hatte.

„Von Buck."

„Dem Typen, der wegen Vergewaltigung hinter Gittern sitzt, in einem Gefängnis irgendwo im Bundesstaat New York?"

„Ja."

„Schon manchmal habe ich mich gefragt ..."

„Was?", unterbrach Giulia und ahnte schon, worauf Laura jetzt hinaus wollte.

„Warum du dich mit solchen Typen einlässt. Mit Männern, um die man doch lieber einen großen Bogen macht. Ist doch nicht normal!"

„Da haben wir es wieder. Was ist schon normal?" Giulia lachte aus vollem Hals und erklärte, dass sie das Thema erst neulich in einem Training mit Jugendlichen diskutiert hätte und man sich einig darüber gewesen war, dass normal nicht automatisch ungefährlich bedeuten würde und es ziemlich naiv wäre, dem Normalen, also der Norm, das Prädikat vernünftig und geistig gesund zuzuschreiben.

„Die Biografien von Strafgefangenen sind nun mal alles andere als langweilig. Überdies reißt das Gefängnis den Männern die Maske vom Gesicht. Weil das wahre Selbst in diesem Umfeld keine Selbsttäuschung verträgt. Man also nicht so tun kann, als sei man hart. Hinter Gittern ist man es oder man ist es nicht, und jeder weiß Bescheid. Wenn Messer gezückt werden, was vorkommt, dann steht einem vielleicht einer, wenn überhaupt, im Namen der Freundschaft zur Seite. Außerdem sind diese Männer in der Lage, was sich jetzt vielleicht seltsam anhört, aber Studien belegen es, sich empathisch auf Frauen einzulassen und einfühlsam zu reagieren. Für Frauen sollen die Gespräche und Zusammentreffen mit Strafgefangenen sogar bewusstseinserweiternd und bedeutsam sein, um der lebendigen Wahrheit in sich selbst zu begegnen und im Fluss zu bleiben. Wie dem auch sei: Diesen Männern kann man nichts vormachen. Sie sind wie Seismographen, wenn es um das Befinden ihrer noch verbliebenen Freunde geht. Mit Buck und David erging es mir haargenau so. Während unserer Gespräche und Zusammentreffen habe ich viel über mich selbst gelernt und herausgefunden."

Giulia hatte einen offenen und lockeren Ton gefunden und strahlte ihre Freundin an. Sie redete ohne Pause weiter, dass Gefangene sich obsessiv auf Kleinigkeiten konzentrieren und sich damit ihre eigene kleine Welt in einem Machtgefüge schaffen würden. Dass sie aus vollem Herzen lachen könnten, auch wenn sie damit sparsam umgehen müssten, da die Mitgefangenen dies für eine Schwäche und Einladung für romantische Stunden empfinden würden. Schikanen der Wärter würden dann auch nicht lange ausbleiben, da man dann aus ihrer Sicht arrogant und überheblich daherkomme.

„Buck kam aus einer der oberen Schichten in den USA. Er war gebildet, weiß, sah blendend aus, hatte etwas Verwegenes. Aber das Beste war der erotische Klang in seiner Stimme, mit dem nicht viele Männer ausgestattet sind. Bucks Mut war für ihn Segen und Fluch zugleich, weil er ihn zu gefährlichen Handlungen verleitete, ihn ins Chaos in seinen Liebesbeziehungen geführt hatte. Buck sprach oft davon, dass er seine Aggressivität und Sexualität im Gefängnis zu beherrschen lernte, so dass es fast nicht mehr möglich sei, ihm Schaden zuzufügen. Er meinte, dass man durch schwierige Phasen gehen müsse, um zu lernen, er wisse aber nicht, ob es ihm gelingen würde, draußen auch zu bestehen. In manchen Momenten, in denen wir uns in einem überfüllten Besucherraum gegenübersaßen, waren wir nicht ohne erotisches Begehren. Seine Gesten der Zuneigung waren für mich damals ein Versprechen. Und eine Verheißung zugleich. Eine ganz besondere Situation geht mir deshalb auch nicht mehr aus dem Kopf. Nie hätte ich gedacht, dass mir so etwas einmal passieren würde."

Giulia wandte ihren Blick von Laura ab. Die damalige Situation war ihr offensichtlich peinlich.

„Sag schon", ermunterte sie Laura, die vor Neugier bald platzte.

„Eigentlich möchte ich nicht darüber sprechen."

„Jetzt, wo es erst richtig spannend wird. Komm schon."

„Nun ja, einmal an einem wackeligen Holztisch fanden Bucks Finger, unsichtbar für andere, den Weg unter meine Bluse zu meinen Brüsten und streichelten sie sanft. Und wenn es so etwas wie erotisches Glück gibt, dachte ich damals, dann habe ich das gerade im Besucherraum eines Hochsicherheitsgefängnisses erlebt, in einer vollkommen anderen, schwindelerregenden Realität."

Zum ersten Mal an diesem Abend lachte Laura aus vollem Herzen. Und es dauerte nicht lange, bis sie beide aus vollem Herzen lachten, bis sie kaum noch Luft bekamen.

„Lass uns anstoßen", schlug Giulia vor, stand vom Sofa auf, ging in die Küche und kam gleich darauf ins Wohnzimmer zurück, eine Flasche Prosecco unterm Arm und zwei Gläser in der Hand.

„Auf die Liebe und das Leben."

Giulia ging zum Tisch und öffnete die Flasche. Dann schenkte sie zwei Gläser ein und reichte Laura ihr Glas. Sie tranken ein Glas und gleich noch ein zweites, vergaßen alle traurigen Vorstellungen und schmiedeten Pläne, wo und wann sie sich das nächste Mal treffen würden.

Am nächsten Tag reiste Giulia ab. Laura begleitete sie zum Bahnhof, wie üblich. Eigentlich war alles so wie immer, außer dass sie schweigend nebeneinanderher zum Bahnsteig gingen und Laura beim Abschied kein Wort über die Lippen brachte, stattdessen vor sich hinstarrte. Sie war blass und in sich gekehrt. Zum ersten Mal vermisste Giulia ihre obligatorische Frage: „Wann kommst du wieder nach Bremen?" Als sich der Zug in Bewegung setzte, rief Giulia ihr zu: „Du schaffst es!"

Laura lächelte. Es war ein trauriges, ein vom Leben und der Welt entrücktes Lächeln, das sie von ihrer Mutter her kannte, das sie kurz vor ihrem Tod wahrgenommen hatte. Und das unvergessen war.

Auf der Fahrt nach München surfte Giulia pausenlos im Internet, da sie alles über AML wissen wollte. Sie war so in Gedanken versunken, dass sie nicht bemerkte, wer ihr gegenübersaß, wer gerade einen Kaffee bestellte oder ein eintöniges Handy-Gespräch über Ankunftszeiten und Verspätungen führte. Noch bevor der Zug in München ankam, wusste sie über diese heimtückische Krankheit so ziemlich alles.

Jeden kann eine persönliche Krise, eine Schicksalswendung treffen, von einer Sekunde auf die andere, schoss ihr durch den Kopf, als sie ihren Koffer aus der Gepäckablage herausnahm und sich mit den anderen Fahrgästen zum Zugausgang begab. Dennoch können Menschen daran wachsen, auch wenn sich der Schmerz und die Trostlosigkeit darüber hinziehen können. Soziale Beziehungen verbessern sich, auch das Selbstwertgefühl, berichteten Menschen danach. Und weil es Auswege und Lösungen gegeben hatte, erkannten viele den Wert des Scheiterns und begannen, es zu schätzen. Jeder Rückschlag bringt mehr Klarheit ins Leben und leitet eine höhere persönliche Bewusstseinsstufe ein, dachte Giulia beim Verlassen des Zuges, und dass man schneller wieder in der Lage ist, sich neu zu orientieren und seine Ziele der veränderten Situation anzupassen, wenn man Veränderungen als einen Teil des eigenen Lebens akzeptiert, auch wenn im ersten Augenblick die Situation unüberwindbar scheint, man Rückschläge erleidet und von vorne anfangen muss. Dass Körper und Geist zu außerordentlichen Leistungen in der Lage sind, wusste sie bereits. Und dass Erinnerungen an vergangene Glücksmomente Kraft und Energie schenkten. Nachdenklich hastete sie durch die Bahnhofshalle. In diesen Minuten war sie Laura unendlich nahe, deutlich näher als in den vergangenen Tagen. Sie empfand eine große Zärtlichkeit für sie und wäre am liebsten gleich wieder zurückgefahren. Mit gesenktem Kopf bahnte sie sich ihren Weg durch die Menge. Sie war gefasst, ließ aber ihren Tränen freien Lauf. Fast wäre sie mit einem grölenden Mann zusammengestoßen. Belastende Gedanken rasten durch ihren Kopf. Wie sehr sie sich jetzt wünschte, dass Laura die Leukämie besiegen würde.

In letzter Sekunde erreichte sie die Regionalbahn und sprang in den erstbesten Waggon hinein. Für einen Moment lehnte sie sich gegen die Tür. Sie spürte, wie ihre Wut und Verzweiflung angesichts der schweren Erkrankung von Laura größer wurden und wie sich der Trennungsschmerz von Alex verkleinerte. Schon lange war ihr klar, dass sie mit Alex in einen Liebes-Spin geraten war, der sich um Hoffnung, Abenteuer, Leidenschaft, Anziehung, Angst, Manipulation und Lügen gedreht hatte – in ein taktisches Manöver, das verklärte Sichtweisen und verschwommene Ansichten über die Liebe hervorgebracht hatten. Und je undurchsichtiger dieses Spiel zwischen ihnen geworden war, desto größer und unbeherrschbarer waren ihre Annahmen und Interpretationen geworden. „Aber warum nur und wie war diese Erfahrung in ihren konkreten Lebenskontext einzubetten?", fragte sie sich, als sich der Zug ruckelnd in Bewegung setzte. Giulia blieb im Eingang stehen und erinnerte sich daran, dass es besser war, Liebesverhältnisse nüchterner zu betrachten, statt sie mit Verklärung und Sehnsucht zu überfrachten.

Doch wer kann das schon.

Anhang

Romantische Liebe: Wurzeln und Traumbilder

Die Konzentration und Besinnung auf die Gefühlswelt und Liebe geht maßgeblich auf das Zeitalter der deutschen Romantik zurück, das sich vom Ende des 18. Jahrhunderts bis in das 19. Jahrhundert hinzog. Davor hatte die Ehe wenig mit romantischer Liebe zu tun. Vielmehr war sie ein Zweckbündnis, das zwei Familien bzw. Familiendynastien über die Köpfe der Betroffenen hinweg beschlossen. Für eine kurze Zeit gab sich der Mann im Mittelalter am Ende des 11. und Anfang des 12. Jahrhunderts zwar seinem Schmachten und Verlangen nach Liebe im Minnesang hin, einer ritualisierten Form über die Verehrung einer Frau. Es war aber eine Hingabe an eine plantonische und edle Liebe, worin der Minnesänger seine Tugendhaftigkeit und Kraft zur Mäßigung bewies und die sittsame Dame nach seiner Eroberung durch den Geschlechtsakt nicht erniedrigte. Die irdische Liebe blieb im Minnesang, in dem ein abstrakter Zustand der unstillbaren Liebessehnsucht beklagt wurde, jedoch unerfüllt. Der wohl berühmteste Barde der hohen Minne war Walther von der Vogelweide, der in seinen Liedern und Gedichten auch Frauen von einem niedrigen sozialen Rang besang. Da die hohe Minne den Männern der privilegierten Oberschicht vorbehalten war, war es dem profanen und armen Mann nicht möglich, mit den feinen Damen der oberen Schicht, die ihre sexuellen Bedürfnisse eher freizügig und ungeniert vor den Augen und Ohren anderer auslebten, Minne zu spielen und an sie heranzukommen.

Da das Ideal der hohen Minne keine Erfüllung der leiblichen Lust versprach, wurde sie von der niederen Minne bald wieder abgelöst, einer Liebe, bei der sich Mann und Frau der leiblichen

Begierde und Lust hingaben. Diese sexuelle Offenheit und Freizügigkeit fand im 12. Jahrhundert allerdings ein abruptes Ende, als die Ehe auf Nachdruck der Kirche zu einem christlichen Sakrament erhoben und der kirchlichen Gerichtsbarkeit unterstellt wurde. Die Prinzipien der Unauflösbarkeit und der Monogamie, mit denen man es davor nicht so streng genommen hatte, forderte die Kirche von guten Christen jetzt endgültig ein. Ab sofort hieß es: *Bis dass der Tod uns scheidet*. Und weil das kirchliche Eherechtsmonopol für eine Eheschließung das neue Prinzip der Freiwilligkeit miteinschloss, bestimmten nicht mehr nur die Familien, wer wann den Bund fürs Leben eingehen soll, sondern auch die Ehepartner, die diesem Prinzip theoretisch zustimmen mussten. Da die strenge kirchliche Moral Sexualität aber als eine notwendige Maßnahme zur Fortpflanzung betrachtete, bei der es weder um Lust noch Verlangen gehen konnte, verschwand das körperlich ungezügelte und durch alle Schichten gehende Leben langsam. Die Reformerin Maria Theresia, die eine tief religiöse und fromme Matrone war und den Geboten der Kirche bedingungslos folgte, führte 1752 die Keuschheitskommission ein, die Ehebruch und Prostitution unter Strafe stellte. Und das in einer Zeit, in der in Frankreich Mätressen hochkamen, Madame Pompadour zur offiziellen Mätresse von Ludwig XV. aufstieg und die russischen Zarinnen sich mit jungen und attraktiven Gardisten vergnügten. Die Keuschheitskommission unter Maria Theresa ging nicht nur gegen ihre armen und einfachen Landsleute vor, sondern auch gegen die Herrschaften aus der feinen aristokratischen Gesellschaft, zwar mit weniger drastischen Mitteln, etwa einer Gefängnisstrafe oder Auspeitschen, doch nicht selten wurde dadurch eine vielversprechende Militärkarriere eines Aristokraten verhindert bzw. der soziale Tod eingeleitet, da er nicht mehr bei Hof empfangen wurde. Die Damen, von denen man annahm, dass sie es besonders zügellos trieben, verbannte man kurzerhand hinter Klostermauern. Auch der Abenteurer und Liebesverführer Giacomo Casanova wurde einmal von eifrigen Keuschheitskommissaren in Wien bei einem delikaten Liebesakt aufgegriffen und aus der Stadt verwiesen. In dieser Zeit der gesellschaftlichen und wirtschaftlichen Umbrüche, in der kein Stein auf dem anderen blieb, fragten sich die Leute dennoch, warum sich die Landesmutter ausgerechnet Gedanken um die eheliche Treue und Sexualmoral machte. Und vermuteten, dass ihr Ehemann dazu beitrug, mit dem sie zwar eine glückliche Ehe führte, der jedoch weder einem schön geschminkten Gesicht noch einem Liebesabenteuer widerstehen konnte. Seine in dieser Hinsicht gequälte und malträtierte Ehefrau, die täglich ein umfangreiches Arbeitsprogramm absolvieren musste, hätte also, der Legende nach, mit diesen Strafmaßnahmen versucht, der Triebhaftigkeit ihres Gatten ein Ende zu setzen. Das Unternehmen der Habsburgerin und Landesmutter, durch Kontroll- und Disziplinarmaßnahmen ihren Landsleuten Ehebruch und Prostitution auszutreiben, scheiterte allerdings, was die Monarchin nach kurzer Zeit selbst einsah. Resigniert soll sie einmal gesagt haben, dass in letzter Konsequenz die Männer abzuschaffen wären, wollte man Prostitution und Ehebruch verhindern. Da beim Wiener Justizpalastbrand im Jahr 1927 alle Akten, Urteile und Aufzeichnungen über diese Zeit verbrannten, kann heute nicht mehr genau rekonstruiert werden, wie akribisch die Keuschheitskommissare damals tatsächlich vorgegangen waren.

Mit den kirchlichen Prinzipien der Freiwilligkeit, Monogamie und Unauflösbarkeit der Ehe kam im Laufe der Zeit das Modell der Kernfamilie auf, das eine zentrale Funktion in der gesellschaftlichen Ordnung einnahm und bis heute fortbesteht. Obwohl die mittelalterlichen Prinzipien der Freiwilligkeit und Unauflösbarkeit inzwischen veraltet und mit den modernen Einstellungen von Freiwilligkeit in den vielfältigen Liebesformen nicht zu vergleichen sind. Zu allem hatten die Vorstellungen von Ehe und Liebe im Mittelalter, bei denen die materielle Absicherung im Mittelpunkt stand, nichts mit den Vorstellungen über die romantische Liebe zu tun, die sich in der Epoche der Romantik entwickelten. Denn die Liebe im Mittelalter war wenig wert und praktisch nicht durchzusetzen, wenn der künftige Ehemann seine Frau weder ernähren noch ihr und den Kindern ein anständiges Heim bieten konnte. Erst später, in der Epoche der

Romantik, kam die sogenannte ‚echte Liebe' mit dem verklärten und idealisierten Traumbild über die romantische Liebe auf. In dieser Zeit versuchte man mit dem neuen Ideal über die romantische Liebe, in der das Wort Liebe das Wort Minne ablöste, der harten Lebenswirklichkeit und dem durch Entbehrungen gekennzeichneten Alltagsleben in Europa zu entkommen, das als Folge der Französischen Revolution von Kriegen übersät war.

Das Zeitalter der Romantik war ein Zeitalter der gesellschaftlichen Umbrüche, in dem das Erkennen und das naturwissenschaftliche Erfassen der Welt zugunsten des Erfühlens und Ersehnens der Liebe in den Hintergrund rückten. In den Vordergrund rückten dagegen das Seelenleben und die damit eng verknüpften Fragen nach dem Sinn des Lebens. Die Welt wurde romantisiert und das neue romantische Liebesideal in der Kunst, Kultur, Musik und Dichtung ausgiebig zelebriert und inszeniert. Die Maler der Romantik, Carl Spitzweg, Caspar David Friedrich et al., zeigten in ihren Gemälden phantastische und naturverbundene Szenarien von Paaren, die sich mit verliebten und verklärten Blicken anschauen, umarmen, am Fenster stehen und sehnsüchtig in die Welt hinausblicken. Musiker und Schriftsteller schrieben über große Gefühle, die in gewaltigen Operninszenierungen auf die Bühne gebracht wurden. Wie sehr die gefühlvolle Verklärung im Zeitalter der Romantik in den Alltag hineinreichte, zeigen auch die idyllischen Genre-Gemälde aus der Biedermeier-Zeit mit gutgenährten und fernab der bitteren Armutsrealität dargestellten Bauernfamilien. Im Biedermeier Zeitalter war die Welt voll mit kleinbürgerlichen Träumen und Sehnsüchten: Sehnsüchten nach dem behaglichen Haus, in dem der Mann Pfeife raucht, die Frau im hochgeschlossenen Kleid der Hausarbeit nachgeht, auf dem blitzblanken Fußboden drollige und fröhliche Kinder spielen. Auch wenn es hinter den Kulissen anders zuging und die Nachfrage nach Pornografie das damalige Angebot bei weitem überstieg.

Die Künstler der Romantik lösten eine emotionale Revolution aus, die weitreichende gesellschaftliche Folgen hatte. Nicht nur, dass sie die romantische Liebe als sinntragendes Element in den Mittelpunkt ihres künstlerischen Schaffens stellten und ein neues Ehe- und Liebesmodell zwischen Mann und Frau forderten, die Romantiker brachen auch mit dem pragmatisch-vernünftigen Liebes-Konzept und sorgten für gefühlsorientierte, sinnlich-erotische Vorstellungen über die Liebe. Zum ersten Mal wurden Gefühle mit der Institution Ehe verbunden, womit der ausschließliche gegenseitige Zwang der Versorgung passé war. Doch das war zunächst ein Privileg des gut situierten Bildungsbürgers, weil sich dieser das neue gefühlsorientierte Ehemodell einfach leisten konnte. Für das einfache Volk, das sich in prekären wirtschaftlichen Verhältnissen befand und sich unterordnen musste, kam eine romantische Liebesheirat weiterhin nicht in Frage. Dem aufkommenden Bürgertum war es schließlich zu verdanken, dass sich das romantische Liebesideal praktisch durchsetzen konnte. Neu war auch, dass sich Bildungsbürger vom ausschweifenden fleischlichen Leben des Adels abgrenzten und sich willenlos den strengen kirchlichen Moralvorsätzen unterwarfen. Im Gegensatz zu den Aristokraten, die sich nach außen den Standeserwartungen zwar beugten, sich allerdings weiterhin den körperlichen Genüssen hingaben, sogar Seitensprünge der Ehefrau verziehen, wenn sie den Ruf der Familie nicht gefährdeten. Das romantische Liebesideal war zwar geboren und zum ersten Mal mit der Institution der Ehe verbunden, es brachte aber auch eine neue Sittenstrenge hervor. Weil erst eine Kombination aus Zuneigung, Leidenschaft, Sexualität die romantische Liebe auf ewig zusammenschmieden kann, muss sich die Etablierung einer Kernfamilie strengen Moralvorstellungen unterwerfen. Dieses von christlichem Gedankengut geprägte und überlieferte Familien- und Ehemodell ist bis heute in der Gesellschaftsordnung der westlichen Welt verankert und mit dem romantischen Liebesideal verbunden.

Auf der Suche nach romantischer Liebe und am Anfang einer Liebesbeziehung schrauben die Partner ihre Ansprüche herunter. Und weil es in der Verliebtheit vorrangig um das Stillen und

Aufrechterhalten des romantischen Sehnsuchtsgefühls geht, erzählen sich die Partner das Blaue vom Himmel herunter: Männer präsentieren sich als romantische, unwiderstehliche, ehrliche, treue Helden. Frauen geben sich verführerisch, kokett, devot, verständnisvoll, zuhörend, tröstend. Abgesehen davon werden am Anfang einer Liebe unangenehme Ereignisse aus der eigenen Lebensgeschichte und delikate Wahrheiten über die eigene Person und den Lebenslauf zurückgehalten. Tunlichst versucht man das zu vermeiden, was der andere im Prozess des Verliebens oder im Zuge der Eroberung weder hören noch sehen will. Erst wenn sich ein Gefühl von Vertrauen und Zuverlässigkeit einstellt und man meint, dass die neue Beziehung von Dauer ist, man zusammenpasst und sich anpassen kann, wird über Vergangenes und Tatsächliches gesprochen. Was wiederum für die beginnende Beziehung ein gefährlicher Moment ist, weil nach und nach Tatsachen herauskommen, die dem anderen vorenthalten wurden, beispielsweise, dass man doch nicht der treue und verlässliche Typ ist, den man glaubte, vor sich zu haben. Oder dass es noch andere Menschen gibt, mit dem ein Partner verbunden ist und sich treffen möchte. Oft sind es Tatsachen, die zu den eigenen Vorstellungen über die romantische Liebe nicht passen, zumal das überlieferte traditionelle Liebeskonzept kategorisch andere (Liebes-)Partner ausschließt.

Die Beziehung erfährt im Moment der Wahrheit also eine erste Abkühlung. Und auf die Berauschtheit des Verliebtseins folgen Magen-Darm-Verstimmungen sowie schmerzvolle Phasen, in der Herzenskämpfe ausgefochten werden, was dazu führt, dass man nach den ersten Enttäuschungen die Sehnsucht nach dem Traummann oder der Traumfrau individueller gewichten wird, wie es ein geschiedener Mann tat, der sagte: „Jetzt lebe ich seit vier Jahren wieder allein und fühle mich recht wohl dabei. Denn ich stelle fest, dass ich auch ganz gut ohne Frau auskomme, was mir einige Leute beim Anblick meines chaotischen Haushalts immer noch absprechen. Ich weiß jetzt, dass ich eine Frau weder zum Kochen noch zum Putzen brauche. Was ich aber nicht missen will, ist eine Frau, mit der ich Vertrauen, Offen-

heit, Toleranz, Zärtlichkeit und Sex erleben kann. Wenn ich diese Traumfrau finde, dann werde ich sagen, dass ich nicht mehr ohne sie sein möchte."
Stereotype der romantischen Liebe werden in der Trivialliteratur sehr erfolgreich vermarktet. Es geht in den Liebesromanen immerzu um die gleichen Orte, Figuren und Szenarien, die unentwegt dieselben Handlungsabläufe wiederholen. Zu den beliebtesten Liebesorten gehören: Skihütten mit offenen Kaminen, Hotelsuiten mit Meeres- oder Bergblick, luxuriöse Yachten, aber auch die Dschungel-Wildnis. Die Frau verkörpert eine Art Burgfräulein, ist von zarter Natur, mit superschlanker Figur, einem makellosem Porzellanteint und seidig vollem Haar. Sie trifft auf den muskulösen Ritter, einen Mann mit kantigem Kinn, ausgeprägten Wangenknochen und angegrauten Schläfen. Er, der einsame Wolf, natürlich attraktiv, reich, beruflich erfolgreich, sehnt sich, nach Jahren des Unglücks und der schmerzlichen Verluste, nach der wahren Liebe. In gezähmter Form ist der Held entweder Pilot, Unternehmer, (Wüsten-)Arzt oder auch Spitzensportler. In ungezähmter Form ist er ein Abenteurer, Draufgänger, Bärenfänger, oder ein Elitesoldat, CIA-Agent, der arrogant, brüsk und siegessicher auftritt, in der Manier als Ritter, Vampir, Werwolf. Seit vielen Jahren produziert der englische Verlag Mills & Boon (MBM) die erfolgreichsten Liebesromane der Welt. Für den Sehnsuchtsverlag schreiben weltweit Autoren, meist unter Pseudonym. Es sind Vielschreiber, die sich an diversen stereotypen Romanfiguren abarbeiten, und in denen die männlichen Leitfiguren wahre Alphahelden sind. Es wird ein romantischer Einheitsbrei geschildert, wie er seit den Fünfzigerjahren bis heute fortbesteht. Schon auf den ersten Seiten japsen Frauen nach Luft und schwärmen: „Ich will ein Kind von dir." Dann zieht er langsam den Reißverschluss ihres Kleides herunter und nimmt sie stürmisch. Es geht um Macht, Sex und Dominanz. Und um Männer, die in der Lage sind, Frauen leidenschaftlich und rückhaltlos zu verführen und zu erniedrigen, zur Not auch ungefragt. Die Autoren bedienen das archaische Männlichkeitsbild aus dem 19. Jahrhundert, an dem unabhängi-

ge, moderne Frauen nicht nur verzweifeln, sondern vor dem sie sich hüten sollten, davor, sich mit diesen Männern nicht alleine und unbeobachtet in einem Raum aufzuhalten, da die Gefahr groß ist, von einer derart zielgerichteten Männlichkeit gegen den eigenen Willen zum Sex gezwungen zu werden. Der Einheitsbrei hat erst dann ein Ende, wenn der Richtige kommt und es ihr, dem „Burgfräulein", gelingt, den einsamen Helden aus seiner Verzweiflung herauszureißen. Erst dann zeigt er sein verletzbares und versöhnliches Gesicht. Und gesteht seine Angst davor ein, sein Herz an eine Frau zu verlieren, die er wieder verlieren kann. Im Verlauf dieser Romanerzählungen kommt es zwar zu häufigen Missverständnissen, zu unzähligen schier unlösbaren Problemen und Liebeswirrungen, zum Schluss finden sich die Liebespaare jedoch immer zusammen, vorausgesetzt ein Partner kommt nicht tragisch ums Leben oder verstirbt unerwartet an einer schweren Krankheit. Die Lesenden, meist Frauen, kommen dennoch auf ihre Kosten: Der Sehnsuchtstraum vom Richtigen, dem Glück und der Leidenschaft geht in Erfüllung, einverleibte, traditionelle Vorstellungen von der romantischen Liebe und dem damit verbundenen Ewigkeitscharakter können so fortbestehen.

Anders verhält es sich in verzehrenden Liebesfilmdramen, in denen die Liebeshelden am Ende einer großen Liebe mitunter auch alleine dastehen, wodurch sich die Spannung und Emotionalität rasant steigern lassen, beispielsweise in *Havanna* oder *Pferdeflüsterer* mit dem Liebesfilmhelden Robert Redford. Beide Filme drehen sich um die nie versiegende Sehnsucht nach der großen Liebe und zeigen, dass das Gefühl nicht nur ein Leben lang andauern kann, sondern es über eine eigene Dynamik verfügt, die weder ein Happy End garantiert noch in ein vorgefertigtes Ablaufmuster hineingepresst werden kann. Meisterhaft transportiert Redford das Sehnsuchtsgefühl der wahren Liebe und wird zur männlichen Romantik-Ikone, zu einem autorisierten Helden, der die romantische Liebesbotschaft meisterlich zu vermitteln vermag. Und weil der Liebe etwas Schizoides anhaftet, sich die Grenzen von Fantasie und Wirklichkeit leicht vermischen, können Frauen, die Redford im wirklichen Leben begegnen, in

Panik geraten, wie es auf dem Sundance Film Festival in Utah einmal zu beobachten war, als der Weltstar in einem Eissalon einer Frau begegnete, die darauf in heller Aufregung aus dem Salon hinausgestürmt war. Als sie später zurückkehrte, um ihr Eis abzuholen, das sie in der Hektik dort vergessen zu haben meinte, sagte Redford amüsiert: „Gnädige Frau, das Eis haben Sie nicht vergessen, sondern in ihre Handtasche gesteckt."

Die romantische Liebe ist nicht nur ein Quell der Freude, Vertrautheit und Hingabe, sondern ein Minenfeld von Bedeutungen, Annahmen und Interpretationen. Sie verändert die persönliche Welt der Liebenden, die zu entschlüsseln zur alles beherrschenden Aufgabe werden kann. In den Wirren der Liebe begegnet man nicht nur der eigenen, sondern auch der Gefühlswelt eines anderen Menschen. Man spielt auf einer Klaviatur, die es fernab von jeder Gefühlsduselei, von jeder Scham zu erlernen, zu beherrschen gilt: in Momenten von höchster Glückseligkeit, absoluter Vertrautheit und Hingabe. Und in Momenten der Enttäuschungen, des Schwindels und Liebeskummers, der Eifersucht und Rache. Die romantische Liebe ist ein geheimnisvolles Gefühlsmeer: ein Wagnis, ein Rätsel zugleich.

Und so geht's weiter:

Giulia verbringt die restlichen Urlaubstage mit ihren Freunden auf der Finca. Sie genießt die langen Abende, an denen sie gemütlich zusammensitzen, über Gott und die Welt reden. Zurück in ihrem Alltag kommen sich Giulia und Lucas näher, während sie über eine Dating-Plattform James kennenlernt, sich Hals über Kopf verliebt. Voller Übermut stürzt sie sich in eine neue, aufregende Liebe hinein.

Hinweise

Verwendet wurden:

(Online-)Artikel und Aufsätze

„Sturm der Stille", Florian Zinnecker, DIE ZEIT, Nr. 2, 3. Januar 2020
„Sartres Weg der Selbstbefreiung", Hans-Martin Schönherr-Mann, Philosophie Magazin, Sonderausgabe, 2018
„Wir wissen nicht, was wir tun", Stefanie Kara, DIE ZEIT, 25. Januar 2018
„Die Stunde der Optimisten", Kerstin Bund, DIE ZEIT, 13. Januar 2017
„Im Namen des Staates: Schnüffeleien im Schlafzimmer", „Die Erfindung der romantischen Liebe", „Verliebt, verlobt, verheiratet – aber seit wann?" Das Krone Magazin Geschichte, Lust und Liebe, 2016
Zitat Isabel Allende, Spiegel Wissen, 6 / 2015
„Liebe ist für alle da", Karin Steinberger, SZ Nr. 269 vom 22./23. November 2014
„Partnerschaftswandel und Geburtenrückgang", Jan Eckhard, www.single-generation.de, 2011
„One world is not enough – Grenzerfahrungen in der Moderne, Peter Gross", DU – die Zeitschrift der Kultur, Heft 707, Juni 2000
„Unsere Umwertung der Werte" (1897), Helene Stöcker, VII. Jahrbuch für Lebensphilosophie – 2014/2015, Lebensdenkerinnen, 2014, 127ff.

Bücher

„Vom plötzlichen Verlangen jemanden zu küssen: Vom Buch der Gefühle", Tiffany Watt Smith, 2018

„Vom Neandertal in die Philharmonie: Warum der Mensch ohne Musik nicht leben kann", Eckart Altenmüller, 2018

„Die Weisheit der Stoiker. Ein philosophischer Leitfaden für stürmische Zeiten", Massimo Pigliucci, Frank R. Kiesow, 2017

„Die Kunst des Liebens", Erich Fromm, 1998

„Rimini", Sonja Heiss, 2017

„Sex. Die wahre Geschichte", Christopher Ryan & Cacilda Jethá, 2016

„Der achtzehnte Brumaire des Louis Napoleon", Karl Marx, 2016

„Nonsense: The Power of Not Knowing", Jamie Holmes, 2015

„Das Buch vom glücklichen Leben", Epiktet und Karl Conz, 2015

„Das Sein und das Nichts", Jean-Paul Sartre, 2014

„Das optimistische Gehirn: Warum wir nicht anders können, als positiv denken", Tali Sharot, 2014

„Gelingende Fern-Beziehung: entfernt – zusammen – wachsen", Peter Wendl, 2013

„Alles Familie: Vom Kind der neuen Freundin, vom Bruder von Papas früherer Frau und anderen Verwandten", Alexandra Maxeiner und Anke Kuhl, 2013

„Miteinander reden, Band 3: Das ‚innere Team' und situationsgerechte Kommunikation", Friedemann Schulz, 2013

„Psychologie der Persönlichkeit", Jens B. Asendorpf und Franz J. Neyer, 2012

„Liebe: Warum sie so schwierig ist und wie sie dennoch gelingt", Wilhelm Schmid, 2011

„Also sprach Zarathustra. Ein Buch für Alle und Keinen", Friedrich Nietzsche, 2011

„Seneca. Von der Seelenruhe / Vom glücklichen Leben, Seneca, Otto Apelt, 2010

„Nikomachische Ethik" von Aristoteles, 2009

„Bauchentscheidungen: Die Intelligenz des Unbewussten und die Macht der Intuition", Gerd Gigerenzer, 2008

„Singled Out: How Singles are stereotyped, stigmatized, and ignored, and still live happily ever after", Bella DePaulo, 2007

„Aus Kindern werden Leute, aus Mädchen werden Bräute", Claudia Seifert, 2006

„Dynamics of Romantic Love: Attachment, Caregiving, and Sex", Mario Mikulincer, Gail S. Goodman, 2006

„Mating in Captivity: Reconciling the Erotic and the Domestic", Esther Perel, 2006

„Why we love. The nature and chemistry of romantic love", Helen Fisher, 2004

„Sich selbst zu lieben ist der Beginn einer lebenslangen Romanze", Aphorismen von Oscar Wilde, 2002

„Mut zur Angst – wie Intuition uns vor Gewalt schützt", Gavin de Becker, 1999

„Grundformen der Angst", Fritz Riemann, 1997

„Changing for Good: A Revolutionary Six-Stage Program for Overcoming Bad Habits and Moving Your Life Positively Forward", Prochaska, Norcross, DiClemente, 1995

„Ich liebe dich so wie du bist. Eine philosophische Analyse des Gefühls", John Wilson, 1995

„Briefe an Milena", Franz Kafka, 1986

„Geschichten von der Liebe", Julia Kristeva, 1989

„Der Kaufmann und der Papagei: Orientalische Geschichten in der Positiven Psychologie, Nossrat Peseschkian, 1979

„Erinnerungen, Träume, Gedanken von C. G. Jung", Aniela Jaffé, 1971/1992

„Romeo and Juliet/Romeo und Julia: Englisch/Deutsch, Herbert Geisen und William Shakespeare, 1986

Die Autorin

Ellen M. Zitzmann ging nach einer Lehre zur Industriekauffrau und einem Studium der Sozialpädagogik psychologischen Studien in den USA nach.

Im Alter von 28 Jahren begann sie ihre Karriere in der Verlagsbranche, wo sie in verschiedenen Verlagen Erfahrungen sammeln konnte. Parallel dazu arbeitete sie ehrenamtlich am Projekt „The Alternatives to Violence" in New York mit. Infolgedessen wurde sie vier Jahre lang von der Firma Crisis Management Int. in Atlanta engagiert.

1995 gründete sie den Verein „Power for Peace" in München, für welchen sie bis heute als Vorstandsvorsitzende und Trainerin tätig ist. Sie konnte praktische Erfahrungen in der Präventionsarbeit im Jugendstrafvollzug sowie in der Bildungsarbeit mit benachteiligten Jugendlichen und jungen Menschen sammeln, was sie dazu veranlasste, ein berufsbegleitendes Masterstudium in internationaler Kriminologie zu absolvieren.

Sie kann auf zahlreiche Fachpublikationen zurückblicken.

Der Verlag

Wer aufhört besser zu werden, hat aufgehört gut zu sein!

Basierend auf diesem Motto ist es dem novum Verlag ein Anliegen neue Manuskripte aufzuspüren, zu veröffentlichen und deren Autoren langfristig zu fördern. Mittlerweile gilt der 1997 gegründete und mehrfach prämierte Verlag als Spezialist für Neuautoren in Deutschland, Österreich und der Schweiz.

Für jedes neue Manuskript wird innerhalb weniger Wochen eine kostenfreie, unverbindliche Lektorats-Prüfung erstellt.

Weitere Informationen zum Verlag und seinen Büchern finden Sie im Internet unter:

www.novumverlag.com